風烈

杜斌 著

作家出版社
全国百佳出版社

图书在版编目（CIP）数据

风烈 / 杜斌著. -- 北京：作家出版社，2025. 1.
-- ISBN 978-7-5212-3139-7

Ⅰ. I247.5

中国国家版本馆CIP数据核字第2024YZ6386号

风 烈

作　　者：杜　斌
责任编辑：丁文梅　朱莲莲
封面设计：贾　莹
出版发行：作家出版社有限公司
社　　址：北京农展馆南里10号　　邮　　编：100125
电话传真：86-10-65067186（发行中心）
　　　　　86-10-65004079（总编室）
E-mail:zuojia@zuojia.net.cn
http://www.zuojiachubanshe.com
印　　刷：河北星强印刷有限公司
成品尺寸：155×220
字　　数：203千
印　　张：15
版　　次：2025年1月第1版
印　　次：2025年1月第1次印刷
ISBN　978-7-5212-3139-7
定　　价：88.00元

序　“这一个”杜斌

——关于杜斌及其创作的一些梳理

在文学界，杜斌是一个很独特的现象。这种独特，至少有这样几个方面。

首先是他的创作经历非常独特。杜斌开始创作是上世纪七十年代初，至今已近半个世纪。从他出道的时间来看，大致与后来崛起的“晋军”一代差不多。那时，杜斌也就是不到二十岁的样子，青春年少，风华正茂。他热爱文学，并选择了文学，也表现出比较好的势头。即使是今天，了解他的人对他那一时期的创作也多有好评。很多人以为一个被人看好的作家将要出现。但是，杜斌就是与一般的人不一样，在人们看好的时候，他突然离开了文学，转战商场，那时大约是上世纪八十年代的初期。这之后，他具体做了些什么，经历了什么，并不是三言两语能说清的。事实上就我个人而言也所知不详。但大致来说，总是有些风生水起的样子，也经历了跌宕起伏。许多人，可能会一边做些其他的事情，一边还坚持着创作。而杜斌则表现出一种对文学的疏离。很少或者说几乎看不到他还写什么。不过，这也不能说他完全离开了文学。文学之火或隐或显地在他的内心燃烧。从商的经历也为他之后的创作积累了丰富的生活素材、深厚的情感体验，以及对人生、社会的思考。很难说他是什么时候又拿起了笔。大约在距今十年的时候，人们又看到了杜斌的小说。这些小说带着生活的鲜活与粗粝，风尘仆仆又大大咧咧地进入我们的视野，为我们提供了许多不一样的东西。毫无疑问，杜斌再次引起更广范围的关注。这时的杜斌已近耳顺之年。很多人以为他是一位新手，事实上他却是一位故旧。在这样的年龄段，有的人早已才思枯竭，而杜斌却依然风风火火。他有些莽莽撞撞，似乎又胸有成竹地回到了陌生而又熟悉的文坛，且一发而不可收。他陆续发表了一系列中长短篇小说，还有作品集与长篇小说出版。一些作品获得了这样那样的奖项，并被权威选刊选载，表现出极其旺盛的创作活力。粗略地梳理，杜斌这些年先后获得过的奖项有赵树理文学奖、《长篇小说选刊》第三届长篇小说年度金榜（2018年）特别推荐荣誉、2019年度《小说选刊》奖等重要奖项。

尽管我们并不能仅仅以获奖来判定一个人的创作成就，但获奖无疑是一种关注、肯定。这至少说明，今天的文学仍然具有开放包容的精神，能够容纳不同风格、题材与类型的作品；回归文学的作家杜斌，仍然具有充沛的创作活力。事实上，杜斌并没有因为获奖而放慢了自己的脚步。他深知文学是一个毫无止境的领域，执着地坚持着自己的探索，不断地发表作品。2020年，他出版了一部中短篇小说集《天眼》，现在又将有两部中篇小说集《风烈》与《天鸽》面世。据说还有其他的书将要出版。这也可以看出杜斌在文学的道路上不依不舍的状态。而我们要讨论的是他在文学表达上与众不同的“这一个”。

这种不同主要表现在他与目前流行的创作理念之间有着非常明显的差异。首先是其结构方式，仍然坚守着以故事为中心的叙述形态。也许人们会感到这是一种比较传统的方式。但传统的未必就是落后的，甚或可能就是现代的。关键是它出现在什么样的背景中，将交给读者什么样的阅读体验。如果这样的小说仍然能够吸引读者，给读者带来审美愉悦，其价值就不能否定。如果读者在其中感受到的是陈词滥调、过往云烟，那就应该调整改变。在杜斌的小说中，我们非常讶异地感受到了今天已经极为稀少的由情节发展带来的新鲜感。它总是能够调动起读者读下去、了解事件结果是什么的强烈愿望。这种阅读效果在普遍漠视情节的背景中尤为难得。起码可以证明叙述作为小说的一种基本特征仍然葆有活力。在杜斌的小说中，我们基本上难以预测事件的发展趋向。他交给我们的多是一些不可预料的“意外”。这些“意外”既在情理之中，又在预料之外；既符合情节发展的逻辑，又没有陷入惯常的套路。这也可以看出，杜斌的想象力的确是非同一般。

其次是其描写方式，仍然表现出“客观呈现”的形态。传统小说的描写总体来看比较简略，也不注重对客观景物、内心世界及人的感受的表达。而现代小说却不同，在描写方面得到了极大的强化，且非常注重对人的内在世界的表现。其描写更多的是一种“主观呈现”。应该说，杜斌的小说还是比较注重描写的。但这只是他丰富叙述功能的手段。如他对外在景观的描写，对某种知识性事物的描写等。尤为突出的是他非常善于对人物的行为进行描写。这种描写不仅具有情节性意义，也具有营造意境的功能。如《清明吟》中对主人公返回故乡之后所见村庄现状的描写，折射出农村发生的变化。在《天鸽》中，杜斌描写了三个各怀目的、各使手段的竞标者遭遇“天鸽”台风时救人与自救的情景，可以说既具体生动，又想象奇特，是非常少见的行为性描写。这种描写带有强烈的象征意味，并不仅仅满足完成情节的叙述。但总体来看，杜斌的描写仍然是一种客观呈现。他主要不是描写人物主观感受到的事物，而是描写人物外在行为引发的效能；是作家对客观存在的描写，而不是对人物主观存在的描写。

最后其人物塑造方式，仍然强调外在行为的刻画。就是说，服从于叙述的需要，作家注重的是描写人物的行动。这与现代小说对人物的描写有明显的区别。现代小说并不是不注重对人物的塑造，而是不注重人物外在的、社会行为的刻画。在很多情况下，我们可能并不知道这一人物是谁，他有什么特点、身份、经历等。我们常常感到人物形象是模糊的。但是，人物内心世界的丰富性在现代小说中受到了前所未有的重视。或者我们也可以不太准确地说，现代小说对人物的塑造主要关注的是人物的内在世界。显然，杜斌的小说与此不同。他的人物是清晰的，人物的身份、经历、年龄、社会关系，以及其性格特点等均要体现出来。这些人物是具体的社会环境中的人物。他们的社会行为是作家关注的焦点。这些行为不仅对塑造人物有意义，对情节的发展同样意义重大。他们的行为不仅透露出人物的价值选择，也将影响或者说决定情节的发展。

正因为这诸种不同，使杜斌显得独具一格。如果简单地说他属于“过去状态”，似乎还不能成立。在他的小说中显然十分突出地显现出某种“现代性”。主要是对现代化进程中人性意义的深切关注。这是一个人们不得不面对的现实课题，带有历史发展的必然性。实际上，杜斌远离文学的那些时光所经历的生活为他的创作奠定了丰厚的基础。他在商海中摸爬滚打，经历颇丰，感受甚深。这不仅为他的创作提供了素材、情节与人物，也使他对现实生活有了更多更具体与更深入的思考。上世纪八十年代以来，中国的改革逐步深化。社会结构、思想观念、行为方式，乃至于伦理关系与道德准则都在发生着重大变化。现代化，正如一列轰轰隆隆地前行的列车，无可阻挡、风驰电掣。身处这样的历史时刻，作为一个“亲临者”而不是“观察者”，杜斌收获了一般写作者不容易接触的东西。这些东西经过作家的体验思考、咀嚼提炼，终于转化为创作的种子，将要在这丰厚的土地上开花结果。

在中国社会大变革的时刻，作家拥有了不一般的生命体验。杜斌的小说表现了中国现代化进程中由社会转型与变革给人带来的阵痛、探求，以及希望。他极为具体生动地描写了那些被资本与金钱扭曲了的人的行为，以及他们内心仍然存在的良知。他似乎想通过这些鲜活的人物之所作所为提出自己关于生命意义的某种理想形态。他对那些几乎可以说是疯狂的拜金现象予以否定，并召唤人们回归正常的社会伦理与生活方式。他毫不怜惜地撕开展示了金钱的丑态，以及与之相应的人性的扭曲，又充满希望地告诉人们，如何寻找真实的拥有未来的生活。在《碑上刻什么就等你来定》中，他仍然描写了在剧烈的社会变革中一段充满纯情与诗意的情感；在《清明吟》中，他对那些在社会转型中遗失了生存之根的人们充满了同情，并期望通过对这样的人生经历的表现来唤醒失去家园的人们，使他们能够在迷茫中找到新的归属；在《风烈》中，他描写了被利益扭曲的灵魂疯狂之后的消亡，希望能够对人们的价值选择有所警示，等等。总之，他的小说带着生活的粗粝与质感，锋芒毕露，熠熠闪光，极尽其致。他对现实生活的介入显现出非常突出与鲜明的个人风格。也许，更多的作品正在等待着我们。文学，对斑斓多姿的生活仍然葆有充分的表达能力。从这点来看，杜斌确实具有了“这一个”的某种极为鲜明的特殊性。

杜学文

2021年1月24日20：59于晋阳

2021年2月4日23：49改定

目 录

现实主义文学传统的新时代开掘

习近平总书记在中国文联十一大、中国作协十大开幕式上发表重要讲话，希望广大文艺工作者心系民族复兴伟业、热忱描绘新时代新征程的恢宏气象；坚守人民立场，书写生生不息的人民史诗；坚持守正创新，用跟上时代的精品力作开拓文艺新境界；用情用力讲好中国故事，向世界展现可信、可爱、可敬的中国形象；坚持弘扬正道，在追求德艺双馨中成就人生价值。有一位作家，多年前就模范践行了这五条希望，他就是山西作家赵树理。作为《在延安文艺座谈会上的讲话》发表后在解放区成名的作家，赵树理叙写了解放区在中国共产党领导下实现婚姻自由等的新生活、新现象；始终与人民群众融为一体，写身边的小人物；将快板等形式引入小说，使传统民间艺术与五四新文学传统相整合，开创了以“讲故事”为特色的“山药蛋派”；有了较多稿费收入后，即不再领工资等感人事迹，彰显了作家的崇高品格，风范永垂。

以赵树理为榜样的山西作家，数十年来，有过20世纪90年代“晋军崛起”的繁荣，也曾时有沉寂，但坚持现实主义文学传统和创作立场，向生活要素材，反映现实的、生动鲜活的人、事、情、物，一直未有改变。这种坚持不仅在专业作家群中表现明显，杜斌这样以消防培训为第一职业的业余写作者，同样着力在新时代开掘发展现实主义文学传统。

生活就是人民，人民就是生活。正如赵树理写他最熟悉的晋东南农村一样，杜斌把创作的着力点放在自己亲身经历和正在从事的行业，主要是太阳能工程和消防培训等。在这些领域，他付出了巨大的心血，有成功，也有失败，有成绩，也有教训，每一天、每一幕，都和自己的职业甚至命运相连接。“在心为志，发言为诗”，感受最深，表现为切，将“血写的事实”化而为“墨写的文字”，自然更具力量与震撼。

曾获“茅台杯”《小说选刊》奖的中篇小说《风烈》，完全取材于作者实际从事的消防培训工作，无相关实际经历经验，很难写得如此原生态的真实。可能作品的某些细节“打磨”得不够精致，似乎有“谴责小说”的痕迹，但腐败本身就应该受到谴责，何况其中细节的准确具体。鉴定站站长把受贿所得藏入书房标着“史记”的假书中，以青史藏污纳垢，反讽意味可谓强矣。讽刺，是山药蛋派常用的手法，《小二黑结婚》《三里湾》中的讽刺都很精彩，“戚而能谐，婉而多讽”，但那是对人民内部，之于无节操、无底线的腐败分子，“温良恭俭让”显然不合适。表面平静的生活或正常的工作，内里却危机四伏、波涛汹涌。杜斌正如一名冷静的解剖手，条分缕析地将内在肌理纤毫毕见地展示给世人，并不避讳污秽和血。

同样取材于消防培训的，还有《雨啸》。《风烈》着墨于培训学校与鉴定站等外部关系的冲突，标题对仗的《雨啸》则聚焦学校内部斗争。《风烈》刮破消防国考内幕，《雨啸》则冲开虚假招生的灰尘。两篇小说的主人公都是消防培训学校校长刘国瑾。他始终处于焦虑、被动、烦恼、不知所措的状态，无论对于强大的外部压力——鉴定站站长陈登第，还是内部硕鼠——副校长苟永清。然而，正义终将战胜邪恶，新时代以习近平同志为核心的党中央对腐败的零容忍，使各种形态的腐败无所遁形。具有人性的弱点，却未被假恶丑所同化的刘国瑾，守住了人性和法律的底线，也维护了教育的尊严。

习近平总书记指出，文学要记录新时代、书写新时代、讴歌新时代。

新时代文学，是坚定文化自信，光大中国气派、中国风范的文学。山药蛋派“土得掉渣”，却是中国传统民族、民俗、民间文化与中国现当代文学的水乳交融，是优秀传统文化创造性转化、创新性发展的典范之一。杜斌山西生、山西长，虽曾在珠海创业十多年，骨子里的“老西儿”底色却从未改变。他继承了这片土地上生长的豫让、关羽、关汉卿的侠义精神，并通过小说表达出来。中篇小说《碑上刻什么就等你来定》，题目不同凡响，主题亦别具一格，将墨家之“兼爱”“非攻”思想置于当代人的身上，通过爱与死的永恒母题表达出来。青山、九九、少志三位同学，两对爱情关系。爱情是排他的，似乎已成为放之四海而皆准、颠扑不破的普遍真理，但其前提是西方自由主义。三位或许是不自觉地秉持中国古代墨家思想的人，却让这真理遇到了例外。青山和少志都真爱九九，同时两个男人又真心为“情敌”着想。为了青山和九九，少志主动离开蛇城远赴珠海；青山自知绝症不治，用“变心”自污的办法，促使九九南下找少志，过上富足幸福的生活。十多年后真相大白时，青山的墓碑上刻什么字，等九九来定。经历生死爱情，可谓刻骨铭心，但没有相互怨恨，没有期期艾艾，更不曾相互伤害，而是舍生取义。古人之侠肝义胆，在当代重生，放射出不灭的光辉。

杜斌在珠海从事了十余年太阳能工程，使这一众人不熟悉的领域得到了文学的表现，对于文学题材领域的开拓，具有一定价值。而且一千多公里外的热带城市珠海，是“山药蛋们”从未涉足的地方，杜斌把山药蛋和榕树、台风对接起来，于是有了《天鸽》。三位民营老板为争夺太阳能紫光工程各显其能，送礼、黑客、监视无所不用，不输谍战大剧。在空前猛烈的台风“天鸽”肆虐时，三人都冒险上路，各寻门路，结果风中遇险。大难临头，生命危在旦夕，放下商场争战的心机和嫌隙，拼死救助，经九死而存其生，并相约出院后重新开始紫光工程竞标。“劳动竞赛”是“十七年”小说中常常出现的场景，充满生活气息和友谊互助的元素。杜斌写的是市场经济前沿经济特区珠海的商场竞争，但其内在，却还是“义”字当先的劳动竞赛质地，带着《三里湾》《我们村里的年轻人》传下来的气息。

语言是文学最基本的载体。赵树理等作家对于民间语言的运用，在鲜活生动的语言上的创造，一直为读者和文学史家所称道。杜斌的小说风格虽少“戚”和“婉”，语言却绝不“过甚其辞”“笔无藏锋”，而不乏幽默，常见颇有创意和表现力的句子。“脑子一片空白还好受，一猜测，一乱想，就轰的一声长满蒺藜”（《风烈》），“他感激生活给了他主导权利。他紧紧抓住孙子的教育权不放，即使在骨头疼得像打台风”（《赶浪，赶浪》），“爸妈跑到梦里来要钱，张宝贵才又想起自己的乡巴佬身份”（《清明吟》），“王朝阳第一次听人赞美猪聪明，就有了点好奇”（《白额黄金猪》），“他的公司，快五个月没工程做了，每天都在等米下锅。在公司等米，就是等死”（《报春图》）……在山药蛋派的前辈们“农民式的诙谐”基础上，杜斌进行了转化、创新、发展，将之引入官员、商人、培训学校校长、打工者等非农民群体，使艰难甚至危险的生活和工作，具有了喜剧或者自嘲的味道，渗透出乐观乃至达观的态度。

“蛇城”和珠海，是杜斌的两张“邮票”。珠海尽人皆知，蛇城何谓？其实就是山西省会太原。太原古称龙城，历史上真正地“阔”过。近十年来也在后发赶超，转型创新，经济活动一直很活跃。虽然也有不尽如人意的现象，如杜斌小说中所针砭的，但山西人民和全国人民“对美好生活的不懈追求、为改变命运的不屈奋斗是一致的”，相信在新发展理念指引下，龙城将再次飞龙在天。

习近平总书记明确指出，“新时代新征程是当代中国文艺的历史方位”。中国作协十代会工作报告，从八个方面系统阐述了新时代文学的本质特征和风格表现。新时代文学的高原高峰，需要宏大的作家队伍共同创造，需要以现实主义笔法描绘人民拼搏奋斗创造美好生活的生动图景，需要从生活本身成长起来的写作者把深厚的体验和积淀化作富有表现力的文字，需要我们对有潜力的写作者热忱的发现和扶持。杜斌的家乡运城永济市，古称河东。河东自古人文鼎盛，王勃、王维、柳宗元、白居易在“一切好诗都已被做完”的唐代，也属于最璀璨的恒星。杜斌当然与此相距何止千万，然其于新时代文学创作之心之力，殊可感佩，唯愿杜兄新作迭现，“龙光射牛斗之墟，徐孺下陈蕃之榻”。

吴义勤

风　烈

一

倒霉了半年的刘国瑾站在山顶上，迎着秋风，双手叉腰，兴致盎然地观风景。这是喜爱爬山的他，今年第一次从事自己喜爱的运动。正满眼风光，运动裤口袋里的手机响了。他掏出手机一看，是学校王木德副校长打来的。

他最怕接这种突如其来的电话。

校长，在山上？王木德问。

嗯。有事吗？

有事。王木德的口气有点犹豫。

啥事？

不知该不该……

那头没音了，刘国瑾喊了半天也没反应，看手机黑屏，按开关键也没反应。他手机没电了，摸摸另一个口袋，充电宝也忘记带了。

他感觉又出事了！

他浑身发冷，起一层鸡皮疙瘩。一秒钟前还在背部像蚯蚓一样蜿蜒冒着丝丝热意的汗水，顿时成了冰挂。头顶的腾腾热气结了霜。秋高气爽的万里蓝天不见了，连绵百里直达天际的群山消失了，红得艳丽虽干枯却不凋谢的千日红无影了，黄灿灿一蓬一蓬似野菊花的旋覆花藏形了，天地一片空白。

今年，这是他第三次在山上接到王木德的这种电话了。前两次都给他带来难以摆脱的噩梦。

他的小腿肚子在七分裤腿里瑟瑟发抖。

这次又会有啥灾祸砸到头上？

他不知道。

他不敢猜，也不愿猜。

上次接到王木德的电话发生大事是在两个月前的农历十五。天气燥热，日光如毒，万物发蔫。他来到隐云寺，怀着一腔虔诚，和一群居士亦步亦趋跟着和尚做法事。中间，一泡尿憋不住，出来上厕所。站在小便池前，半天撒不出一滴尿来。他怀疑前列腺是不是有了非常严重的炎症。他摒弃一切杂念，集中精力于大腿间，嘴上嘘嘘地吹口哨做引子。好不容易尿了出来，却像没有压力的自来水龙头，滴滴答答，尿了十分钟没尿完，裤口袋里的手机就震动了。他一边继续滴滴答答，一边掏出手机，是王木德的电话。王木德说反垄断调查局打来电话，说学校涉嫌行业垄断，下个星期要过来调查核实。刘国瑾感到好笑，说搞错了吧，我有本事搞行业垄断，我还办啥狗屁民办培训学校？王木德说，没错，办公室王主任给我拿过来反垄断调查局发来的三页传真，说是证据确凿，还提出52个问题，要学校认真准备材料。刘国瑾打了个冷战，滴滴答答中断了，嘘嘘的口哨卡在嗓子眼，没来得及撒出来的尿倒流回膀胱。针对反垄断局的52个问题，学校三名财务人员加上从办公室、教务处临时抽调的七名员工，白天黑夜连轴转，准备了六天零九个半小时，打印复印了4377页材料，焦灼中煎熬了半个月，盼来了五名调查人员。刘国瑾每天都要被叫过去问话。财务处人员、办公室人员、教务处人员、后勤处人员都被约谈。后来，又开始抽查学员，询问学员是不是有人强行安排他们来培训。抽查了不到一天，学员吓跑了一多半。刘国瑾又气又急，望天长叹。经过五天调查，得出了结论：垄断一事确实存在，但与学校无关。下一步他们要移交有关单位继续调查核实。变成苦瓜脸的刘国瑾给鉴定站副站长陈登第打电话，陈登第为他叫屈。刘国瑾又专门跑到鉴定站给老站长吴兴瑞诉苦，老站长为他打抱不平，但又无可奈何。经过这次折腾，学校一个半月没招到一名学员。外面谣言四起，说得有鼻子有眼，蛇城职业技能培训学校涉嫌行业垄断，被查封了。

第一次接到王木德的电话发生大事是在半年前。王木德说他接到一个陌生电话，对方说他是税务稽查大队的，说是有人举报你们学校偷税漏税。第二天，稽查大队的人马直扑过来，首先封了所有的账目，接着勒令学校停止经营，配合稽查。一查就是半个月，所有的账目一一核对，一年内培训的学员挨个都打了电话，所有人都知道蛇城职业技能培训学校出了大事。经过三天的严格稽查，查出学校不合规发票三张，涉及金额3000元，按规定应该罚款15000元，最后经过稽查人员反复研究，为了响应国家的号召，支持培训学校这一新生事物，支持民营企业合法经营，给予1000元的处罚。这次税务稽查，再加上几位居心叵测的同行趁风扬沙，使学校名声大损，元气大伤，两个多月才招收到十一名学员。事后，经过全校教职员工多方努力，如今学校总算是又慢慢步入正轨。

刚笑了没几天，今天又一次接到王木德这种电话，刘国瑾连叫倒霉，他不知道又要出什么事。脑子一片空白还好受，一猜测，一乱想，就轰的一声长满蒺藜。

肚子里面一阵痉挛，疼痛，下面马上就有了便意。

他急忙钻进树丛，脱下裤子，还没蹲下一股稀屎就喷薄而出，扫倒一片杂草。

他的脸发烧。

拉完屎，提起裤，站起身，小腿肚又麻又抖，他感到空气稀薄得喘不上气来。他看看天，看看学校的方向，努力拔起焊在杂草上的两条腿，吃力地往下跑。

从山上下来的小路经过隐云寺，刘国瑾下意识扫了一眼，就有了进去拜拜的冲动。他放慢脚步走进去，从裤口袋掏出一把钱，也没数，就塞进功德箱里，然后点了三炷香，磕了三个头。又匆匆往学校跑，一路上嘴里自言自语：菩萨保佑菩萨保佑。

看见副校长王木德背着手，在学校门口转圈，刘国瑾的心跳到了舌尖。

王副校长似乎闻到了他的味道，风干了的土豆脸转向他。

王木德直直地眼看校长：你这是咋啦，脸都绿了。

刘国瑾声音震颤着问：你在这干啥?

给你打电话，没说两句就断了，再打你已关机，我在这等你。

又有事了?

没啥大事，鉴定站开会，小高打电话，问你有没有时间，有的话，就去参加一下。

就这屁事！刘国瑾狠狠剜王木德一眼，长舒一口气，末了，用右手食指点着对方：你呀，他妈的……王木德！你吓死我了。

刘国瑾两腿一软，一屁股坐在路边一根老柳树的半截树墩上。他抚抚胸口，平息着内心的不安和焦虑。他说：我接到你的电话，还以为又出大事了!

王木德说：哎呀，我的校长，你胆子咋越来越小了。

刘国瑾看着王副校长，突然间他想哭。

二

学校办公区在顶楼，是私自加盖的，属违章建筑，被有关部门处罚过三次。不打不相识，最后大家成了朋友，也就睁只眼闭只眼。再有四年，楼房的租期就到了。他在三年前就筹划着征六十亩地，漂漂亮亮盖一座职业技能培训学校。他十分看好职业技能培训的前景。上周一开例会时，他还和王副校长几人就职业技能培训问题进行过一番激烈的争论。对于我国是世界上劳动力资源最丰富的国家，劳动力素质普遍偏低这一点，大家没有分歧。刘国瑾认为，职业技能培训应该成为我们的国策之一，全面推进素质教育，造就数以千万计的专业人才，不仅是缓解就业压力的需要，也是拉动经济繁荣的重要一环。没有高精尖的创新工匠，我们引以为豪的制造业就难以为继。为此，他决心把自己的后半生投入到职业技能培训领域，但征地建校的难度超出了他的想象。一年的奔走，毫无成效。第二年，全球经济最低迷时，他在《蛇城都市报》文教栏目上看到一条新闻，说省里在蛇城五十公里外兴建一个教学园区，已有三家教育机构入驻。他心知机会来了，当下就开车跑过去。教学园区已经设立四年，当地政府正为招商引资愁得白发三千丈。在招商人员的带领下，他转了两大圈，相中了一块地。他的投资虽然不大，但也算是一个项目，在政府招商引资的表格上又增添了一行，很快就签订了有关协议，缴纳了五百万元的保证金。如今两年过去了，当初引资人的白发长到了他的头上。由于经济形势的逐步好转，当地政府把主要精力转移到更能拉动GDP的项目上，职业技能教育成了叫好不叫座的鸡肋。

电梯神经质地抖了一下，停在五楼。刘国瑾在前，王木德随后，出了电梯，走到五楼的最东面，沿楼外增加的简易消防梯上到六楼。正对楼梯的是教务处，后面依次是招生处、就业处、后勤处、财务处、校办公室、会议室、副校长办公室，最后一间是校长办公室，270度采光。

后勤处长梁三友又在精心浇花，看见校长，他放下手中的水壶，屁颠屁颠地跟在校长后头。

办公室主任王前进把一份表格放到校长面前，是《民营非营利机构自查工作报表》。王主任说：这个表催得急，要十二点前必须送过去。

刘国瑾斜瞟着王主任：上个星期不是已经报过了吗？

王木德说：上星期是报给人社部门的，这次是民政部门要的。

还有哪个部门要？

可能所有的政府部门和相关的民间组织都要，暂时搞不清楚。

王副校长瞪了王主任一眼，说：咱们天生婆婆多，是个部门都会手发痒，伸过来挠两下。你干脆搞它几十份，谁要给谁报，不要老是找校长签字。

王主任说：好的，我马上办。

刘国瑾的号码还没拨出去，正充电的手机响了。

王木德探头一看，报告校长，是陈副站长的电话。

刘国瑾的手伸到空中，王木德把手机和充电宝放到空中的掌心中。

里面的声音比平时高了八度，音调像唱歌：哈哈哈哈，我的刘兄啊，别人的电话都快把我的手机打爆啦。我盼星星盼月亮就等你的电话呀！我咋就看不见你一个电话？你啥时候变得这么牛×呀？

刘国瑾笑着回答：我的陈站长呀，我正给你拨号呢，咱俩有感应，真是心有灵犀一点通啊。

说得比唱得好听，可事实是一个小时前我专门让办公室的小高通知你们学校，叫你来鉴定站开会，你牛×得就是不露面。

我爬山了，在山上，手机没电。这不，一下来，一边充电一边给你打电话呢。

潇洒啊！

潇洒个狗屁！你快快当站长吧，你再不当站长，我就要断气啦。

那你是希望我当站长喽。

天天盼，夜夜盼啊！

真心话？

我啥时骗过你陈站长呀？借给我十个胆子也不敢，不是不敢，是不会。

以后就不用盼了！

啊呀，听口气，有喜事？

就你不关心我。

关心，每天关心，时时刻刻关心。哪敢不关心？我天天烧高香，祈祷你赶紧上台，执掌大印。

瞎扯淡！你这么关心我，这么大的事你都不知道，还说关心我？

我在这山沟沟里，孤陋寡闻。

告诉你吧，我的老兄，我的刘校长！特大喜讯：刚刚开会宣布老站长退休，从今天，不，从现在开始，我，全面主持鉴定站的工作！他妈的，千年老二，终于修成老大。

天啊！

还不恭喜我？

你不是哄我开心吧？

这谎我能撒？

我的妈呀！我的老天爷啊！恭喜呀恭喜！

马上过来！

好的好的。

安排饭局！

必须的！

庆贺庆贺！

应该的！粤海世界饭店还是蛇城饭庄？

随你的便，你办事我放心！

挂了电话，刘国瑾觉得身上热血沸腾，他双手拍着桌子，对王木德说，咱们学校的好日子启航啦！

王前进把三十份《民营非营利机构自查工作报表》放到校长面前，刘国瑾接过办公室主任递过来的签字笔，在王前进的指挥下，挨个在法人代表一栏里签上龙飞凤舞的签名。笔还没放下，他为自己在山上的紧张感到好笑。

隐云寺的梵音《六字大明咒》透过窗户飘过来，听起来怦然心动。再细听，妙善的特质，让人心静。

刘国瑾不由自主地想，今天的结果，不会是刚才进隐云寺给佛烧了香，菩萨保佑的原因吧？

他又想起了那尊菩萨。他想过两天再去拜拜，如果学校能再上一层楼，他还要给菩萨重塑金身呢。

反正今天是好事，没有坏事，好好，真好！

三

刘国瑾是蛇城职业技能培训学校的校长。他和陈登第都当过兵，虽不是一个部队，但都扛过枪，也能称战友。多了这层关系，加上年龄差不多，相较老站长吴兴瑞，俩人就情同手足。刘国瑾也曾试图和老站长套关系，无奈老站长和方州培训学校的任继军血肉相连，还有风言风语，说老站长吴兴瑞和任继军的母亲关系非同一般，逢年过节，老站长宁可不陪自己的老婆孩子，也要陪任继军母子俩。更有传言说得有鼻子有眼，任继军是老站长的私生子。刘国瑾细细对比过，两个人的侧面还真有点像。巴结不上老站长吴兴瑞，退而求其次，刘国瑾对陈登第自然就精心了许多。培训学校没有鉴定站做后台支撑，就像没娘的孤儿。逢年过节，刘国瑾对陈登第自然就孝敬多多，平时也隔三岔五地红包酬谢。陈登第也投桃报李，凡是蛇城职业技能培训学校的鉴定考试事宜，一路绿灯闪亮。每年四次国家理论考试，按规定，三十人一个考场，为了节省租用场地费用，蛇城培训学校有时会五十人甚至八十多人一个考场，陈登第都选择睁一只眼闭一只眼。每次技能鉴定，陈登第也是尺度尽量宽松，让刘国瑾获益颇多。刘国瑾早盼望老站长能早日退休，陈副站长转正。那时候，有陈站长做靠山，蛇城培训学校就有希望坐上全省特有工种培训的老大地位。陈登第跟了老站长多年，了解老站长的口味，知道老站长为什么喜欢他。一般领导都喜欢乖巧的，老实的，而老站长为人大气，精明强干，对有个性的人情有独钟。于是陈登第就把二者糅到一起，常常在一些无关紧要的“大事”上，表现得张牙舞爪，极具血性。无论何时何地，在老站长面前，他都是前倾四十五度。

陈登第人长得黑，脸又长，人们背后给他起了个外号，叫驴脸。他爱喝啤酒，据说当年老婆菲妮和闺蜜冯爽抓住他在外面酒后乱性，便给他立了个规矩，不准在外喝酒。那时候，菲妮的官做得比他大，菲妮爸的官也比他爸的官做得大。官大一级压死人，夫妻也不例外。菲妮有了禁令，本来在家就低人一等的陈登第，自然只能在家喝酒。驴脸能吃，一顿两大碗刀削面，但不长膘，自己都嫌自己没有男人的风度，便顺势在家大喝啤酒，期望能喝出个啤酒肚来。那个年代，啤酒肚被称作将军肚，是官员的专利，官越大肚子就越大。驴脸两杯啤酒下肚，啥话都敢说，有次还把老婆的嘴巴打得像脱肛似的往外翻。厅级老丈人闻讯赶过来，二话不说，挥手就把驴脸抽成了陀螺。

饭局最终选在滨河东路一个很有特色的私家菜馆，新上任的代理站长陈登第夸奖刘校长考虑周全，有政治头脑，还说当下形势低调一点完全正确。

这个私家菜馆，刘国瑾是第二次来。第一次是两个月前反垄断调查结束的当晚，为了感谢苟处长，为了以后不再有麻烦，他执意要请人家吃个便饭。熟门熟路，刘国瑾没走前门，拐过花坛，绕到后面，进后门。后门陈旧得生满铁锈，打开向前走三步，又是一道门，牛皮包的，推开就是另外一个天地，装修的豪华程度不亚于前两年门庭若市的王府饭店。三祥培训学校校长马三祥、千秋培训学校校长傅正焕、方州培训学校校长任继军、大青培训学校校长刘青山，都在包间门口恭迎刚刚荣升的陈站长。

陈登第把嘴笑得有脸盆大，有点驼的背也挺得像门板。进门的一刹那，刘国瑾兴奋又惊讶地发现，陈登第不但官升了，人也高了半尺，他看他时居然需要仰视了。

昂首挺胸满脸春风的陈登第突然收住脚步，眼一瞪，环视一周，又笑了：你们谁知道今天是啥日子？

刘国瑾笑得把头顶的中式龙灯都逗乐了，说：陈站长您荣升的好日子呀！普天同庆的大喜日子！

陈登第嘴里哈哈哈地滚出一长串大笑，说：今天是我的生日。这么多年了，也不说给我过个生日。

任继军惊叫：哎呀，你是鬼节生的？

陈登第边走边在主位上坐下，环视一周说：正是。咋啦，吃惊？奇怪？呵呵呵呵，别看你们这些校长一个个猴精猴精，上识天文，下懂地理，其实真正的国粹，你们狗屁不通。鬼节出生的人，在中华五千年的文化里，叫作天胎，文献记载：五星者，是日月之灵根，天胎之五藏，天地赖以综气，日月系之而明。

任继军凑近刘国瑾的耳朵小声说：我们老家把鬼节出生的孩子叫小鬼，说是游荡的小鬼变成的，阴气重。命理学上也认为，此日生人，夫妻相克，子孙刑克，争强好斗。以后我们要和鬼打交道了。

刘国瑾听后一脸坏笑。

按照陈登第的口味，刘国瑾安排好了菜品，佛跳墙必点，当然也少不了小葱拌豆腐、家常豆腐、香菇炖豆腐、麻辣豆腐、回锅豆腐。陈登第爱吃豆腐出了名。他常说，小时候家里穷，吃肉是一件极奢侈的事，只有逢年过节才调剂调剂。在漫漫的饥饿成长史中，老母亲无法让他从肉食中获得优质蛋白质，只能从大豆中获取。他对豆腐有特殊的感情，他常念叨：豆腐有妈妈的味道。

第一杯酒，新上任的陈站长说了几句感谢的话，还说以后鉴定站还得仰仗在座的各位鼎力相助。大家积极响应，由衷大笑。刘国瑾的声音比大家高八度，以使整个场面更加自然、真挚、快乐。

第二杯时，刘国瑾端起酒杯，起身说：每个行业都有祖师爷，理发的祖师爷是吕洞宾，毛笔的祖师爷是蒙恬，瓦匠的祖师爷是鲁班，豆腐行业的祖师爷是刘安。咱们省特种行业培训的祖师爷过去是老站长，从今天开始我们就要供拜陈站长了。来，大家举杯，为咱们新的祖师爷陈站长干杯！

喝第三杯时刘青山忍不住站起，引领大家一起高呼“起三”，谐音起山。

刘青山在碰杯时由于用力过大，把玻璃杯碰烂了，碴子飞到陈登第怀里，弄得场面有点尴尬。

陈登第笑着打圆场：碎碎平安！

自由打关时，任继军有事告辞，临走前拉着陈站长的手，说了一些祝贺之类的奉承话。

刘青山看着包间门重新关上，把嘴贴近陈站长的耳朵说：这小子肯定是去老站长那儿了。

陈站长说：有话就大声说嘛。

刘青山的嘴只好离开陈登第的耳朵，大声把话重复了一遍。

马三祥说：这是啥机密？天下谁不知道任继军是老站长的心头肉啊。

刘国瑾说：老站长对任继军那叫没说的，比亲儿子还亲。

刘青山说：本来就是亲儿子嘛。

傅正焕故作惊讶：任继军真的是老站长的私生子？

刘国瑾说：听说任继军的父亲当年是为救老站长牺牲的。

马三祥说：日哄谁呀，咱们不是三岁小孩。

刘青山说：明摆着是给不正当关系打掩护的。

马三祥说：此地无银三百两。

刘青山说：不是特殊关系，老站长怎能逢年过节宁愿抛下老婆，也要和任继军母子一起去过。

刘国瑾说：你说的不对。老站长春节在自家过，我可以作证。

傅正焕说：说明你过年给老站长拜过年啊。

刘国瑾说：这有什么好隐瞒的，在座的有谁没给老站长拜过年？

陈站长抬起手，做了个下压的动作。他拉长脸，郑重其事地说：今天到此为止，以后大家谁也不能乱讲。老站长是我们大家的老站长，对我们有恩，有情，有义，不能人走茶凉。我在位一天，就不允许你们随便议论。你们都给我注意喽，今天的胡说八道，就此打住，就此打住……

从私家菜馆出来，马三祥请陈站长和大家一起去歌厅吼两嗓子，放松放松，加深加深感情。

陈登第不给他机会，笑呵呵地说：不行啊，今天是中元节，我要祭祀先人。

他转向刘国瑾，郑重地说：祖宗重要。

刘国瑾赶紧点头：祖宗重要，祖宗重要。

为了显示隆重，陈登第先理发、染发。看着镜子里被烟熏黑的牙，又果断地走进红十字口腔医院洗牙。出来意犹未尽，又到美容厅转了一圈。再出来时，刘国瑾都呆了，陈站长眼角的鱼尾纹像是用电熨斗熨过一般。

陈登第坐着刘国瑾的车，先到永安寺公墓，请出父亲的骨灰盒，点三炷高香，三跪九叩，汇报说：爸，您老努力了一辈子，最终才是个副处级，儿子今天超过您啦。我现在是正处了，可以和菲妮平起平坐，可以不看黄脸婆的脸色行事了。

从永安寺公墓出来，陈登第大声指挥刘国瑾狠踩油门，从唐明东街上高速公路，一路向南，直奔浑水河。陈登第给村里的本家兄弟打电话，高声指挥全村姓陈的全部集中到祖坟前，还命令他们按照老家的风俗，到镇上买祭祀用品，花多少钱无所谓，费用他全出。下了高速路，陈登第直奔陈氏祖坟，领着本家兄弟给祖先点高香，烧纸灯，献花馍……

祭完祖，回到省城已是后半夜。中元节到了尾声，街道上已经没有行人，月亮像黄黄的玉米面饼子贴在夜的铁锅上。地砖铺就的人行道上画满了白圈圈，那是用于给祖宗烧纸的，密密麻麻。

刘国瑾听过不少鬼节的传说，后半夜阴气重，他想早点回家。

陈登第却心潮澎湃得平静不下来，他指挥刘国瑾敲开一家小酒店的门，要了几个下酒菜：小葱拌豆腐，醋泡花生米，猪皮冻，过油肉，外加一箱啤酒。

陈登第抽着烟，喝着酒，先是把陈氏祖先称颂一番，又夸自己鲜花正盛开，接着开始称赞前任老站长是他的救命恩人，是他全家的救命恩人。说是有年冬天，老妈在老家中了煤气，当时没经验，医院抢救过来后，就要回老家。半路上，老站长来电话，及时告诫他，中煤气的人必须要进行高压氧治疗，多亏了老站长的建议，他妈才没有落下后遗症，不然，哪能活到今天。陈登第说着说着，话头就像断了线的风筝，突然转向，又开始大骂老站长，说他只顾自己，不管手下人死活。还说，当了十一年的副站长，老站长就像压在头上的五指山，现在五指山终于倒了，他可以大展手脚了，千年老二可以扬眉吐气了。又说，在这个社会上，谁不想由着性子打出自己的一片天下？可他不行，他没有好老子，老子当了一辈子官，死到临头才捞了个副县长。有个好老丈人，却没有好老婆。他妈的，个中滋味，谁人体会？日子过得真恓惶，眼看着别人高楼大厦、奔驰宝马、美女黄金，他的心在流血、在颤抖，走路鬼打墙，睡觉腿抽筋。现在老天开眼，云开雾散见晴天，头上没了五指山！他要努力工作，把权力用好，实现人生价值最大化！

说着说着，陈登第突然打住，歪着头，眯起眼，端详着手中的烟，脸唰地绿了。他把手中的半截烟和桌子上刚开包的芙蓉王一起扔到刘国瑾怀里，怒斥道：老子都当站长了，还让老子抽这号烂烟？命令刘国瑾给他买两条中华烟去。

那天，他们一直喝到天亮。刘国瑾叫停，陈登第要了一箱啤酒还要喝，一边喝一边抽着中华烟，中间还给刘国瑾讲了小时候的事，说，六岁那年，他爸妈离了婚，当公社书记的爸回老家过年，大年初一，在巷口碰见他，偷偷给他塞了五毛钱的压岁钱。他用二分钱买了一串山楂糖葫芦，剩下四毛八分钱，怕妈发现，开始藏在被窝里，又藏到褥子底下，最终还是被妈发现了。他不敢告诉妈是爸给他的压岁钱，妈天天警告他，说人穷不能穷了骨气，饿死也不能花那个没良心人的一分钱。他回答不上来妈的问话，妈就三娘教子一样，从炕头捡起木尺，把他的手心打成了五花肉。第二年，他上小学一年级了，大年初一，爸又专门在巷口碰见他，给了一块钱压岁钱。这次他没敢在家里藏，他藏在鞋底，结果鞋帮烂了他不知道，还是让妈发现了。妈用鞋底打得他屁股火辣了半个月，晚上只能趴着睡觉。后来，高中毕业，爸调到外地一个县当劳动局局长，把他的户口从农村转到了城市。第二年，爸送他当了兵。复员那年，爸又把他安排到省城，不幸的是，他还没来得及尽孝，他老人家就得了肝癌。临死，爸给了他一笔钱，他藏在结婚照的镜框后面。第二年，腊月二十三过小年打扫卫生，老婆菲妮发现了镜框后面的秘密，一声不吭全没收了。

陈登第说到这里住了口，打开一瓶啤酒，一仰脖子全下了肚。把空酒瓶往桌子上一蹾，吼道：他妈的，恓惶哩！老子受了一辈子，穷了一辈子！窝囊死了！

他拉住刘国瑾的手，摇着，拍着：你是校长，是富人，你知道穷人最大的悲哀是什么吗？没钱！穷人所有的困苦，都和钱有关系，脸面，生存，温饱，吃喝拉撒睡。那年我结婚，多年的积蓄全用来置办家当，婚后我口袋里干净得像刚搓完澡的屁股蛋。实话告诉你，不怕丢脸，不怕你笑话，那时候我每天把办公室烟灰缸里剩的烟头都收集起来，躲到没人处，用报纸卷成喇叭筒，偷偷地过烟瘾。

陈登第眼眶里泛起泪光，接着两串泪珠挂在脸颊。

片刻，他挥手抹了一把泪，腾地站起来，手舞足蹈，口吐白沫：今天，老子可以扬眉吐气了，老子现在是处级干部了！哈哈哈，爽啊！

刘国瑾脑子断片，张着嘴想了半天，才想起应该到洗手间冲冲冷水。返回酒桌，他一把一把地抹着脸上的水，噼里啪啦摔到地上。他拦住对着七八张饭桌大发宏论的陈站长，大声表态，从今天起，蛇城职业技能培训学校聘请陈站长担任顾问，月薪若干。

陈登第一手叉腰，一手挥舞着啤酒瓶，大赞革命战友情深意厚，不拿下威虎山誓不休。

有了顾问的身份，陈登第就往学校跑得勤快起来，主动给学校教务处开会，提合理化建议，帮学校调整技能培训课程，按照国家的考题安排课程，捋顺考培关系。

刘国瑾感激之情如潮涌。他明白，有了陈登第这个天胎的关照，学校考试的合格率就能增加几个百分点，招生就好招，有了生源，学校就有了财源，有了财源学校就能生存。刘国瑾要把陈登第完全变成自己人，让学校的事变成陈登第自己的事，一切可能的问题也就都不成问题!

四

当深冬的西北风从隐云寺扑下来时，突然有一天，刘国瑾发现陈登第脸上笑容的源泉似乎枯竭了。一连三次实操考试，他都像个领导干部，背着手，昂着头，板着脸，威风凛凛，莫名其妙地把学校的老师骂得狗血喷头。

转眼，柳树舒展着嫩叶枝条在春风中翩翩起舞。这天，副校长王木德陪着校长在学校巡视了一遍，来到大门口，商量着要按照风水先生的建议，把校门两边的石狮换成貔貅，把教学楼前的单根旗杆两边各增加一根，变成三根。三根旗杆代表三炷高香，不仅解决了风水问题，还符合中国人的审美观。

王木德看着校长，吸吸气，缓缓神，努力张开嘴：你觉得陈站长这个人靠得住吗?

你有什么新看法?

你没注意到陈站长最近的变化?

……没发现。

王木德说：那是你和他太熟悉了。不知咋的，以前见了陈站长还能嘻嘻哈哈开个玩笑什么的，现在远远看着，就不由得不肃然起敬，像老鼠见了猫，第一反应就是夺路而逃，有时候还莫名其妙地浑身起鸡皮疙瘩。

刘国瑾眉头皱了皱，嘴唇动了动，最终没吭声。

又过了不长时间，王木德突然提出想换个工作，不想管教务。

刘国瑾说，你戴着有色眼镜看陈站长。

王木德苦笑着说，看见他，我的感觉就是阎王爷身边的牛头马面勾着我，要把我带进地狱。

刘国瑾说：你是老猫照镜子把自己当成了老鼠。

王木德说：陈站长是猫照镜子照出了老虎的模样。

刘国瑾沉吟了一会儿，扭头问：谁接?

王木德张张嘴没回音。他早把学校管理人员琢磨个遍，他曾对人事处处长说，能不能抓紧招个管教务的副校长？人事处处长知道这个职务的人不好找，正儿八经有副校长经历又有能力又精通职业技能培训的人凤毛麟角，这些人大都心高气傲，要么潇洒后半生，要么自己就办个培训学校当老板；有空头衔没两把刷子的人倒是不少，猴急猴急的，恨不得立马就上任，这种人学校又看不上，不想要。人事处处长在合适的时间合适的场合把这话传给刘校长，刘校长冷冷地说别理他。

刘校长瞪着王副校长说：等你培养出接班人了再说。

王木德说：我实在是不想看驴脸，挨驴踢。

刘校长安慰他：你就让他过过官瘾吧，权当是看演戏。

在刘国瑾的心里，陈登第已经成了一团雾。当他放下忧惧，想看清楚些时，走近一步，雾向后飘出十步，越发朦胧。

在刘国瑾面前，陈登第还是老面孔，笑口大开，嗓门调高八度，毫不吝啬地送过来一顶一顶的高帽子：刘兄啊，你是我认识的校长中最有水平的，你是大把式，你就是我心目中的偶像，做人的榜样。我谁都不服就服你，眼里只有你刘兄！

刘国瑾清楚，这是钱在发酵。

方州培训学校校长任继军和老站长吴兴瑞在海世界请人吃饭，王木德恰好碰上，就一起热闹了一会儿。回校后，他对校长说，怪不得前段时间驴脸老是贬低咱们学校，说咱们学校硬件不如方州，软件不如方州，恨不得把咱们打翻在地，再踩上几脚。今天我才知道，搞了半天，驴脸也兼任了方州培训学校的顾问，任继军给他的顾问费比咱们高出不少。还说任继军告诉他，老站长现在连陈登第的名字都不想提了，说陈登第就是一只掉进饭碗里的苍蝇，吞下去毒不死人，却能把人恶心死。

王副校长还告诉校长一个消息，老站长和任继军也在筹建一座新的培训学校，有意思的是他们放着省里的教学园区不进，却莫名其妙地将地点选在离蛇城二百多公里的大青山革命老区，那里是当年贺龙东渡后的根据地。还说，当地政府答应免费提供土地。目前老站长正在筹钱，据说，连家底都拿出来了。

刘国瑾说：老站长真是拼了老命啊。他为啥对任继军这么好？

王木德说：我听说任继军去世的父亲过去是老站长的班长，是不是因为这层关系？

刘国瑾说：战友情，深似海，关心帮助都是应该的。但是，老站长这么帮任继军就有点做得过了。

他疑惑地看着王木德，自言自语：难道任继军真的是老站长的私生子？

慢慢地，刘国瑾感到陈登第和他说话时脸上的笑容急剧衰减，话语的温度也由三夏转入深秋，再后就直接走进隆冬。通电话时，陈登第再也不问刘国瑾说话方便不方便，一张口就像洽洽河决了口。

为了学校，刘国瑾克制自己，努力表现得像个孙子，和陈登第说话时，脸上保持着职业笑容。

渐渐地，刘国瑾又发现，陈登第和他说话时，只管自己说，不用回答了。

陈登第抽烟的派头也变了，过去抽烟时先找烟灰缸，现在烟灰随地弹。这时候，刘国瑾就不得不找个纸杯，倒点矿泉水，端着跟在后面，当行走的烟灰缸。

有天，陈登第来学校督导实操考试，突然说，刘老兄啊，在培训方面，没有我们鉴定站，你们学校狗屁都不是。我说的对不对？

刘国瑾没经过大脑就回答：不对。没了我们培训学校，你们鉴定站给谁鉴定去？去哪儿赚钱？恰当地说，学校和鉴定站是孪生兄弟，彼此相依。

陈登第脖子一梗：此言荒谬！在职业技能培训方面，我们比你们出的力大得多。你们赚大钱，我们只能领点死工资。这不公平，太不公平了。我虽然贵为站长，在你们这些校长面前，就是个辛勤的穷苦人。接着拍着刘国瑾的肩膀，阴阳怪气地说，刘兄啊，我能让你们学校办好，也能让你们学校生不如死，你相信不相信？

刘国瑾愣得像头看见好莱坞蝙蝠侠的西山黑土猪。

五

当年入伍时，父亲送给陈登第一句话：一招鲜，吃遍天。结束新兵训练下到连队，经过两个月的分析判断，陈登第把自己一招鲜的主攻目标定在射击上。他从外文书店买来《爱尔纳·突击》国际比武射击课程的录像，反复揣摩模仿，根据自身条件，在班长和排长的帮助下，制定了一套切实可行的方案。从那时起，战友们午睡，弯月挂在天边，星期天，节假日，他都泡在训练场上，带着枪跑、爬、出枪，跑、爬、出枪……夏练三伏，冬练三九。功夫不负有心人，在服役第二年，部队组织军事训练成果汇报表演，陈登第的步枪速射表演，33秒命中百米外的40个目标，弹无虚发，受到前来检阅的上级领导的高度赞扬，并立功受奖。就凭这一点，在同一批入伍的新兵中，他是第一个如愿以偿地入党，继而提干的。转业到地方多年了，他射击的嗜好一点也没消减。老丈人有个老部下在公安局，借老丈人的光，每年他都能和菲妮一起过一两次打靶瘾。当上站长，他觉得自己有能力安排自己的事情了。他打电话给刘国瑾，让刘老兄刘大校长给安排安排。刘国瑾费尽了九牛二虎之力，无奈关系不到位，且厚度不够，三个月过去了，打靶的地方还没有着落。陈登第便取笑他除了玩女人，屎也干不成。这时，千秋培训学校傅正焕校长出手了，他把陈站长领到他小舅子当领导的武装部靶场。打完靶，傅校长还给陈站长汽车后备厢里塞满当地的时令水果，说都是有机的。回到蛇城，陈登第拿出两箱时令水果给妈送过去。自从荣升鉴定站一把手后，那些曾经自命不凡的校长便像夏天的苍蝇，嗡嗡嗡地围绕他转，隔三岔五地把各种名特土产品源源不断地送来。

他给妈重新租了一套房子，和他家住的香格里拉小区隔一条杏花园路，很方便。他对妈很孝顺，每星期都给妈钱，当副站长时，是一百二百，当了代理站长头一年，是五百一千，现在成了三千五千。

妈说：你用钱地方多，别老给我。你每次给我买的东西都够我吃好多天，有钱也没地儿花。

他说：我不能让妈手头不宽裕。

妈说：菲妮会不高兴的。

他说：这些都是我的私房钱。

妈问：你又存私房钱了？

他说：我应该有点。

妈问：菲妮知道吗？

他回答：我能让她知道？

说着，陈登第下意识地用手按按文件包，里面有今天收的两笔礼金。

他妈看着他下意识的动作，说，男人还是有女人管着好，孙悟空没有头上的紧箍咒，就成不了行者，永远是猴子。

陈登第不和妈顶嘴，任妈唠叨，耐心地听。

穿过马路，回到香格里拉小区，在一楼陈师傅的便利店要了三箱啤酒，让店老板给他送回家去。陈师傅高兴得像中了体育彩票，他店里三分之一的啤酒都让陈登第喝了。

陈登第打开家门，菲妮在客厅沙发上正看电视，一袋绿皮洽洽南瓜子陪着她。听见门响，她扭头看过来。

陈登第故意不和她搭茬，从口袋里掏出打靶剩下的一发手枪子弹，往空中一扔伸手一接，又往空中一扔伸手一接，如此三次到了书房门口。

菲妮悻悻地剜了他一眼，继续看《人民的名义》。这是一部热播的电视剧，剧中的陆亦可质问高小琴，在她发家致富的过程中，是不是存在强取豪夺，有没有民众的血泪。高小琴理直气壮地表示，这是一个爱拼才会赢的时代，不让别人流血泪，别人就会让她流血泪。陆亦可指责她，难道就真的没有为那些失地的农民和下岗职工考虑过。高小琴不屑地称他们跟自己一点关系也没有……

陈登第没出轨前，菲妮是家里的慈禧太后，在她的主导下，夫妻二人有两大习性。菲妮说，拥抱不是恋爱的专利，应该贯穿一生，它能让夫妻的感情每天都有一种如沐春风般的感觉。于是，陈登第就把拥抱当作仪式，与菲妮见面就抱。菲妮说，夫妻之间经常打情骂俏是爱情的保鲜剂和润滑剂，于是陈登第就把它作为夫妻和谐相处的一个技巧，充分发挥利用起来。陈登第出轨后，身为副处级干部的菲妮，果断地对副科级的陈登第采取了隔离措施，夫妻两大习惯全部封杀。菲妮还经常揭老公家的老底，说陈登第的父亲当年就是因为风流成性，到处拈花惹草，才导致挨处分就像吃家常便饭，二十多岁就是公社书记，五十多岁了还在原地踏步，死到临头才看面子给了个排行老幺的副县长。自从当了代理站长，陈登第在家里的地位扶摇直上，特别是半年前菲妮的厅级老爸退休后，陈登第在家里就有了北斗之尊，菲妮成了空气。

陈登第没有立即开书房门，停了几秒，又扭回身，笑吟吟走到沙发前，把手中的子弹在老婆面前的茶几上立起来。

菲妮讪讪笑着说：自己有能力找打靶场了。

他装作听不见，走向书房。

她知道他在向她示威，把目光又移到电视屏幕上。

陈登第右手食指放到指纹门锁识别处，一朵蓝光，外部指令与内置密码吻合，灵敏的电磁阀接到驱动指令，咔咔咔，一串连贯利索的规定动作，“哗——”，门锁就畅快地打开了，自从换成指纹锁后，菲妮就与书房拜拜了。有两次菲妮硬要往里闯，被陈登第毫不客气地用双手请出去，为此俩人冷战了三个月。

他严正警告，现在咱们是平级。

这天，陈登第进了书房，关上门，径直来到书架前，上上下下扫了一遍，相亲一样，开始评估哪本书的厚度配得上他文件包里的人民币。他很享受这个过程，故意拉长节奏。十多分钟后，他缓缓地从第三层抽出一函《史记》，小心打开版口，轻轻掀起护叶，《史记》里面没内容，是个空壳子。他把文件包里的礼金，小心平放进去，《史记》有点厚，装不满。他直骂送礼的人真是山西老抠，生平不待见这号人，下次要给他们点颜色看看。为了把《史记》装满，他不得不从文件包里掏出钱包。钱包里大约有一万五千元，他全部拿出来，数好数目，放进盒里，基本放满。他满意地把护叶放好，合上版口，把《史记》又放回原处。回到书桌前，刚坐下，又倏地站起来，不放心地又抽出《史记》，把里面的钱拿出来，重数了一遍，用一张长方形书签，写明钱数，放在里面，又放好护叶，合上版口，把《史记》放回原处。

坐回椅子，他弯下身，探长胳膊，从桌子底下拿出一瓶啤酒，用牙咬开瓶盖，美美地喝了一口，并不急着下咽，让酒香在口腔里慢慢挥发，双眼眯着，目光舒服地在书架上巡游。书架上的书，之前都是业务书籍。部队入党提干的经历告诉他，父亲的“一招鲜，吃遍天”是至理名言。转业后的十多年里，他买来这些专业书籍，是指望能给他在职业技能鉴定的工作岗位上带来一招鲜，让他的仕途顺畅。顺畅的仕途能让他过上上等人的生活。业务书籍没有带来更多他需要的，反而是装修公司设计的精装书，让他尝到了幸福的甜蜜。

陈登第爱读书，是受他爸的影响。他看的第一本书《把一切献给党》就是他爸送给他的。那时他爸当公社书记，他爸对他并不好，但他还是以爸为荣，埋怨他妈不该和爸离婚。他妈说他爸是个花心萝卜。他说这是国情，自古如此，哪个男人不是三妻四妾？他妈说，他爸和那个姓赵的女人生了女娃，不娶人家，后来又和别的女人好上了。他劝他妈想开些，首先要保证自己的生活过得好些。妈说：穷点，苦些，她能忍受，男人花心在外头搞女人，丢八辈子的脸，她受不了。

书架上的书如今已经更换了大约十分之一。当初收下礼金后，他不敢存银行。他从中央台新闻联播节目中知道，好多贪官都是从银行抓的线索。

有一天，任继军请他吃饭，老站长作陪。他开始有点受宠若惊，但屁股坐下不到三分钟，就觉得理所应当了。

饭前，在休闲区喝茶聊天，老站长对豪华包间里的大书柜赞不绝口，说那上面摆着的全是装饰精美的大部头书。问陈登第：你家藏书的档次和这里相比如何？

陈登第自嘲地一笑：没法比，没法比。老站长快别拿我开涮了。

办公室里小高听后悄悄走到他身后，弯腰凑近，小声说：陈站长，这些书哪能和你家的藏书比，没有一本真货。

陈登第怔了一下，慢慢品着手中的普洱茶。饭局中，他借故上洗手间，回来时，踱到大书柜前，若无其事地伸手抽出一本，打开，里面是空的。

吃完饭，出来到停车场，陈登第突然摸摸口袋说，手机忘拿了。

任继军说，我去取。

陈登第说不用了，自己匆匆返回包间。他问服务员大书柜里的书是从哪买的？服务员说那不是书，是装饰品。他说，我问你它们是从哪买的？服务员说，我不知道。他问酒店老板，老板说是从装修公司买的。他问哪个装修公司。老板说我自己的装修公司。

于是他把书房当作他的银行，用从酒店老板的装修公司买来的精装书当钱柜。菲妮绝对想不到，别人更想不到，他为自己的聪明才智点赞。为了确保安全，他把门锁换成了指纹锁。只有他进出自由……

六

冬季的早上，七点十五分，东山头的曙光才透过浓浓的大雾漫到西山。天气预报空气质量指数151，属轻度污染，比去年同期365的重度污染有了天大的进步。

隐云寺见缝插针安放的演唱机已经把《六字大明咒》《般若波罗蜜多心经》《观世音菩萨发愿偈大悲咒》《普门颂》给群山轮番播放了一夜，现在还在播放着。

梵音中，刘国瑾绕着隐云寺完成了一万步的疾走，停在大理石观音菩萨身后的文化广场，开始一呼一吸地打太极拳。他手中仿佛抱着一只无形的大圆球，嘴角微微扬起，脚在地面划着清逸出尘的弧线。腾挪闪展，四方戏水，八面守法，身若蛟龙。

打完一组太极拳，手机响了。他抬起手腕看佩戴的华为手环，显示是陈登第的电话。前面还有一个，他打太极时太投入了，没听见。他拿下蓝牙耳机，挂在耳朵上，里面立即爆发出臭骂：他妈的，你小子的狗胆越来越肥了，我的电话也敢不接?

他赶紧解释：不好意思，我在打太极拳，没听见。

马上过来，陈登第说，出大事了！

刘国瑾把蓝牙耳机放回手环，往花岗岩地面吐了一口唾沫，随嘴来了一句国骂。他走到栏杆前，拿起衣服，慢慢穿上，手叉腰，看着东山的红日冉冉升起，又俯瞰山下的蛇城渐渐苏醒，让心情恢复平静。突然间，他又脱下外套，放到栏杆上，返回原地，继续打完第二套太极拳，才重新拿起衣服，慢慢穿上，缓步下山。回到学校，脱下运动服，洗脸，刮胡子，梳头，换上正装，开上奥迪车。

陈登第站在香格里拉小区大门口。刘国瑾闻到了浓浓的羊肉、黄酒、黄芪的混合香味，知道陈登第早上喝了头脑。头脑是蛇城特有的冬天经典饮食，传说是明末清初著名文人傅山发明的。蛇城有头有脸懂得保养的人冬天都喜好这一口，越吃越香，还有益气调元、滋补虚损、活血健胃、强壮身体、延年益寿的作用。

他故意问：站长，又喝头脑啦?

陈登第看着远处说：你刘校长不孝敬，不代表所有学校的校长都看不起在下。

刘国瑾说：你这是打我的脸嘛。

陈登第说：就你们学校没给我买头脑月票。

刘国瑾的脸一下子红了：真该死，真该死，你看看，我居然给忘了，我现在去买，马上去买。

隔两条马路有家回民饭店就卖头脑。不一会儿，刘国瑾小跑着回来，递给陈登第一大沓头脑票，说我给你买了半年的。

陈登第斜着眼看马路上背着书包的学生急匆匆上学。刘国瑾只好把头脑票塞进站长的裤口袋。

陈登第这才把目光收回，放到刘国瑾脸上：刘兄啊，我呀，天生的苦命，为你们学校的考试心急如焚，夜不能寐。挣着王莽的钱，操着刘秀的心。

陈登第说着，从裤口袋掏烟。

刘国瑾急忙掏出自己的烟递上，另一只手掏出打火机给点着。

陈登第深深地吸一口，把烟圈吐向天空，身子习惯性地凑近刘国瑾，继续说：昨天晚上，我在家连夜加班，为你们学校的鉴定考试做准备。不巧，电脑坏了；电脑坏了，问题很严重，你知道不？电脑坏了，数据就生不成；数据生不成就不能上报学员名单；学员名单不上报就拿不到准考证；拿不到准考证，你们学校的学员怎么考？你知道吗？你操过这个心吗？你们一天到晚就知道赚钱，赚钱，赚钱，眼里只有钱，钱，钱。你知道我们鉴定站有多难吗？为了你们学校，为了你们学校的鉴定考试的正常进行，我一个搞职业技能鉴定的专家，却趴在地上修电脑，修了一夜啊。

说着双手一摊：这不，急得我这一大早的，就给你老兄打电话，把你叫过来，看看咋个办。他妈的，谁让咱们是兄弟，我天生就是为你老兄服务的，要是放在别人头上，老子才懒得管他呢。

刘国瑾明白了陈登第的用意，说：我这就安排人去电脑城给你买一台新电脑。

陈登第往后撤一步，像不认识刘国瑾似的：瞧瞧你说的，这不是给我买，我要电脑干啥？我是为你们学校着急，想赶紧把你们学校学员的数据生成，报上去，拿准考证。

刘国瑾连忙说：我知道，当然知道，你是为我们学校操劳的，电脑是为我们学校买的。可我不懂电脑，不知道哪个牌子好。你看……

陈登第说：我也不懂，你去找个懂行的问问。只要能满足鉴定考试的数据生成就行。

刘国瑾说：我的水平你清楚，在你面前就是个阿斗，连阿斗也不如。你先跟我说，你习惯用哪个牌子的。

陈登第说：我喜欢用苹果的，SONY、IBM、戴尔、华为性能也算稳定，反正CPU、显卡、主板、内存、硬盘、显示器齐全，能满足数据生成就行。

刘国瑾一笑：那就买个最高配置的吧。

七

刘国瑾请陈登第吃饭喝啤酒，打电话已经请不到了，他必须亲自到鉴定站去请。

他一般是早上一上班就去，知道这个时候肯定能找到他。

陈登第时间观念很强，这是他在部队养成的习惯。八点钟上班，他七点五十就拎着茶水杯进了办公室。他不吃早饭，一大早就是浓浓一杯茶水，说这有利于把肠道里的毒素排出去。这是他的养生经，常向别人推荐。

其实陈登第结婚前是吃早饭的。菲妮早餐爱吃牛奶面包，她父母上世纪五十年代留学苏联，养成了吃西餐的习惯。陈登第出生于农村，天生一副穷下水，早上就喜欢稀饭馍馍咸菜。

结婚第二天，菲妮就早早下厨房。陈登第起床洗漱完，还未坐到餐桌前，菲妮已将两份早餐端上了桌。陈登第穿着西装，笔挺地在饭桌前坐下，看看牛奶面包，一把推到一边，又一把将刀叉扒拉到另一边，然后瞪了菲妮一眼，起身到厨房拿过来一双筷子，又坐回餐桌，看着新婚宴尔的老婆，良久，问：我的小米稀饭馍馍咸菜呢？

菲妮笑着说：对不起，没有。

陈登第说：我不是告诉过你我早饭爱喝小米稀饭，爱吃馍馍咸菜小葱拌豆腐吗？

菲妮说：那是农民的早餐，我们家的早餐必须是牛奶面包。

陈登第说：你吃你的牛奶面包，我喝我的小米稀饭。

菲妮站起来，走到他身后，两条胳膊绕过前面，抱住他，撒娇地说：不好意思，没做。

陈登第说：现在做。

菲妮笑着说：又不好意思了，本宫不会。

陈登第便用筷子敲敲盘子：你是我老婆。

菲妮推了他一把：我又不是保姆。

陈登第愣了一下，杵在那里，好一会儿缓过神来，把筷子往桌子上一扔，说：不吃了！

菲妮在饭桌对面坐下，抬起上眼皮，剜了他一眼说：爱吃不吃。

即使如此，菲妮还没忘把他送到门口，还来了个亲密的拥抱，但她明显感到，他是应付差事。

此后多年，家里餐桌上的早餐，便只有牛奶面包了。在牛奶面包的影响下，生下陈馨也是如此。陈登第的早饭改成了自己泡的一杯浓浓的茶水。时间一长，一大早就喝茶水成了他的养生经。

在老丈人的关照下，加上老站长的协助和菲妮、冯爽策划的《蛇城都市报》两篇及时雨似的新闻报道，陈登第终于升为副站长。早上进了鉴定站，他先进自己办公室，把茶杯放到办公桌上，摊开一份报纸，摆好办公的架势，然后就去老站长办公室。他用向老站长要的钥匙打开门，亲自动手把老站长办公室收拾得一尘不染，井井有条。再坐一壶开水，给老站长泡好龙井茶。陈登第对老站长永远是毕恭毕敬的。不管在什么地方遇到老站长，他第一反应就是收住脚，后撤一步，眯着笑眼行注目礼，让老站长先过。

当上代理站长后的第一时间，他迫不及待地搬进老站长的办公室。代理站长要有代理站长的新气象，他上班由提前十分钟进步到提前十五分钟，他要求办公室的小高像他伺候老站长一样伺候他。看着小高矮胖的身材，他命令他改掉吃早饭的恶习，像他一样，一大早就是浓浓一杯茶水，把肚子里的脂肪刮干净。八点钟，他爱叼着中华烟，到各个办公室巡视，碰到没按时上班的，一通严厉的训斥，或用手指蹭蹭办公桌椅，发现没擦干净的，就让所有办公室人员重新擦一遍，直到能照见人影。

代理站长陈登第的嗓门也在一天天增大，说话的时间也越来越长，王木德说他这是在刷存在感。

这天，刘国瑾从进门那一刻起，陈登第就没有平静过，声音震颤，心情激动，双手挥舞，起来坐下，大口喝茶，大口抽烟，烟烧到手指头，疼得一抖，烟头掉到地上，严令刘国瑾捡起来。他不顾办公室高雅安静的环境，只管大声说话：一个人的需求是有层次的，满足了一个需求之后还有另一个需求在等着。最基础的需求是生存的需求，吃饭、喝水、睡懒觉；其次是安全的需求，五险一金，买房子、养老；再往上是尊重的需求，自我实现的需求，就像王石登珠穆朗玛峰，人家有钱啊，是亿万富翁，获得了财务上的自由。马斯洛说，只有满足了低层需要才会考虑高层需要。像我这样，肯定不会想他妈的去攀登什么珠穆朗玛峰。严酷的现实告诉我们，钱是人生价值的具体体现方式。社会是一个无处不需要钱的地方，找熟人办事都要送礼给回扣。穷则独善其身，达则兼济天下，没钱自己尚且寸步难行，还谈什么远大前程、宏伟理想？

刘国瑾硬着头皮，端着耐心，看着陈登第唾沫四溅。他忽然惊叹，我们中国人的形象思维能力真的是太绝太优秀了，越看陈登第越觉得他看到的真是一张驴脸。难怪大家背后叫他驴脸，还真的就是驴脸。刘国瑾下决心从眼下这一刻开始，他也要把陈登第叫驴脸。

驴脸端起茶杯，喝一口继续说：老兄，我完全可以像别人那样，工作时间能干多少是多少，完不成就完不成，狗屁国考不国考，搞得好了，国家又不多发给我一毛钱。再说，我也不需要国家职业资格证书，可我这个人他妈的天生贱骨头，每每到关键时候就心软。毕竟我是经过部队的大熔炉冶炼，又受党教育多年的国家干部，我们的宗旨是全心全意为人民服务。我不会像有些干部那样庸政、懒政、怠政，我没有少整事、别出事、别惹事的心理。我知道我肩上担子的分量，我们身后是上千名学员啊，我们的工作关系到他们的饭碗啊！

好在中间傅正焕校长进来找驴脸预定第二天去他小舅子那里打靶的时间，刘国瑾才赶紧约好午饭，得以脱身。

中午在鉴定站对面的华府酒店，喝着啤酒，吃着念念不忘的豆腐，驴脸又开始滔滔不绝：你们学校整体上比其他学校要好些，但也有致命短板。一个学校搞得好不好，关键就看教务处。火车跑得快，全靠车头带。你们学校的短板就是你们教务处。用好以上率下这把“金钥匙”吧，一个好的教务处长，就能带出一支能打硬仗打胜仗的好队伍。

说到这里，驴脸放下酒杯问：你们那个教务处长叫什么来着？我还真没记住。我这有电脑一样记忆力的人都记不住名字的人，他能优秀了？我要是你，早把他炒了。上次把好几个数据都搞错了，你知道不，错一个数据，我这里就要在成千上万个数据里面一个一个地查找，一找就是三四天，甚至一两个星期。还有，身为教务处长，连最起码的地理常识都没有，咱省有多大，区区108县，扳着手指头都能数过来。你的教务处长多日能，硬生生地把文水县孝义镇的学员给我放到孝义市去。这是啥人啊，你刘老兄就用这号人当教务处长？

刘国瑾赶紧敬一杯，说：我一定严肃处理这件事。

驴脸把酒杯往桌子上狠狠一蹾，啤酒剧烈荡漾，鼻子里哼了两声，说：得得得，等你去处理，黄花菜都凉啦！你们这号人，眼里只有钱，钻进钱眼里不出来，光知道赚钱，哪管周围帮你的人的死活！

驴脸吐一口烟，端起酒杯，喝下一口慢慢咽下，又说：老兄啊，你是校长，这事还要我说吗？这么简单的事都处理不了？

驴脸用手背擦着嘴角的泡沫，继续说：高山流水韵依依，人生难得一知己。谁让咱俩是兄弟？这样吧，我给你推荐个教务处长，此人大名武大威。别看长得像一块从西山煤矿挖出来的黑炭，却超能干，跟我好多年，是我看着长大的。你用上他，根本就不用操心，保证你们学校学员考试通过率能超过95%，也许还能达到100%。

刘国瑾想也没想就答应了。

从华府酒店出来，驴脸觉得腰有点不舒服，便驱车到李子的按摩保健中心。

说起李子，驴脸还得感谢刘国瑾。李子原是蛇城培训学校招的学员，三十多岁，很有几分姿色。王木德给他介绍的目的，是让他帮她考试过关。那天午饭，王木德特意给他们安排在小包间，菜很丰盛。也许是喝多了酒，饭桌上，他面对李子的苹果红的瓜子脸、一闪一闪的长睫毛、性感的厚嘴唇，下身就有了膨胀感，手便鬼使神差地伸向李子。开始，李子拒绝，后来就听之任之了。那天，他和她开了房，云雨一番后，他觉得腰部不舒服，顺嘴一说。李子用手一摸，说你腰间盘突出。李子曾当过按摩女，懂得按摩术，马上上手，果然奏效。

陈登第和李子聊天。李子含泪对他说，她是个多余人，她从小就没见过亲生父亲。

李子忽然问：蛇城姓陈的多不多？

陈登第说：怎么你要说你亲生父亲也姓陈？

李子急忙摇头。

他用手抬起李子的下巴，说：你长得看着有点面熟。不过，这些年电影电视里的美女都长这样。

李子点点头：我妈年轻时是当地有名的美女。可惜红颜多薄命，我妈未婚先孕，只好草草嫁人，结婚三个月就生下了我。我继父想要个男娃，一看生下我这么个丫头片子，就一块破布裹了，扔到村北盐车壕。是我姥姥寻着哭声把我抱回来的。姥姥用面糊糊把我养大，我随姥姥的姓。

驴脸给李子租了一套房子，说你的按摩手艺不错，别找工作了，开个按摩保健中心吧，一边挣钱，一边还能给我治疗腰间盘突出。

李子很是感激，说我丈夫死了，我和我儿子相依为命，我正发愁如何挣钱供儿子上学呢。

李子提到她儿子，陈登第想到了他爸。老人家死不瞑目，气若游丝地叮嘱他，陈家不能在你这里断了后，要想方设法传宗接代。菲妮头胎生了个陈馨，身为国家干部，不敢生二胎。现在政策放开了，菲妮却成了一块贫瘠地，任凭他有多好的种子，浇多少水，施多棒的肥料，多么辛勤地劳作，这块地里是永远也长不出苗苗了。

八

武大威一上任，就显露出过人的才华和优势，见面熟，亲和力强，与老师、学员零距离。教学上也有一套，理论、实操样样精通，拿得起放得下。最关键的是实现了学校和鉴定站的无缝对接，鉴定考试成绩坐火箭似的突飞猛进。

王木德也乐得逍遥省事，校长问他对新上任教务处长的看法，他说好的不行行了。

两个月后，王木德的眉头却渐渐皱了起来，三个月后，掌握了多个确凿证据的他向校长作了汇报。

校长拧紧了眉头。

王木德说：校长啊，是不是武大威这些日子拍马屁把你拍得很舒服，不知道自己是校长了？忘了这个培训学校是你的？

刘国瑾连连摇头：咱俩共事这么多年，你还不了解我？

王木德说：人会变的。

刘国瑾说：唯一的臭脾气不会变。在学校有人刻意选择一些机会表现表现自己，刷刷存在感，是可以理解的。我认为，工作上，和我保持正向沟通是必需的。就说武大威，他一见我，总是笑眯眯的，点头问好。我觉得这是礼貌，不能叫拍马屁。他是找我汇报工作多了些，但也就是个工作关系吧，我和他从不脱离工作说另外的事。他向我说他做什么，学校现在存在的问题是什么，什么问题亟须解决，怎么解决，他有啥好办法。我对他的印象就是比较能干。

刘国瑾还说：第一，把事情做好，第二，嘴巴甜一些，保持良好的上下级关系也是必要的嘛。

有天晚上十点钟，他悄悄驱车到学校突击巡查，看到教务处长武大威在学员宿舍进进出出。他故意在楼道里和武大威遇见。他没开口，武大威主动汇报说，为了保证考试的合格率，这些日子，他每天晚上都不回家，利用业余时间给学员补习，不这样给学员开小灶，提不高学员的成绩。刘国瑾在例会上特别对武大威进行了表扬。

梁三友对校长汇报说武大威有可能是驴脸的白手套。

王木德直接说，武大威就是驴脸的白手套。

王木德还说，他向学员要软中华，因为驴脸只抽软中华。

刘国瑾说：大不了就是两三百元或是一两条烟，只要学员考试成绩好，就睁一眼闭一眼吧。

王木德说：校长啊，千丈之堤以蝼蚁之穴溃，百尺之室以突隙之烟焚啊。

刘国瑾仰头看看天，说：这两天的天气真不错，没有雾霾。

朋友孩子结婚，饭桌上一位老战友骂刘国瑾，说你们学校快成了国民党党部，还骂刘国瑾是又当婊子又立牌坊。他用手指指着刘国瑾的鼻子说，我就是因为穷，没本事，没能力，才混成今天这个样子，才给你打电话，求你免了我儿子的培训费。你倒好，很大方，二话不说，不但免了培训费，连住宿费都免了，我很感激你。刘国瑾啊，你不知道，当时听了你的话，实话对你说，我心头一热，泪水都流出来了。可是你刘国瑾不该人前一套，人后一套，这边给我儿子免费，背后又让人收取他妈的什么鉴定考试过关费。

刘国瑾连说不可能。

刘大校长啊，不用否认了，我儿子最后把两千块钱过关费都交了。

给了谁？

你们学校啊。

有没有手续，比方说收据？

哪个偷牛的还在现场留下自己的名号，你以为人人都是武松？

刘国瑾说：你喝多了。

老战友说：我统共喝了不到一斤酒，咋就说我喝多了？

老战友又说：我问你，你们学校是不是有一个长相黑黑的叫武大威的教务处长？

刘国瑾点点头。

老战友说这就对了，就是他跑到我儿子的房间先是讲考试要点，接着吹我儿子前途无量，再接着讲国家职业资格证的重要性。末了，说他能帮我儿子考试过关，再往后就是要钱。

刘国瑾心头浮起乌云，但脸上笑容如常，大叫着劝战友喝酒。

刘国瑾压力山大。王木德又提供新证据，他滑开手机屏，点开录音机，是一段电话录音。对方是个女的，说她到学校报到的第二天晚上，武老师就到她住的房间找她，很热情地给她做辅导，还说上课时一眼就喜欢上她了，暗示他能帮她考试过关。她问要花多少钱，他说他不要钱，就是想帮她，主要是鉴定站的人要钱，一个人过关，大概得两千元。为了不白来培训，拿到国家职业资格证，她央求他帮帮忙。她给了他两千元，考试的头天晚上，她去找他，说心跳得慌，问考试的事情安排好了没有。他说，钱已经给了鉴定站那边的人了。又说，鉴定站那边安排好了，学校这边还没安排，学校这边安排不好，一样不能考好。她问咋办？他提出和她上床。她一口拒绝，最后她考试的结果是差0.1分，不合格。

刘国瑾满脸铁青，他抬眼望天，市区方向蓝瓦瓦的，像透明的镜子，高深莫测；隐云寺上空乌云一堆一堆的，堆得比山还高，随时都会倾倒的样子，但倾倒下来的是雨还是冰雹只有天知道。

他找武大威谈话，武大威腆着黑脸，发誓赌咒，死不认账。刘国瑾知道对方的嘴巴早就练成了钢牙，就直接说明女学员的事。武大威说全是污蔑，还说他来学校后，把学校的教学水平提高了，有人眼红，有人嫉妒，因为他动了别人的奶酪。刘国瑾看武大威说话时，声音平和，脸蛋展展的像刚打过玻尿酸。

刘国瑾拿着王木德提供的录音去找驴脸。驴脸火冒三丈，脸红脖子粗地骂了个天昏地暗，最后声明，他以前根本就不认识武大威，他的朋友圈里不可能有这号人渣。

研究辞退武大威时，王木德问校长：你真的相信他们以前不认识?

刘国瑾说：鬼才相信。

王木德长叹一口气又说：咱这么做，是不是断人家驴脸的财路?

刘国瑾说：我不断他的财路，我们学校就走投无路。

辞退武大威的第二天，王木德去鉴定站办事，在鉴定站大门口就听见驴脸在楼里咆哮，地板不停地震动。他进了小高办公室，小高说武大威今天是出门踩狗屎，放屁砸脚后跟。坐在小高办公室，听着隔壁驴脸骂人。骂到高潮处，俩人出去透过门缝往里看，正好驴脸抄起桌上的茶水杯，摔在地上，飞溅的玻璃碴子从地板上反弹起来，把天花板上的日光灯都击烂了。

九

驴脸两个多月没在学校露面，学员考试成绩断崖式下跌。社会上已有谣言，据说是大青学校的刘青山校长放出来的风，说是蛇城培训学校鉴定考试及格率全省最低。刘校长忘了去年最后一次国考，陈登第为了惩罚他，给他们大青搞过95%的不合格率。

已有学员提出退学，要到别的培训学校学习。刘青山第一个放出风来，说是只要蛇城培训学校转到大青的学员，大青包过。

刘国瑾恨得咬牙切齿。

王木德慌了：我的校长啊，你别在这里骂天骂地啦，白费口舌，浪费唾沫。赶紧带上子弹，去鉴定站吧。

刘国瑾说：我把驴脸推荐的人辞了，回头去求他，不是诚心上门找驴踢吗？

王木德说：挨驴踢总比坐在这里等死强。

刘国瑾只好厚着脸皮去求驴脸。

驴脸头也不抬，说：没工夫和你闲扯淡。

刘国瑾不停地承认错误，求陈站长大人不记小人过，说着把一个一万元的红包塞进抽屉。

陈登第拿起红包捏了捏，愤怒地砸回刘国瑾的怀里，吼道：你这是腐蚀拉拢党员干部！是犯罪！

刘国瑾散步到隐云寺，凝望着金刚万佛宝塔，听着清彻远闻的梵音，想象唐僧到西天取到真经一样取到对付驴脸的真经。

刘国瑾拜完菩萨，想和义净法师聊一会儿。茶过三巡，王琼来电，说是保安刚刚打来电话，别墅又让小偷给偷了。他只好匆匆下山，赶往东山别墅。当初他不赞成买别墅的。王琼非要买，说住别墅是她一生的奋斗目标，他只好随她。他也知道别墅的好处，独立的院落，良好的采光，田园的风景。但让人闹心的是，别墅区这个富人的天下，竟是小偷的目标首选。他不知道除了小偷，是否还有别的什么人惦记着这里。

刘国瑾试探老婆是不是把别墅卖了，说三年了，咱俩和孩子去住的时间加起来不到一个月。

王琼说：别磨磨叽叽的，我是在做长线投资，再过五年十年，别墅的价格肯定翻好几倍。

带着派出所的干警看完一楼，刚上二楼，王木德的电话就来了。电话里的王木德牢骚冲天，说鉴定站不给学校发学员鉴定申请表，没有鉴定申请表，就无法上报学员信息，学员就没办法参加技能鉴定考试。这是要命啊！

为了保住“性命”，刘国瑾咬咬牙，准备好三万元的红包，再去求驴脸。

十

离国考还有二十天，和往年一样，刘国瑾如履薄冰。尽管学校早已形成一整套相当完善的国考鉴定工作制度、工作预案、防范措施和安全体系，但他仍不敢掉以轻心。他早早就召开校长办公会议进行考前安排，郑重地组建国考领导组，下设五个小组。自己亲任组长，总体负责。常务副校长王木德任副组长，负责组织、安排、督导。教务处长任协调人，在副校长的领导下负责具体工作的实施。办公室主任王前进负责协调。后勤处长梁三友、财务处长梁萍负责学员的吃喝拉撒睡。各班班主任分别任小组长、副组长。

王副校长再次要求各小组的组长必须在考试当天七点半提前到达各考点，他会随时检查抽查。

安排完国考事项，刘国瑾看看学校没有什么大事了，便带领招生处长又马不停蹄地跑出去，忙招生问题。生源是学校生存的关键。

两天后的大中午，刘国瑾接到王木德的电话，心被子弹风暴打成了筛子。王木德在电话中说，刚刚驴脸来过学校，一个招呼也不打，直奔一楼实操室，给大门贴上了封条。还说没有他的命令，谁也不准进实操室一步，要不然，就要取消学校参加新一期国考的资格。现在驴脸对咱们学校就像夺妻杀子的仇人似的。

刘国瑾他一手叉腰，一手指天，转着圈骂娘。

他竭力稳住自己。

他给驴脸打电话，驴脸不接。

他只好中断招生，赶回学校。

斜阳里密密麻麻飞舞着不知名的小虫子，王木德急得在办公室转圈圈。

王木德说：你看看这个驴脸，明知道马上就要国考，却封了实操室，这是明摆着骑在咱们脖子上拉屎拉尿。又督促校长：你赶紧和驴脸沟通吧。时间上还来得及。有啥事过了国考再说嘛，就是天塌下来，也不能拿国考开玩笑。

刘国瑾苦笑说：他就是借国考整咱们。

王木德说：蠢驴！现在是啥形势，还敢这么明目张胆地兴风作浪，他就不怕纪委收拾他？

又说：马上就是国考，学员们进不了实操室，技能鉴定考试肯定难过关，如果大面积不及格，对于我们学校是灭顶之灾。

刘国瑾努力地平息自己内心的波澜，他不能像王木德那样慌神。

王木德自言自语，看他的架势，这回是要置咱们学校于死地。也怪咱们屎眉悻眼的，不细细琢磨，就辞退了人家的白手套，断了人家的财路。

又说：不管他怎么敲诈，咱们都不要硬扛，我的意见，你还是亲自去找驴脸谈谈吧。他就是有天大的要求，咱们先应承下来，过了国考再说。真把咱们惹火了，咱们就和任继军联合起来闹他！

刘国瑾跑到鉴定站，看着驴脸，就像看到一堆屎上的绿头大苍蝇，恶心和憎恶让他透不过气。为了学校，为了生存，他不得不硬撑着要变形的脸，让嘴角和眼珠子挤出笑意。

他哀求驴脸：中午一起吃个饭吧？

话像撞到了城墙上：没时间。

那晚上？

不行。

明天中午呢？

也有安排。

后天？

没时间。

下星期咋样？

到时再联系。

再联系就到了国考！

我不傻！

刘国瑾头晕眼花，脑袋像被打夯机打了三百下。

十一

夜过半。知了也累了，有气无力。不知谁家的宠物狗在楼内乱吠。几声蛙鸣划破夜空。电梯运行沉闷的隆隆声时隐时现。忽然间，银杏树叶有节奏的弹奏中荡起密密的啪啪声。看窗外，有丝丝小雨飘过。温度陡然下降，凉爽舒服了很多，但刘国瑾还在床上翻烙饼。

睡了一觉的王琼，起来上厕所，从厕所回来眯着眼，问：咋啦？还没睡！

刘国瑾翻身给她个脊背。

王琼推了推他的肩膀。

他又转过身来，看着老婆，把事情简单说了一下。

王琼半躺着说：他这就是故意的。

刘国瑾点点头：我清楚。

他想干啥？王琼问。

明知故问。刘国瑾回答。

王琼说：我早就说你了，你太窝囊了。你是个大男人，你不能退让。闹死他！

刘国瑾承认，自己这方面没他老婆有胆识和强悍。作为一名医生，王琼的医术是精湛的，要不然，不会三十岁就成为副主任医师。但她棱角硌人的个性，让她在副主任医师的位置一待就是二十年。她嘴巴刁钻刻薄，但心地善良。不管什么时候什么情况下，都会全力治好每一个患者，去做好每一台手术。她也像其他医生一样，经常被一些患者和家属指着鼻子骂缺德，甚至还遭遇过暴力。她的处理办法是挨骂就还口，挨打就还手。她说：我们不能怕事儿。有活儿来了干活。打架来了，闹他！打得过就打，打不过就跑。她被派出所警察定性过和患者互殴，被领导批评过态度不好。有一天晚上，她值班，碰到一位小个子男家属，因扎针问题辱骂护士，她看不下去了，就和对方舌战起来。对方要×她妈，她毫不客气地咆哮着要×对方的妈。对方伸手要打她，她脱下白大褂，就把对方掀翻在地，暴揍了一回。她常说，作为医生，时刻准备着为需要的患者服务，流血，流汗，加班加点，这是她的职业。但是，她也不允许任何人对医生有暴力行为。对恶的退让和纵容，不是善良，是懦弱。真正的善良，是带着锐利和锋芒的。

王琼说：老公，我的意思，这次你绝对不能心软，必须怒撑回去。你越是迁就，他就越以为你弱。你软弱，他不欺负你欺负谁？若把老娘惹火了，我把他的办公室砸了！

十二

累吧？

累！

放手。

能放手？

不能。

上山，不是想放弃就能放弃的，你放弃一下试试。

是啊，有时候，放弃比坚持还要难。

刘国瑾一拳砸在桌子上，吼道：离国考只剩下四天了，我就不信他驴脸能跑出地球！

王木德说：他这是和咱们比耐力，咱们拖不起。

刘国瑾来到鉴定站，看到驴脸的车停在大楼前，他边往楼上走，边给驴脸打电话。

在办公室吗？我想看看领导。

你在哪？

外面。

我在去省委的路上，省领导有要事相商。

他挂断电话，直扑驴脸办公室，一扭门把手，门没锁，推门进去，驴脸在埋头玩手机游戏。

刘国瑾在努力控制住自己情绪的同时，突然厌恶自己。以前他在驴脸面前就像是一条狗，可怜巴巴地摇尾乞怜，此刻却幻想变成一枚东风-41导弹，准确地击中驴脸，把他炸成雾霾。

驴脸注意到刘国瑾进门后的脸色变化。他忽然开怀大笑，感到十分快乐。

刘国瑾被笑得浑身起鸡皮疙瘩，恐怖地看着他。

驴脸知道胜利又站到他自己这一边。他故意拉长脸，眼睛眯成一条缝，逼视着对手，忽然间，他像发神经似的腾地从椅子上站起来，哈哈大笑，末了，大手空中一扬，大喊：今天真的没时间。

您啥时候方便？

明天见！

还在这里？

不，等我微信。

电梯下行，声音隆隆的。刘国瑾浑身无力像只瘟鸡躲在一角。电梯狭小的空间让他感到憋闷。他仰脸看嗡嗡旋转的电风扇，像要把本来就稀薄的空气抽干。电梯一到一楼，他就冲到大门外，站在阳光下，大口大口呼吸，手不断地抹脸，好像要把落在他脸上的屈辱清除掉。

他茫然地看着蔚蓝的天空、火红的大阳、积木一样的楼房、洪水似的汽车、熙来攘往的人群、枝繁叶茂的树木，还有成群结队的麻雀。突然间，他想笑，想微微一笑，调整一下心态。笑终于出来了，那样短促，那样恐惧，那样凄然，那样苦涩，那样无可奈何，那样空无一物。阳光把他的脸颊照得苍白，黑黑的眼睫毛上挂着点点泪光。

驴脸给了个十分偏僻的地点，在蛇城的西北角。

刘国瑾打开百度地图导航，耗费四十多分钟，在半山腰的一棵柳树下停住。一股从东南方向扑过来的风把柳树刮得趴在山崖上，挟带的小沙粒把脸打得生疼。

他眺望着山风掠过身后高高的山头，左边的几个山头被开山取石炸得面目全非，几台粉碎机正粉尘弥漫地轰隆着把石头变成人民币。第三个山头上新修了一座塔，看样子是要重新修复被破坏的植被。右边，从山深处流过来的洽洽河伸个懒腰，慢慢拐了弯，由东往南流去。

他心急火燎的，不明白驴脸把他弄到这么个鬼地方是什么意思。有什么话城里不能说？难不成要谋害他？他认为驴脸没这个胆量，也没有这个动力。

等了一会儿，还不见驴脸的影子，他给驴脸打电话。

他说：我早到了，正看我们的刘校长呢。

你在哪？

我看见你的车停在柳树下。

你在哪？

现在你正在看山。

他转了个360度。

别转啦，我能看见你，你看不见我，说明你眼里没我。

他又转了一圈，还是没看见驴脸，骂道：少你妈的装神弄鬼！

驴脸大笑，说：你面朝西，向南25度，仰角30度。

驴脸右手拿手机，左手叉住腰，居高临下地看着刘国瑾。刘国瑾不屑地耸耸肩膀，然后手脚并用费力地爬上山崖，站到驴脸身旁，看着崖下，开玩笑地说：你不怕我把你从这里推下去？

驴脸回敬道：我不会傻得等你动手的。

说着，当着刘国瑾的面关了手机，对刘国瑾说，我关了机，你也关了机。

刘国瑾迟疑了一下：怕录音？

驴脸说：这年头，时时刻刻都得防着小人。

原来在你眼里，我是个小人？

反正难以列入君子之列。

嘁！

陈登第看着脚下的山崖说：咱们长话短说。今年以来，你们学校参加鉴定的学员是3351名。你们学校的鉴定，属于特有工种技能鉴定，在外省鉴定一名学员，收费400元，我们鉴定站才收费200元。你们学校一共少交鉴定费670200元。我呕心沥血搞鉴定，你们赚大钱，也得让我喝点汤吧？还有，每次你们学校一考试就是好几百人，你们一考就完事，我还得给你们判卷子，一搞几个月。还要生成数据，报上面，还要制证，还要跑人社部门求人签字、盖章，把我都累得腰椎间盘突出，三天两头跑到医院理疗。你们谁管了？我的劳动付出和收入不成比例，我人生的价值在你们眼里狗屁不如！我再也不能这样傻下去啦。现在是经济社会，我前些日子在你们的例会上说过，我付出就要获得相应的回报。我算了一下，3351名学员每人补交200元，就是670200元。咱们去掉尾数说大数，你拿出60万，我给你启动实操室。

刘国瑾觉得驴脸的声音像是从西山煤矿的坑道里发出来的。他不禁大叫道：60万，开什么国际玩笑，我到银行给你偷去！

陈登第说：你傻还是我傻？你们学校一个学员收3000多元，3351个学员就是1000多万，区区个60万用得着你去偷？

学员吃不要钱？住不要钱？这个费那个费的，到处都是张口要钱的，到了我们手里，就剩下个零头。

你哄鬼吧！有几个有钱人叫唤自己有钱？

我们是真的没有。你的话就像是用微分的概念分析圆周，每一无穷小段都是直线。

废话少说，省省唾沫养养神。给了60万，你们启用实操室。以后，你们学校每到我这里鉴定一名学员，给我200元，一分不能少。

流氓！

你才知道我是流氓？

没见过这样的流氓。

今天不就见了吗？

少点不行？

没得商量。

我没勇气再和你说话了，我怕我说多了管不住嘴，下地狱。

地狱就是让人下的，你们学校在人间还是在地狱，我说了算！

陈登第露出狞笑，把手上的烟往地上一扔：你不是处女，你是婊子。别以为挂个校长的牌子，就可以当嫖客！说完似乎觉得自己的话说得太重，有意缓和一下，接着说：60万一分都不能少！你比我懂，比我会算账。啪啪啪，那算盘打的，计算机都比不上，阿尔法狗都自叹不如。

刘国瑾突然问：你咋那么喜欢钱？

驴脸很惊讶，张大嘴，歪着脖子，看了他半天，问：你不喜欢钱？又端正脖子：没钱你就是孙子，不如一条狗，连碗小米稀饭都没人给你喝。

刘国瑾说：我没这样想过。

驴脸说：你别看你是个大老板，你不会生活，你白在这个世上来过。

说着脸色骤然变冷：最后问你一句，60万答应不答应？

刘国瑾说没法答应。

驴脸便从腰间掏出一把五四手枪对准他。

刘国瑾大惊失色，他没想到驴脸会有枪。

驴脸嘿嘿笑道：非常抱歉，你的顽固和不配合，使得我不得不采取非常手段来解决我们之间的问题。我想，你现在应该明白事理了吧？

驴脸命令刘国瑾：转过去！

刘国瑾转过去身子后，驴脸又叫他趴下。

刘国瑾顺从地四肢着地。

驴脸命令：把手放到头上！

刘国瑾赶紧双手抱头。

驴脸把脚踩到刘国瑾的腰上，用枪顶住他的后脑勺，再次问：60万你到底给不给？

给给给，刘国瑾急忙答应。他觉得下身热乎乎的，随即鼻子里钻进一股尿骚味。

说话算数？

要是不算数，下次你真崩了我。

驴脸把枪移开刘国瑾后脑勺，说：明天天黑前你必须给我送过来。说罢，哈哈大笑，往山下走去。

刘国瑾像根被遗弃在山上的半拉子工程的水泥桩，驴脸走后十多分钟，他才翻身坐起。他闭着眼睛，竭力让自己从恐惧中解脱出来。

他听到风飞行时扇动翅膀的声音。

他随着风飞行了一个多钟头，驱车来到洽洽河滩。洽洽河水闪着银光哗哗地向前流。车厢里的尿骚味越聚越浓，让他透不过气来。他摇下车窗，通了一会儿风，也效果不大。看看还湿湿的裤裆，他懵懵懂懂地下了车，车门也没锁，就向河边走去。河水湿了脚，他觉得透心凉。他继续往前走，河水漫过了小腿，接着又漫过大腿，最后漫到了腰间，大腿间的尿骚味荡然无存。两条腿顺着河水向前漂，他想变成一朵浪花，一丝涟漪，跟着河水流向远方。他抬头看看蓝天上的白云，又环视四周的群山，那样陌生，遥远，虚无。有好多条鲤鱼撞击他的大腿，他不由自主地向后一倒，躺在水面上，还没来得及细想，整个人就沉入水中。他连喝了几口水，舌头马上涨大几十倍，堵死了他的喉咙。他喘不上气来，肺就要爆炸。他后悔了。这样死太不值了，太便宜驴脸了，就是死也要拉驴脸垫背。他还有老婆王琼，还有儿子刘阳，还有他的学校，学校里跟着他干了多年的王木德、王前进、梁三友、梁萍……他拼命挣扎起来。两只手拍打着水面，两只脚在下面扑腾着，寻找坚实的大地。一股水流过来，把他推进一丛水草，他急忙抓住水草，挣扎着上岸。他疲惫得没有一丝力气，在一棵柳树前一屁股坐下。

他想哭，转头看看四周没人，便放开嗓门号啕起来。也不知哭了多长时间，等他清醒过来时，河水已经变成红色。太阳像一个大火球在河里浮荡，金色的蜻蜓在草丛上飞舞。身上的衣服也干了。他抽抽鼻子，提起裤裆，使劲闻闻，没有了尿骚味。

刘国瑾开着车冲出河滩，上了通向市区的路，路灯把他的脸照得忽明忽暗。他没有回市区，也没有回学校，开着车，像只无头苍蝇，没有方向地到处乱窜。天黑时分，轿车在东山别墅前停下，他掏出钥匙打开门。院落里的花花草草，因缺少侍弄已长成杂草。这一晚，他没睡好，给蚊子饱餐了一顿。凌晨三点多，他实在忍受不住蚊子的光顾，又回到学校。

王木德办公室的灯竟然还亮着，他还在为校长担心发愁。看见校长进来，他腾地站起，问：谈好了？

准备下地狱吧。刘国瑾摇摇沉重的头，简单地叙述了一遍。

王木德说：这种被吊打的滋味难受啊。

正副俩校长大眼瞪小眼。

王木德叹口气：60万！还得凑，只给一天时间，这去哪倒腾啊？

刘国瑾心里已经有了主意，他说：就把东山的别墅便宜处理了。眼下，只有它能立马套现。

嫂子知道了，非剥你一层皮不可。

瞒着她。

躺在床上，刘国瑾迟迟进入不了梦乡，翻了几个烙饼，无奈地打开手机看头条新闻。一条都市110视频吸引了他。说当天在东山万亩生态园的山道上公安人员拦截了一辆可疑的商务车，发现一个人被五花大绑塞在里面。刘国瑾赶紧将图像放大，他希望被绑架的人是驴脸，最好是被一把斧头砍得分不清脑袋还是屁股！可惜图像经过处理，只能看到一片马赛克。

迷迷糊糊中他也不知是啥时候睡着了，睁开眼，早晨正从天空透过窗户缓缓走进来。他打开电视，寻到央视音乐频道。重播节目，维也纳金色音乐厅，钢琴家Ben Morton正在演奏贝多芬的《命运交响曲》，开始的四个音符，刚劲沉重，仿佛命运敲门之声……

十三

陈登第一脸满意地打开家门。

菲妮问：又去打靶了？

陈登第说：这两天忙得像孙子，哪有闲心打靶。

菲妮说：我看见你包里有把手枪。

陈登第从包里拿出来，扔给菲妮：你打小就跟着你爸玩手枪，你看看，这是手枪？

菲妮接过来看了看，认定是仿真的，便打开弹夹，从茶几抽屉里拿出一颗子弹，压进去，顶上膛，瞄准陈登第。

陈登第吓得跳起来：别开玩笑。

菲妮笑着说：枪是仿真的。

陈登第说：子弹是真的。

菲妮说：我记着呢，子弹是你送给我的。我很珍惜，会好好替你保存的。她退出子弹，攥在手心，把枪扔给他。

刘国瑾向陈登第要银行账号。

驴脸竖起大拇指：呵呵，真聪明，想留证据？不好意思，我喜欢现金。

驴脸还说，以后每个考生交200元的辛苦费，我见钱就考试。君子一诺，驷马难追。

拿到60万现金的驴脸笑了。他抚摸着万向轮磨砂面商务旅行箱，能感觉到人民币那超高的能熔化南非钻石的温度，他很享受这种幸福的感觉。

第二天，鉴定站小高开着车来到蛇城培训学校，撕下实操室的封条，发了学员鉴定申请表。

王木德给小高塞了个大红包，表达感激之情。

办完事小高要走，王木德说：鉴定站来人了，对我们学校来说是头等大事。我今天啥事也不干，就是中午陪你喝酒。

驴脸办公室。驴脸靠着老板椅背，对刘国瑾说：刘兄啊，你是大把式，我年轻时心目中的偶像，做人的榜样。职业技能培训行业里，我谁都不服，就服你一个人。以后你们学校的困难，就是我的困难，我保证蛇城培训学校一路绿灯。

你别再拿枪对准我就行。

这要看你的表现。普京有句名言：抗议一千次一万次，不如战略轰炸机的机翼扇动一次。

刘国瑾右手端着茶杯，看着驴脸，恨得牙根发痒，幻想着一杯热茶泼到驴脸上。他轻轻把茶杯放回茶几，伸手狠狠揪下办公桌上那盆福禄桐盆景的一片羽叶。

驴脸跳了起来：盆景惹你了！

刘国瑾仰头把天花板溜了一圈，长出一口气，终于让嘴角浮出一圈微笑。他收回目光时，看见一只苍蝇飞到驴脸头发上，想落下来没站住，又嗡嗡嗡地向光明飞去，撞在窗玻璃上。出不去不死心，继续嗡嗡地撞着，想撞出一条出路来。窗户右上角有蜘蛛网，巴掌大，走投无路的苍蝇会不会被缠住？

刘国瑾的心一阵狂跳，急忙收回目光，伸手拎起文件包，匆匆离开驴脸办公室。

十四

驴脸打开书房的指纹门锁。书架上的专业书籍已经换下二分之一，那些换下来的专业书籍被他装进啤酒箱子里，捐赠给几个培训学校，其中两个学校还隆重地举行了捐赠仪式，把陈站长助学的事迹通过报纸电视进行宣传报道。前两天，驴脸又从装修公司买回一批高贵豪华的空心书籍，有《诺贝尔文学奖全集》《鲁迅全集》《理想国》《人类理解研究》《二十四史》《资治通鉴》《论人类不平等的起源和基础》《莎士比亚全集》《大卫·科波菲尔》《悲惨世界》《赵树理全集》等等，都装饰精美，富丽堂皇。

他小心翼翼地从书架上拿下《诺贝尔文学奖全集》，把从刘国瑾那里索要的60万现金装进去，又一一放回书架。他双手叉腰，满足地久久欣赏着。

咚——叭！外面一声二踢脚炮响，把驴脸从梦中惊醒。他揉揉眼，腕上的手表已是夜里十二点整。

咚——叭！咚——叭！又是两声二踢脚炮响，一共三响。蛇城传统习俗，结婚当天零时整，男女方都要放三个二踢脚，寓意家中的好日子过得红红火火。

他把目光移向窗外幽蓝幽蓝的天空。

他心中也产生想放几个二踢脚炮的冲动。

以前在农村，家里再穷，过年时，妈都要给他买一挂鞭炮，几个二踢脚，让他像别人家的娃一样开心地放。

他想妈了。这段时间比较忙，又没顾上看她老人家，明天就是天塌下来，也要跨过马路去看看妈。妈又会揉着老花眼，哆嗦着嘴，结结巴巴地不知说啥好。妈又会嫌他给的钱太多，硬要把钱塞回他口袋里，说钱在她手里根本没地方花。妈又会忙前忙后，只怕他在外面饿了肚子，把早就在厨房做好的他最爱吃的豆腐端过来，看着他吃得满头大汗打饱嗝。妈还会胆怯地唠唠叨叨，要他对菲妮好些，人家是大户人家的闺女，没吃过苦，要学会心疼老婆，她是要和你过一辈子的人。

十五

老站长吴兴瑞请刘国瑾在粤海世界饭店吃饭。

刘国瑾受宠若惊，又有点惶恐不安，闻到一股子黄鼠狼给鸡拜年的味道，但他又不好意思推辞，只能硬着头皮赴宴。

赴宴后，老站长先是用关怀的口吻询问刘国瑾在教学园区建校征地的进展情况，耐心地听，不时点头。听完老站长说，你可能也听说了，我和任校长在大青山革命老区也准备建一座职业技能培训学校。老区还很贫困，有的地方让人怀疑走进了解放前。西八县富余劳动力多达数十万，他们居住在贫瘠的深山，最偏远的山村离县城有上百里的路。他们没有钱，有的刚解决温饱问题，有的还在贫困线下晃悠。他们脱贫最佳的途径就是提高素质，掌握一门实用技能。而我们的培训学校大都开在省城或是市里，农村的劳动力就是想参加培训也只能“望校兴叹”，所以经过几年谋划，他想在乡下办一座培训学校，让老区的人足不离村就能得到培训，像家政保姆、果木修剪、中式烹调、电工操作、服装加工、礼仪接待、家禽饲养、消防操作、灭火救援、电脑知识等，这些都是他们容易掌握的职业技能。老站长说，地的问题县里很支持，免费提供，现在的问题就是建校资金，我想筹点钱尽早开工。老站长希望刘国瑾能出点血，目光飘荡着几丝哀求，十分殷切。

刘国瑾差点哭出来，他把前几天在西山发生的事详细地向老站长叙述了一遍。

老站长无言，目光发呆，直到饭局快结束，也没说几句话，只是一个劲地劝刘国瑾吃菜，喝酒。

最后一道菜上来，老站长吃了口，放下筷子，语重心长地对刘国瑾说：你和陈站长的矛盾，现在还是人民内部矛盾。要把握好尺寸，掌握好度。有机会我去找陈站长聊聊，提醒提醒他。毕竟大家一起共事多年，他还是我培养起来的，我也没想到他会变成这样。

最后，老站长说：我的意思，你懂的。

刘国瑾要去买单，老站长按住他，任继军站起来，把信用卡递给服务员。

这时任继军接到一个电话，听出是他母亲的。

老站长问：有事?

任继军点点头。

老站长说：那你赶紧去吧。

任继军说：不急，送了你我再去。

老站长摇头：不用不用。

又问刘国瑾：你忙不?

刘国瑾说：任校长你忙去吧，我送老站长。

任继军对刘国瑾说：那就麻烦你了。

刘国瑾说：老站长又不是你一个人的，也是我的。

大家都笑了。

任继军拎上包，小跑着走了。

老站长招呼服务员打包。嘴上还念念有词：要节约，不浪费。

老站长家住在唐明大街，却让刘国瑾开车去杏花园路。

老站长让车在香格里拉小区门口靠边停住。

刘国瑾说：陈站长就住在这里。

老站长没吭声，摇下车窗玻璃，喊坐在收烂货的三轮车上看书的老头，把打包的饭菜递给他。

刘国瑾拨左转向灯，挂D挡，准备离开时，看见菲妮出现在小区门口，他装作没看见。

菲妮向车这边瞟了一眼，扭头走向收烂货老头，俩人聊着什么。

十六

刘国瑾成了疯子，在学校见人骂人，见物砸物，学校教职员工人人自危。

刘国瑾也为自己的言行懊恼。他品着茶，哀叹道：我就是一条悲壮的沙丁鱼。水下有海豚、鲸鱼、鲨鱼威胁，水上有鲣鸟、燕鸥、鸬鹚袭击，腹背受敌啊。

义净法师说：压力是伴随着人生、伴随着时代而来的，无法回避。我们首先要有一个正面的思想，来解读这个压力。

又说：放弃抱怨，放弃负能量，多一分努力，多一分思考，你就能杀出重围。

刘国瑾言听计从，但想做做不到。

这天，他又没能控制住自己，没有任何人惹他，他自己把自己搞火了。眼看就要发作，他赶紧跑回办公室换上运动装，跑出去爬山。梁三友帮他拎了八瓶矿泉水。他连爬了七个山头，将矿泉水喝得一瓶不剩。中间只对准一棵老榆树撒了一泡尿，其余的全化成了汗水。

这天晚上，累得腿都要断的刘国瑾又要王木德陪他喝酒。

八两酒量的“缸房”，愣是喝光了一瓶，直喝得屁滚尿流，醉得一塌糊涂。王木德摇摇晃晃地把他送回家，擂鼓一样敲门，敲开门，一张嘴，浓浓的酒气把王琼熏得晕头转向。

他伸着捋不直的舌头，对着王琼乱说了一通：嫂子，我的好嫂子。今天校长他没喝多。不不，喝……多了，全怪我。校长心里苦啊，太苦了，我比谁都清楚……太苦了。他想醉酒……就让他醉好了。他想醉，我也想醉。……今天就让我俩睡个好觉吧……好困啊。说着，就扑通一声，和校长一起倒在地上。

王琼哭笑不得，先是把王木德翻过身，拖进客房，脱了鞋，滚上床，盖上被子。又回到客厅把老公搬到卧室，脱了衣服，安顿好。她坐在床头，侧向老公，心疼地看着老公，轻轻地抚摸着老公，双肩微微地颤动。

也不知什么时候她睡着了，和衣窝在老公头前。

王琼被一阵喊声吵醒。她忽地坐起来，听出是隔壁王木德在说梦话，东一榔头西一棒子，断断续续的。听了一会儿，她听出了一点门道，便霍地从床上跃起，揪住老公的耳朵审问东山别墅是咋回事。

刘国瑾却像个活死人，怎么也搞不醒。

王琼冲进客房，打开顶灯，把王木德从梦中拖出来。开头王木德的嘴还硬，后来知道自己的梦话把校长出卖了，后悔不迭。

王木德拉住王琼，苦苦哀求，叫她别再折腾校长了。他一边喝着王琼递过来的浓茶水，一边红着脸简明扼要地给她讲了事情的来龙去脉。

王琼叫道：你咋不早说？

又叫道：你们咋不去纪委告他？黑糙烂污的王八蛋，闹死他！

王木德说：你别急。这种人，必遭天谴。

王琼说：你们不闹我闹！

王木德说：好嫂子，你就别添乱了。我们学校不像你们医院，你们是官办的，我们是民办的，没爹没妈，面临的关系复杂得很。我和校长事先都商量好了，这笔钱，让他好吃难消化。你万万不能搅进来。蒸馍馍要掌握火候，火候不到，过早掀锅盖，馍馍就夹生了。

十七

2015年4月3日，蛇城的一间出租屋内，李子手中的打火机在轻轻地响了两声后，冒出跳跃的火苗，点燃了驴脸手中的中华烟。

他悠闲地抽着，吐着烟圈。

李子把打火机放到床头柜上，让他仰面躺好，叉开大腿，给他做前列腺保健按摩。按摩很到位，舒服得他直哼哼。做完前列腺，驴脸又翻过身来趴着，李子给他按摩腰，按一下，痛一下，疼痛过后是舒坦。

下周日又要技能鉴定考试了，刘国瑾的钱还没送来。前天，他就提醒过这个得了健忘症的猪头。他没直接找刘国瑾，而是把电话打给王木德。王木德会积极地一刻也不耽误地把话传给猪头的：王副校长啊，你过得好舒心哪，我刚才又被省考试中心的领导叫过去，挨了一通臭骂。领导骂我包庇你们学校，还说我和刘国瑾还有你，是一丘之貉，狼狈为奸，问我收了你们多少好处，那么积极主动舍生忘死地罩着你们学校。

驴脸说：你说我冤不冤哪！我打听过了，省考试中心前些天派人下去转了一圈，实地考察了几个培训学校，其中就有你们学校。你们学校的实操设备实在是差劲，老旧不说，有一部分还不能联动。你们这是在开国际玩笑，叫我咋个包庇你们？

昨天，刘国瑾没回音，他又给王木德打电话，说是一大早又让厅长骂了一通，还是你们学校的问题。他故意把声音提高，让王副校长马上、立即、迅速把事件摆平，不然的话，下周的技能鉴定考试不能顺利进行，别怪我陈站长没提醒你们。

王木德故意问：你让我摆平省里哪个部门？

驴脸说：自己拉的屎自己不清楚？

王木德说我真不清楚。

驴脸说你比谁都清楚。

今天，刘国瑾还没露面。他想了想，决定采取行动。搞鉴定工作十多年，别的本事没有，整治培训学校的手段却多的是。

他拿起手机，直接给刘国瑾打过去：刘校长，刘兄啊，在哪里潇洒啊。

我哭得眼泪流成河。这不，下期培训的学员还没落实下来，在下面忙活着呢。

我就说嘛，刘校长这么大的人物咋就泥牛入海了。

陈大人，有什么指示，请吩咐。

我哪敢指示。我是给你打工的。

言重，言重，承受不起。

言归正传。是这样，刚才省领导把我叫过去，说他派有关部门下去私访，回来的人汇报说你们学校的实操设备存在严重问题，和我探讨下周的实操技能鉴定考试是不是挪到南面或是北面随便哪个设备比较健全的技校去考？我说，你们学校这批学员二百多号人，实操考试至少要四五天时间，南面离你们学校最近的技校也有二百三十多公里，一来一去就是四百六十多公里，那要多花多少钱，不是坑人吗？我对领导说，这样做不利于职业技能培训事业的发展。我还对领导说，不管蛇城培训学校是去南边还是北边考试，两边的路况都很差劲，加上车又多，特别是拉煤的大车，万一出个什么交通事故，群死群伤，后果不堪设想。我这都是为你们学校着想的，是想方设法在为你们学校争取啊。可咱是谁？一个小小的鉴定站站长，人微言轻，谁也看不起，上面的领导更不会听我的。他们坚持要你们去别的培训学校考试。你说，我该咋办？

刘国瑾说：我在山沟里再有两天就忙完了，一回去我马上找你。我记着呢，忘不了，你放心。

陈登第说：牛头不对马嘴，乱弹琴。我和你说的是两码事。你现在不赶回来，抓紧把事情处理好，等你招完生，早就两腿一蹬，归西啦。别忘了，你们学员鉴定申请表还没领呢。考试地点确定不下来，我这里无法发鉴定申请表，我发不出鉴定申请表，你们就填不了鉴定申请表，没有你们填写的鉴定申请表，我们鉴定站咋给你们出准考证？

刘国瑾明白，驴脸这是逼他送钱。以前全是现金交易，这次刘国瑾想借口在下面忙生源，不在省城，好抓住把柄在手里。他说陈大人，我在这里确实走不开，要不这样吧，你给我发个卡号，我把那个东西给你打过去？

呵呵呵，给我耍心眼？

我是那样的人吗？我确实是走不开。

高速公路四通八达，你开车回来不就几个小时嘛，离开几个小时，天会塌下来？要不就这样吧，我还要去省政府开会呢。

陈登第不耐烦地挂了电话。

李子说：你的点子真多。

他说：这就是我的价值，我要实现我的价值。我的手稍稍往上一抬，再垃圾的学校，考试合格率也会增加好几成，利润就哗哗来了。他们不能光顾自己赚钱，忘了恩人是谁。

她说：我儿子明年就要上初中，农村中学教学质量差，上了也是瞎混。我想让我儿子上县城的中学。上县城中学，就要在县城买房子，可我没钱买房子。

陈登第说：只要你能为我生个儿子，你儿子的事就是我的事。

现在养个孩子贵得吓人。

我是站长，负责多个培训学校的鉴定考试，只要大权在握，这些学校就是我的自留地。

驴脸拿起手机，打开日历，点击明天，又点击新建活动，在标题里写道：买书。

又要进钱了。再买多少书？五十本还是一百本？

十八

又是国考，培训学校最紧张要命的日子，每个人都像弦上的箭。

二百三十位学员，三十位一个考场。学员按照准考证上的编号和教室外面公示牌的提示，带着身份证和准考证，鱼贯进入八个考场。考评员、监考老师，胸前挂着工牌，各就各位。离开考剩下十五分钟，负责督导的驴脸还没露面。

王木德急得直跳脚。

刘国瑾给驴脸打电话。

驴脸说：车坏到了唐明大街上，正在等4S店派人过来维修。

刘国瑾说：修车来不及了，离开考只剩下不到十五分钟了。

驴脸说：我比你还急，这是国考！可车坏了，我走不了。我不能把车扔在路上，这是私家车。

刘国瑾说：你在哪个位置，我派人去接。

驴脸说：就在西环上，离学校也就六七分钟的路。

刘国瑾说：好啦，我去接你。

考试进行得还算顺利，只是整个过程中驴脸拉着本来就长的脸，背着手，看着鼻尖，一声不吭。考完试，饭也不吃，招呼也不打，上车就走了。

不知所措心情郁闷的刘国瑾没招了，叫梁三友陪他去爬山。

王木德给梁三友使了个眼色，梁三友便紧跑两步，跟着校长出了校门。

刘国瑾背着手，一言不发，低头看路，吭哧吭哧只管往前走。梁三友紧跟在右后侧，以防万一。

爬到第二座山的半山腰，碰到个比膝盖稍低点的小坎，校长右腿上去了，左腿跟不上，身子侧空着，在那里摇晃。梁三友连忙伸出两手，在空中虚扶着。晃了三晃，校长左腿跟上去了。梁三友吐了吐舌头，跟在后面跳了上去。

越往山里走，路边的植物越丰富。爬在地上的有灰灰菜、马齿苋、蒺藜、车前草、马泡，稍高点的有柴胡、细辛、艾蒿、益母草、小飞蓬，高的有曼陀罗、苘麻、野燕麦、野鸡冠花。又到了第四个山头半山腰的拐弯处，刘国瑾的眼睛不由自主地又瞟向那几座坟，心里直硌硬。

十天后，驴脸叫刘国瑾到华府喝酒，喝到差不多时，他清了清嗓子说：老兄啊，上次国考真他妈危险。要不是你开车来接我，肯定耽误大事了。我不能每次国考都让你来接，你也不可能每次都来接。为了给你们学校服务好，我想了想，一咬牙，买了辆新车。说着从口袋掏出行车证，扔到刘国瑾面前。花了三十多万，家里钱不够，只够首付，银行贷了二十万，这钱你们学校得出。

刘国瑾愣了一下，一个劲地劝酒。

席间，驴脸去洗手间。刘国瑾起身翻开驴脸挂在椅子靠背上的包，摸见装在里面的五四手枪，迅速掏出来放进自己的包里。他重新坐回椅子，看着窗外哗哗哗翻飞的银杏树叶，双手紧紧按住胸口，好像怕心脏蹦出来似的。

驴脸放松完回来。刘国瑾慌忙站起端杯敬酒。偷了驴脸的手枪，他的胆子一下子壮了不少，对驴脸说：把一个两头尖的金属物放到电场中，当电场增加到一定程度，就会放电，介质就会被击穿。

驴脸说：留下你的高深知识给你们学校的学员讲去吧。

刘国瑾不甘心，继续和驴脸谈判，这回他不怕驴脸拿着枪逼他签城下之盟了。

中间，驴脸曾拿起包，寻找什么，但没找着，眼神疑惑地盯着刘国瑾看了好一阵子。

经过长时间的口舌，最后敲定十万元。他说，学校钱实在紧张，分期付款行不行?

驴脸说：去年你卖别墅的钱呢?

你还惦记着哪?

顺嘴一说。

除了给你的，剩下的被我老婆控制了。我老婆你又不是不知道，典型的女汉子。

就咱哥俩儿的关系，我也不为难你，三个月付清。

三个月我怕够呛，一年行不行?

你妈个×，不要给脸不要脸。驴脸用筷子猛敲菜盘。

刘国瑾呼吸困难。虽然手枪在他包里，但面对驴脸，他还是底气不足。

他俩你望着我，我看着你，目不转睛，对望了三分钟。最终，刘国瑾的目光先软下来，从驴脸移到酒杯上。

白色啤酒泡沫还在往杯外溢。

驴脸两眼笑容满满，散发着朝霞燃烧的光辉。他知道自己又赢了，他还要乘胜追击，达到理想的彼岸。他耸耸肩，说鉴定站有事，不能多陪。话音没落地，人就站起来离开酒桌。他并没回鉴定站而是回了家。他还没尽兴，这轮薅羊毛行动才刚刚开始。他喊已经在他面前败下阵的菲妮来一盘小葱拌豆腐，再整一盘花生米，要在家里喝个痛快。他一筷子小葱拌豆腐一口啤酒，一粒花生米一口啤酒，边吃边喝边打电话。

第一个电话打给方州培训学校任继军：老弟啊，为了不再出现上次那样的耽误国考的事件，好好给你们学校服务，我想了想，下了个狠心，买了一辆新车，花了三十多万。家里钱不够，银行按揭了二十万，这车钱你们学校得出，你不出的话，下次误了考试可别怪我。

那边的任继军哼哼唧唧：这些天学校银根紧张，你也知道，老站长要在大青山革命老区建培训学校，前期大部分费用都是我这里出的。

老站长的事你就有钱，我的事你口袋就瘪了？

不不不，我不是这个意思。

谁不知道你和老站长好得穿一条裤子。

驴脸不知道，任继军在那边已按下了手机上的录音键。

驴脸继续说：蛇城培训学校的刘校长人家要大包大揽全部出钱，我想不能啊，我负责鉴定考试的学校不止他一家，买车的费用能让人家刘校长一家承担？这不公平，说啥我也不答应。我说，刘校长啊，你的好心我领啦，但车钱最多我只答应让你承担五万。任校长啊，论私人关系，咱俩要比刘国瑾近多了。况且咱们的靠山都是老站长，谁里谁外我是分得清的。路遥知马力，日久见人心。关键时刻，我知道，肯定是你帮我，你出力。我姓陈的是个知恩图报的人，你帮了我，我绝对会报答你，我别的本事没有，给你学校锦上添花的本事还是有一点的。

任继军顿了一下，最后答应承担十万元，说立马从手机银行转过去。

驴脸不让转账，他要现金。

驴脸又给另外八个学校打电话，胡萝卜加大棒，每个学校都敲出来三万五万八万不等的所谓购车费用。

菲妮坐在厨房，听着陈登第打电话，眉头越拧越紧。听到最后，她就像坐在神舟飞船上，心都飞出了嗓子眼。

那天晚上，菲妮整夜未眠，她替他担惊受怕。现在反腐形势这么严峻，抓铁有痕，踏石有印，他竟顶风作案，真是要钱不要命的架势。放在以前，她的官比他大，在家里一言九鼎，会严肃地同他谈话，命令他不能贪腐，警告他不要以身试法。现在不行了，他和她同一级别，他看她时都居高临下。

怎么办呢？菲妮的心像烤煳的面包片，思绪像一望无际的沼泽地。上个月，她的直接上级领导双规前从厅里的顶楼跳下自杀了，她很为他惋惜。他不光人长得帅，也很有才，理论水平出类拔萃，工作能力比同级别的领导高出两三个档次，是副省长人选的有力竞争者。但是他贪腐了，走上了一条不归路。她理解他自杀的心理。换作她也可能会选择自杀。被双规，意味着政治生涯的终结，一个习惯了掌权的人，会视权力如生命，突然从高高在上指点江山的政府官员沦为阶下囚，并注定再无出头之日，那种失落，那种无颜面对江东父老的羞愧，选择自杀是正常的。一双规就自杀，是典型的耍无赖。菲妮知道，在现如今这个网络信息发达的年代，贪官即使自杀也有可能逃不脱追责。还有，自杀后对家人带来的恶劣后果也是不可想象的。菲妮也曾想过对老公进行一番思想教育工作，让他主动去纪委承认错误，接受惩处，重新做人。她清楚，她的这个愿望在已经膨胀到连脸皮都不要的他身上不可能实现。

前两天和冯爽一起在蓝天喝咖啡时，菲妮曾向她道出自己的苦恼。冯爽沉吟了一会儿，咬牙切齿地说你家老陈现在最好得癌症，今天就死，马上就死。菲妮承认，在老公的问题还没有暴露还没有被双规前就消失，是最好的结局，政治上没有污点，也不会给家庭带来像抄家那样难以想象的灾难性的后果。

最后她的思维固定在他把钱放在了哪里。她清楚，他弄了那么多现金，家里是放不下的，可那要多少个保险柜啊？唯一能放下的地方，只有银行。存银行就要有存折，存折又放在哪里呢？办公室？家里？书房？外面租的房子？肯定在书房里，他把书房的门锁换成指纹锁就是明证。想到这里，她从床上爬起来，明知书房的指纹锁打不开，心存侥幸，想要试试，结果可想而知。回到床上，她继续寻思着进入书房的办法，一定要想方设法找到存折，把索贿受贿得来的不义之财交给纪委，最好是悄悄捐给公益事业，不显山不露水。

买了一辆车，赚了六十多万。多天以后，驴脸在和李子聊天时，自豪地说，这是羊毛出在狗身上，最后由猪来买单，这就是我的方法论。

十九

拿了钱的驴脸和没拿钱的驴脸判若两人，刘国瑾更喜欢拿了钱的驴脸，双目有神，笑声爽朗。没拿钱的驴脸，一脸灰暗，阴阳怪气，疯狗一样，见谁咬谁，贪得无厌的欲望，就像撒尿没完没了。

这天，刘国瑾受了驴脸一肚子气，从鉴定站出来，怕恶劣的情绪影响驾驶，想想没什么急事，看看手表，已是下午五点十分，便打消了回学校的念头，溜达到洽洽河公园。在河边散心时，碰见了老站长。他向他诉苦：陈站长当了代理站长以后，把屁崩到我脸上，还要问我味道如何。

老站长意味深长地呵呵几声，仰头看天。

俩人边走边聊，走到唐明大桥时，夕阳就蹲到西山头上。河边的人渐渐多起来，三个一群，五个一伙，手捧着用木板和五色纸做成的彩灯，彩灯里点着蜡烛。有人拿着冥币、水果、蛋糕，还有五花八门的祭祀用品。

刘国瑾想起来了，今天是中元节，也就是鬼节，陈登第的生日。他想起刚才在鉴定站时，脑子里还泛起过是不是叫上几个人给驴脸过生日的想法，但一看驴脸那副嘴脸，就把念头给掐断了。去你妈的吧，他脸上冲着驴脸泛起微笑，心里却在咒骂。

任继军来找老站长，左手提着一袋子冥币，右手是一筐烟酒祭祀用品。

刘国瑾又想起那年任继军凑近他耳朵说的话，便苦笑了。

老站长替任继军解释说：那是任校长给他父亲准备的，是个孝子啊。

刘国瑾好奇发问：老站长你也……

老站长说：每年我都和任校长一起给他父亲烧纸，他们老家的风俗和省城不一样，要把先人的牌位请出来，放到专门做祭拜用的供桌上，供上茶饭，燃上香，烧上纸。

刘国瑾心想，老站长这是在为自己的不道德行为寻求心理安慰吧？他不想沿着这个话题走下去，害怕带来不必要的尴尬。他扭头问任继军，你还记不记得今天也是陈站长的生日？

任继军回答：我只知道今天是鬼节，是祭祖的大节。

刘国瑾笑着说：我记得那年你跟我说的话，我刚才一看见你就想起了。

我说的话多了，哪句？

你们老家把鬼节出生的孩子叫小鬼，说是游荡的小鬼变成的。

是呀，错了吗？有毛病吗？

千真万确，没毛病。

咋啦？

我叫小鬼缠身了。

驴脸本来就是一只小鬼。

老站长说：不怕，哪里有小鬼哪里就有钟馗。

说着拍拍刘国瑾的肩膀，你早点回家吧。今夜也是有讲究的，少说话，不熬夜，早早入睡。握手告别时，老站长又特别叮嘱，保持好积极的心态，别让负面情绪影响了自己，把培训学校办好才是正事。

刘国瑾返回鉴定站开车，在大门口，碰上驴脸从楼上下来，驴脸叫道：刘老兄啊。

刘国瑾不得不端着笑脸迎上去。驴脸用力握住刘国瑾的手，上下摇晃：哎呀，还是老战友好，还是你刘兄好，我还以为你忘记了今天是我的生日，连个电话也不打一个，谁想到你在大门口等我。想不到，想不到，这就是路遥知马力啊。

事已至此，刘国瑾只能假戏真唱了。他说：我打了好几个电话，找不下一个安全的饭店，要不咱们还是去滨河饭店？

驴脸说：我有个隐蔽的地方，在八一路上，两个包间。

这么晚订，怕是没包间了吧？

我昨天就预订了，知道你会和我一起过生日的。

刘国瑾让驴脸把后院的位置用微信发过来，他一边开车往后院走，一边临时打电话拼凑人马。拿出各种手段，总算是把马三祥、傅正焕、刘青山三人搞定，又让学校的王木德领着梁三友和王前进带上一箱二十年老白汾，立即马上赶过来凑数。

饭桌上，不知是有意还是无意，刘青山又提到老站长和任继军的关系，在座的各位都清楚，刘青山和老站长有矛盾，多年解不开。

刘国瑾说：今天是陈站长的生日，刘校长你这是哪壶不开提哪壶啊。

傅正焕说：这个话题好，多好的荤菜啊，多加点，有气氛。

刘国瑾把脸转向驴脸。

驴脸笑着加柴拱火：我赞成傅校长的观点。酒桌上嘛，就是个让大家高兴放肆的场合，想说啥就说啥吧。

刘青山问：陈站长，你说任继军是不是吴兴瑞的私生子?

驴脸看马三祥，马三祥夹口菜，放进嘴里，又端起酒杯，喝了一口，说：这是咱们行内公开的秘密，几十年了，你看他俩的长相，越来越像是一对复制品。

傅正焕说：我给马校长点赞。

刘青山盯住陈站长不放。

陈站长说：现如今，有几个情妇，多几个私生子，正常的事嘛，有啥大惊小怪的?

刘青山说：这么说，陈站长你也有喽?

陈登第说：全省谁不知道我是有名的妻管严，我要是有老站长的胆量和气魄，肯定一个都不少。

刘国瑾心情有点郁闷，不在状态，没喝多少就醉了。王木德把他送回了家。

二十

和李子做爱的过程中，驴脸灵光一闪，又飞出一只幺蛾子。第二天，和傅正焕校长去武装部靶场打靶回来的路上，他已胸有成竹。

王木德把车停在杏花园路边看着鉴定站的大楼，捯腾着欢快的两只脚，跳舞似的过去，嘴里哼着民歌小调：阳婆婆出宫满面面红，小妹妹白脸脸爱死个人……

进了办公室，他向小高打招呼。

小高放下茶水杯，坏笑着看王木德。他一张口，王木德愉悦的心情就被扔进了马桶。

王木德手举得高高的，原地转了一圈，也没找到能撒气的对象，只好劈了一把空气，来句国骂。

小高笑着耐心地劝王木德还是回学校，老老实实写个申请书，盖上公章，再过来找陈站长签字，有了陈站长的批示才能领表。

王木德说，这么多年了，咱们鉴定哪次不是按我们传过来的学员信息给我们发表？

小高说，你命不好，晚来了一步，今天一大早，七点五十五，陈站长就变更了领取程序。用陈站长的话说是优化程序，为了今后更加有序地管理。

王木德说：这哪是优化，这是脱裤子放屁。又问，是不是以后领表都要先写申请，再找驴脸签字？

回答：是。

小高劝王木德还是回去按陈站长的新程序办理吧，胳膊拧不过大腿。陈站长的指示在鉴定站就是圣旨。王木德苦笑着摇摇头，只好回校打印一份申请书，盖上学校的章，又返回鉴定站，找陈站长签字。

陈站长办公室的门锁着。

小高说五分钟前还和我说话哩。

王木德打电话，陈站长说在外面忙，让他明天早上七点五十八分来鉴定站，强调自己每天都忙得焦头烂额，过时不候。

第二天，西中环路和唐明街都堵车，王木德打了二十多分钟的提前量，还是晚到了三分钟。驴脸的脸拉得很长，骂王木德：你这是图财害命，懂不懂？

王木德一脸茫然。

驴脸说：这是鲁迅说的。

王木德想解释。

驴脸把手一抬，我懒得听。又说，我不能给你们惯出毛病来，今天你不遵守时间，就要付出代价。明天我有事，你不要来了，后天下午三点钟准时来。

王木德苦苦哀求，驴脸便喊小高过来，把他领出办公室。

第三天下午，王木德提前半小时来到鉴定站，他在三楼楼道里碰到正慌慌张张要离开的马三祥，问驴脸在不在办公室？

马三祥不耐烦地回答：他又不是我孙子，我看着他干啥？

王木德又问：你没见他？

马三祥嘴一撇：老天爷，我就像老鼠躲猫一样躲他还躲不及哩，谁见到他谁倒霉，一辈子都不想见他。

王木德也不愿见驴脸，可不见拿不到学员鉴定申请表，他不得不见。他硬着头皮敲驴脸办公室的门，半天没有回应，隔一会儿又敲，还是没反应，就只好干等着。

刘青山也来找驴脸，小眼睛上下看看王木德，下巴指向办公室的门。

王木德摇摇头。

去哪了？

王木德又摇摇头。

那你在这等啥？

王木德摊摊手。

刘青山对准门吐了一口唾沫，扭头就走。

王木德轻蔑地看着刘青山远去，快到楼道拐弯处时，他还是忍不住朝刘青山吐了一口口水。他瞧不起刘青山，对有职有权的阿谀奉承奴颜婢膝，对平头百姓颐指气使。如果刚才驴脸在面前，刘青山的脸上会瞬间开出牡丹来。

三点半了，驴脸还没露面，打电话，也不接。他问小高，小高说，陈站长刚才来电话，说他要去省里开会，让你明天早上再来。

好不容易拿着驴脸的批示去领表，小高又说，陈站长又有新指示，从今天起，学员鉴定表要校长亲自来领。这是为了严肃考纪，对党和国家负责，对人民负责。

王木德说，陈站长真有水平，一下子就把自己提高到党和国家领导人的级别了。

小高说，陈站长还说，这是为了避免发生不必要的意外，耽误学员考试鉴定，这是国家的百年大计。

王木德给校长汇报的早晨，刘国瑾正在隐云寺文化广场的牡丹花园看花。牡丹花开得五彩缤纷，同为红花，有的如丹，有的像火，有的似红玛瑙；同为白花，有的似冰，有的若银，有的宛如白玉。

刘国瑾气得踢了空气一脚：他妈的，还让不让人活？

王木德说：还好，他还只是个代理站长。

他要是真成了站长，咱们才真的没有活路。

人在做，天在看，举头三尺有神明。

刘国瑾只好亲自到鉴定站领表。

老站长也在，刘国瑾先和老站长打招呼，老站长脸上的笑容还没绽开就萎缩了，只是嘴角挤出两声勉强的笑。接着和驴脸打招呼，驴脸眼睛盯着墙上的挂钟没动。老站长叹口气，站起身，对看挂钟的驴脸说：事情就是这样，你掂量，能帮就帮，帮不了我也不为难你。说着笑着和刘国瑾王木德握握手，出去了。

驴脸还在继续研究挂钟。

刘国瑾和王木德送老站长下楼，刘国瑾问老站长找陈站长有啥事。

老站长说：还是在老区办职业技能培训学校的事，想请他资助点。结果和你一样，一点面子都不给。

刘国瑾神经一紧：老站长，我可和他不一样，我确实是……

老站长微微一笑：没事没事，不要当真，我就是和你开个玩笑。到了我这个阶段，我会摆正心态的。

出大楼时，刘国瑾问老站长，中午有没有安排，能不能一起吃个饭？

谢谢你，刘校长。老站长握着刘国瑾的手，呵呵笑着说，中午几个大学同学在滨河一号聚会。其中还有我那个省纪委的同学，好久没见了，正好有事找他。

刘国瑾说：咱们就改天吧，看你的方便。

老站长说：我们这些拉蔓干部，时间一大把。不过每天下午，我还是要和我的麻友们活动活动。

刘国瑾附和着说：打麻将是个有益大脑的好运动。

刘国瑾重新来到驴脸办公室门口，王木德摇摇头说我不进去了。

驴脸手指敲着桌面上的一堆文件，眼睛盯着刘国瑾说：拉蔓干部，日薄西山，老树昏鸦，能接待接待，就是天大的面子，还以为是昨天？

刘国瑾呵呵两声应付过去，在驴脸对面坐下。驴脸把面前的文件往一边一扔，腾地站起来，说，刚刚省领导来电话，叫我去商量一下工作，你去小高办公室等我。

刘国瑾看着驴脸，心里直骂娘。尽管身体里有一百万个不高兴的细胞上蹿下跳，也只能紧紧封存着。把驴脸送到楼梯口，他转身来到小高办公室，小高正和王木德聊天。王木德看着校长的样子，叹口气站起来倒了杯水，说他就是那个扅势，讨吃鬼！

王木德接到教务处的电话，先一步回校。刘国瑾留下等驴脸，等了两个小时才回来。

经过李子一个多小时的按摩，驴脸身体内的每一根神经都像雨后洽洽河的支流，充满欢快的活力。

刘国瑾把装着三条中华烟的黑色塑料袋扔到驴脸怀里。驴脸的嘴角上翘，挂出两丝笑容：老兄就是老兄，知道我的喜好。说着，拉开抽屉，顺手把烟丢进去，然后轻轻关上，用食指敲着桌面，一本正经地说：拿了你的手不软，吃了你的嘴不短，钢铁就是这样炼成的。

刘国瑾在驴脸办公桌对面的椅子上坐下，靠着椅背看驴脸。驴脸的手机又响了，接完电话说：老兄，你不找我，我没事，你一找我，事情就接二连三。这不，省领导又叫我过去，又有急事要我去处理。这样吧，老兄，你如果有事，你就先忙去吧，如果没事，麻烦你再到小高办公室等一会儿。

那天，刘国瑾坐在小高办公室里把微信看完，头条新闻刷了三次，才接收到楼道里驴脸的脚步传导出来的信息。回到办公室的驴脸，似乎没有注意到刘国瑾的存在，他点燃一支烟，抽着，背靠椅子，把脚搁在办公桌上，双手捧着手机。

驴脸在和李子用微信聊天。

刘国瑾按捺不住了，探身一看，发现驴脸竟在微信聊天。他用手揉揉太阳穴，咬咬牙根，声调悲凉地说：陈站长，鉴定申请表……

驴脸眼睛离开微信，又抽一口烟，缓缓吐着，继续聊微信。一边聊微信一边说：不是我让你来领，是你的责任让你亲自来领。

噢，天哪，责任如此重大？我以前咋就不知道。

那是你觉得我这里衙门小，不在你的视野里。

看在都当过兵的分儿上，不要为难我，好不好?

这是规定，规定就要严格执行，天王老子来了也一样。

刘国瑾看着驴脸，心脏突然痛了一下。

两个人目光对峙，仿佛都想把对方置于死地。随后，刘国瑾把目光从驴脸上转移到驴脸的大茶杯上，他拿起杯子，也不管凉热一阵牛饮，一大杯茶水见了底。

驴脸的眼瞪得像牛蛋，对面的人喝的是他刚倒的一杯热茶水，他只喝了一口，烫得吸吸溜溜的。

放下茶水杯的刘国瑾再抬起头时，目光变得柔和了许多，接着柔和又变成了无奈，再接着又向哀求转换。他下巴动了几下，想说什么却没说出来，脸颊憋得通红，然后垂到了胸前。

驴脸一脸得意：我的老兄啊，波浪卷发，精致五官，小立领亚麻衬衣，哦哟哟，手腕上还戴着一串佛珠，108颗的吧?洒脱，帅气，养眼，超能美男啊！啧啧啧，我有时候很纳闷，世上就有这么一些人，老是得意忘形。比如我的老兄，超能美男校长，有一句话说得很好：不成熟的男人的标志是可以为了一口气壮烈牺牲，成熟的男人的标志是可以为了一口气卑贱地活着。你可以选择做一个成熟的男人或不成熟的男人，但你要记住你是在我的一亩三分地上混饭吃的，混不好就没饭吃。

刘国瑾灰头土脸抱着一堆学员鉴定申请表从鉴定站出来，有凉风吹到脸上，他急需要呼吸新鲜空气。

二十一

刘国瑾在办公室闷了大半天，情绪坏到了极点。王木德进来请示工作，刘国瑾说，陪我散散步去。

他们出了学校没走多远，就开始上坡，之字形穿过绕城高速公路高架桥，登上139个台阶，绕过身披袈裟、眉如小月、眼似双星、朱唇一点红的观音菩萨雕像，来到隐云寺。

佛教文化广场修得越来越像个公园。冬青刚打理过，有模有样。由冬青围成的一片片草坪，绿茸茸的，蓝色的桔梗花，紫色的蒲公英，白色的野菊，黄色的苦菜花，红色的牵牛花，这儿一朵那儿一片的，点缀其间。柳树、松树、柏树、榆树、山楂树、枣树、桃树、楸树，一排排一行行，在人行道两边或草坪上组成各种图案。半米高的青石路灯里安装的播放器轻声吟唱，六七条野狗在草坪上打闹，麻雀在树林中叽叽喳喳，一群鸽子在天空飞翔。

游人不多也不少，有携手散步的，有谈情说爱的，有带着小孩玩耍的，当然也少不了遛狗的。

背着手，走在曲径通幽的林荫小道上，王木德看着人字形彩砖路面说：对驴脸这样的浑不吝，我有点束手无策了，他是想压服咱们。

刘国瑾说：这就是他的德性，一味使用蛮力。跟他硬斗，咱们斗不过他，跟他讲理，但他现在根本听不进去。我们要么屈服，要么硬挺到底，想办法把他扳倒。

拐进牡丹园，王木德说：任继军又请我吃饭。

刘国瑾透过树叶看蓝天白云：看来，任继军要决心扳倒这个家伙了。

老站长也插手了。

多给他们提供点证据。

听说，那边的证据不少了，任继军还雇专人跟踪驴脸。

刘国瑾的目光离开蓝天白云，扫了王木德一眼：有分量能做成铁案的证据多不多?

王木德说：最少有七八个。对了，驴脸有个情妇，两人隔三岔五约会，经常一起过夜。

女方是干啥的?

说来这天下也真是太小了，我也没想到，这个女的还曾是咱们学校的学员。

胡屌侃，有这么巧？

这时候了，我骗你干啥？那是大前年的事了。我还记得那个女的，三十多岁，瓜子脸，白皮肤，长睫毛，嘴唇很性感，身材很苗条，是那种男人见了容易想入非非的小妖精。她姓李，叫李子。她对我说过，她的培训学费是朋友给垫的，她想考个国家职业资格证书，便于以后找工作。她怕考试过不了关，培训费打水漂，找我帮忙。那天，我正被这个小妖精缠得快要乱怀，陈站长来学校了，我就把她介绍给了陈站长。午饭时，陈站长没有走，我就给他在小包间准备了一桌饭，他把李子叫了进去。

刘国瑾对王木德说：嘿嘿，现在情妇是一些官员的标配，有啥稀罕的？我还以为是啥大把柄呢。

王木德笑了：如果就这么点事，也就到此为止啦。可有意思的是，任继军告诉我那个女人一些往事，校长你绝对想不到，就像韩剧一样，狗血得很。

哦，是吗？

陈站长的父亲三十多年前在浑水河公社当过几年书记。

我不知道。

陈站长的父亲在浑水河当公社书记时，到生产队检查三夏麦收，看上一个姓赵的小女娃娃，把她安排到公社当电话员。后来，他把那个女娃娃的肚子搞大了，李子就是那个女娃娃生的，她是陈站长父亲的亲生女儿，陈站长的同父异母妹妹。

啊？驴脸知道不？

肯定不知道。陈站长的父亲离开浑水河后，就再没回去过，也不和那个女子来往。

这玩笑开大啦。

好戏在后头呢。你也知道，陈站长只有个女儿，当时计划生育，不能生二胎，可他总想再有个儿子，好传宗接代。老婆生不出来，他就把希望寄托在李子身上。

这麻烦大了，李子要是真的怀上驴脸的种，那岂不是……

校长，咱们就当睁眼瞎得了。

两个人站在金刚万佛宝塔前俯瞰蛇城，夕阳把他们的身影拉得很长，从山顶一直铺到学校楼顶。

与此同时，在三公里外的一间出租屋里，驴脸和李子刚做完爱。他仰躺在床上，看着屋顶的LED吸顶灯，又在大发感慨：惭愧啊惭愧，我活了五十多年，才明白我的一技之长竟然是这个。我穷尽前半生去追求幸福，倾尽所有去研究各种技能，在你这儿，我才找出幸福的数据和论证。对吧，李子，我的傻宝贝！

李子没有接话茬，递给驴脸一支中华烟，用打火机为他点燃，自己也叼了一支。

出租屋里立刻就布满了烟雾。驴脸一手抚摸着李子的肚皮问：春天过了，种子该扎根发芽了吧？

猴急！

我想你明天就给我生个大胖小子。

二十二

驴脸指挥着刘国瑾来到蛇城大街，在一片工地上穿梭，最后停在新装修刚启用的一栋三层楼前。楼前高大的广告牌上的字，像炸弹扔进刘国瑾心里：滨河湾售楼中心。

刘国瑾牙发痒想咬人，他恨恨地用力关上车门，斜眼盯着驴脸的后脑勺，极不情愿地跟在后面。上售楼中心台阶时，他大声叫唤一声：头疼。

驴脸问：咋啦？

他虚弱十足地说：头疼，都半个月了，搞不清咋回事。

驴脸把手中的烟摔在地上，用脚尖狠狠踬烂：你他妈的！真会病！

驴脸急着要买房子，李子已经怀上他的种，而且通过熟人做了B超。那天，他拿着医院的性别检验报告一脸热泪，买了一箱青岛啤酒，第一时间赶到永安寺公墓，郑重向父亲汇报，他家后继有人了。

他要趁着还在位，早早给未来的儿子准备好安乐窝及一辈子的生活费用。

这天晚上，滨河湾售楼中心前发生的事，让驴脸在暗夜里久久地睁着大眼睛无法入睡，心理巨大的不平衡和对刘国瑾的恼怒，像一架水泥搅拌机搅得他心烦意乱。凌晨两点，忍无可忍的他，从床上爬起来，瞄一眼熟睡的菲妮，蹑手蹑脚溜出卧室，在书房的书架最底层翻出早就准备好的一身女人行头，大衣、围巾、能遮住脸的布塔真丝遮阳帽，对着黑暗稍做穿戴打扮。开车出门，出杏花园路，进唐明大街，过铁路桥，直奔蛇城培训学校。他把大众车停在一个早就选择好的监控探头的死角，然后锁好车，看看黑漆漆的夜空，长长地喘口气镇定自己，便钻进路边景观树丛，潜行六百多米，跳入蛇城职业技能培训学校实操室。浓浓夜色中，他像蝙蝠，悄无声息地在实操设备之间，快乐地飞来飞去，实操室里能听见温柔的山风优雅地回旋。

三十多年前，他也这样飞过。只是那次耳畔回旋的是浑水河凉飕飕的河风，身上穿的是老爸的中山装，下摆长过膝盖，戴的是老爸的绿色军帽，盖住了大半个脸。那次也是后半夜，他悄悄从床上爬起，溜进公社食堂，抄起案板上的一把菜刀，跑到姓赵的女电话员住处。他要杀了她，为母亲出气报仇。她住处的门虚掩着，一刀砍下去，床上没人。失望的他抡起菜刀，把被子、枕头、褥子砍得棉花飞满屋，直到筋疲力尽。他躺在地上大口喘着气，等到天快麻麻亮，也没等到她回来，只好无奈地从屋子里爬起来，把菜刀放回食堂，又溜回他妈的身边，把他爸的中山装和绿军帽挂回墙上。他本想再找机会下手，他妈却没给他机会。那天中午，眼神痛苦嘴角坚毅的妈，连午饭也不吃，果断地拉着他的小手，永远离开了浑水河。

实施完对实操室设备的破坏，驴脸跳上窗台，他舍不得马上就走，他优雅地回头欣赏一会儿黑暗中的杰作。想象着几个小时后，刘国瑾看着破败的实操室如丧考妣的苦瓜脸，他心一阵狂跳，沐浴在胜利的喜悦之中。

第二天上午，蛇城培训学校的实操课没法上了，实操老师把事件汇报给教务处长，教务处长又汇报给王木德，王木德只好把实操课调整为理论课，同时打电话给刘国瑾作了汇报。

刘国瑾在王木德和教务处长的陪同下来到实操室，站在实操室门口，眼前的一片狼藉让他们不敢相信。他们什么话也没说，一致认定破坏者就是驴脸，可他们没有证据。在警察现场勘查过后，他们花了十多万元，日夜修复，终于赶在鉴定考试前一天，让实操室恢复正常。但实操课没上，实操鉴定时，学员一个个大眼瞪小眼，成绩惨不忍睹。学员们心有不甘，组织起来绝食，大闹教务处，要求退还培训费。

学校乱成了一锅粥，刘国瑾嘴上起了一圈燎泡，连吃四颗同仁堂产的牛黄清心丸也不顶用，直骂自己要死就快点。

王木德像热锅上的蚂蚁，也不顾保存了半辈子的老好人形象，张口他妈的，闭口挨㞗了。

这天晚上，刚从学员包围圈中逃出来的王木德给任继军打了个电话，问举报材料最近有了什么新内容，准备何时打响第一枪。

驴脸也没闲着，他把目光瞄准二百公里外的千秋培训学校，亲自伪造了一封举报千秋培训学校在考试中集体作弊的信。傅正焕校长见到举报信后，急忙领着驴脸去打靶，顺便塞了个大红包。

刘国瑾找驴脸，驴脸不见，打电话也不接。

他按照套路赶紧跑到鉴定站请驴脸喝啤酒。

第一天驴脸对刘国瑾视而不见，刘国瑾无聊地坐了一上午。

第二天，驴脸眼皮抬也不抬地对屁股刚要挨住沙发的刘国瑾说，一会儿省领导要和我通话，事关重大，你在不方便。把刘国瑾赶出了办公室。

第三天，驴脸眯着眼，看看手表说，没时间听你的高见，我去滨河湾售楼中心有事要办。

刘国瑾终于憋不住了，腾地站起，双手拄在驴脸的办公桌上，看着驴脸。

驴脸背靠椅背，双手紧扣，放在肚子上，一声不吭。

刘国瑾压低声音说：你怎么能这么做？

驴脸说：你说啥？

刘国瑾说：你这是巧取豪夺。

驴脸一拍桌子，霍地站起：我没时间和你磨嘴皮子。

刘国瑾问：我咋办？

驴脸用手指敲着桌面：谁耽误我一阵子，我让他后悔一辈子。

刘国瑾一夜未眠，起来偏头痛，向来办公室请示工作的王木德要止痛药。王木德经常头痛，办公室抽屉里有各种各样的止痛药。

王木德看着校长，关切地问：你咋也头痛了？

还不是让驴脸气的。

王木德双手一摊：让驴脸缠上你就是患上了淋巴癌。

王木德专门给校长准备了一只最新开发出来的录音笔，小巧玲珑，携带方便。他说：咱们这是为某一天法院给狗日的量刑时准备尺度的。

刘国瑾带着录音笔和十万元去见驴脸，驴脸却强硬地把他推出门外，说：我的门只为朋友开。

刘国瑾在门外说：我就是你的忠心朋友，你最喜欢的东西在我身上带着呢，十个。

门里态度一百八十度大转弯：好，那赶紧进来。

刘国瑾恭恭敬敬地递上包在黑塑料袋里的十万元现金。

驴脸撑开塑料袋，伸长脖子看看，又过过数，然后出乎刘国瑾意料地大声说：我借你十万用一个月，我现在就给你打十万元的借条，保证一个月还你。

刘国瑾听得眼珠子快蹦出来了，像下棋时手上高高举起的一枚炮，不知如何落子。

驴脸硬把借条塞进刘国瑾包里。

刘国瑾在驴脸对面的椅子上坐下。驴脸说：我要上省里办点事，改天好好喝两杯。

刘国瑾只好又站起来，抢先一步帮驴脸拉开办公室门。

驴脸锁好门，刘国瑾跟在身后下楼，快出鉴定站大门，碰上老站长。

驴脸停住脚步，看着老站长。老站长也停下脚步，笑着和驴脸打了个招呼，又向刘国瑾点点头。

驴脸站着不动，跟在驴脸身后的刘国瑾下意识地给老站长让路。

老站长问驴脸：去医院看老岳父？

驴脸说：没工夫。

老站长又问：又有省领导召见？

驴脸鼻子里哼了一声。

驴脸眯着眼看门外，似乎在等什么。老站长突然咧嘴无声地一笑，向旁边移了两步，说那你快去吧，别误了你的国家大事。

驴脸背着手，目视前方，迈着标准的八字步，一步一响地走向楼外的灿烂阳光。

二十三

三十天后的下午，驴脸打来电话说是要还钱，叫刘大校长马上到鉴定站。

刘国瑾说，你这人真逗，咱们是谁和谁呀？

驴脸说，好借好还，再借不难。

刘国瑾来到鉴定站，在驴脸办公室门口先停了停，深吸一口气，把笑容堆到脸上，这才敲门。驴脸笑着一句话不说，示意他坐到办公桌前的椅子上，然后把一张写有今收到陈登第还款十万元的还款条放到他眼前，又拿了一张A4纸，让刘国瑾照抄一遍，并签上大名，按上手印。

刘国瑾看着驴脸小心翼翼地把还款条子折好锁进抽屉，然后又看着驴脸笑吟吟地抬起脸，两手一摊：你借给我十万元，我还了你十万元，咱俩河归河路归路，两清了。

第二天，鉴定站给学校打来电话，连连道歉，说是由于鉴定站工作人员在工作中出现不可原谅的失误，把蛇城培训学校学员上次考试成绩统计错了，考试的合格率不是30%，是95%。

刘国瑾咧咧嘴，没笑出来，放眼看学校上空的淡淡夕阳。

王木德感叹：还是钱有能耐！

人社部门搞了一个国家特有工种职业技能鉴定考评员资格培训，地点在安徽黄山。驴脸看到通知，立即安排小高给李子报了名，费用由鉴定站出。他想，李子有了考评员资格证书，以后就可以名正言顺地去各培训学校做技能鉴定考评工作，每天可以赚三四百元的考评费，可以收一两千元左右的好处费，还可以直接收取想拿国家职业资格证的人的培训费。他手中有这个权力，可以不经过学校直接将学员的信息数据录入。准考证是鉴定站出，考卷是鉴定站发，考试是鉴定站考，考卷是鉴定站判，资格证虽然发放权在北京，但最后也得由鉴定站往下发放，他完全可以一条龙一手操作。有他陈登第当站长，李子一个人就是一座学校。

驴脸心潮澎湃起来。他这是给未来儿子栽了一棵摇钱树，每天都可以摇一摇，有了这棵摇钱树，未来的儿子和李子的生活就多了一层保障。

王木德和任继军互通消息，两个人约好见面时间和地点。经过一番密谋，他们达成了一致的行动计划。

王木德没憋住，当晚就打电话给刘国瑾。刘国瑾说，上次他敲诈咱们60万时用过的手枪我保存着，这也是一条罪状。

王木德接过校长从保险柜里拿出的手枪看了看，嘴一撇，还给了校长：切！小孩玩具，仿真手枪。

刘国瑾的脸腾地烧得火红。

王木德说：他那点社会关系背景，哪能搞来真枪？不过，我见网上也说，有的仿真手枪还真的能当真枪用。

刘国瑾愣在那里，王木德的话他没听见，他觉得驴脸的套路太深了。

王木德说：对付流氓，就要比流氓更流氓，咱们没这个水平。

这天晚上，刘国瑾上了三趟厕所，脸一直烧到第二天。吃早餐时，老婆大惊失色地叫道：老公，你发烧啦？赶紧用手背试老公的额头，不烫手。

老婆一脸疑惑，瞪大眼睛看老公。

刘国瑾心头落泪，丢人哪！

他把仿真枪扔进了垃圾桶。

二十四

驴脸和李子是坐傍晚的飞机直飞黄山的，受雇于任继军的年轻人全程录了像。

任继军看过录像，给老站长打了电话。

电话那头，老站长笑得很开心，说：小军呀，我今天的手气不错，赢了两万多，一吃三啊。

晚上九点多，任继军抱着一摞豪华精装书，按响了驴脸家的门铃。

菲妮在家看电视，播放的是栏目回放中的《人民的名义》，这部电视剧她看了三遍，这是她看的第四遍了。

任继军把豪华精装书放在客厅沙发旁，说是陈站长托他买的。菲妮把手中的瓜子放回袋里，伸手要拿本书看看。

任继军帮忙打开书，说和新华书店卖的书没区别，只是装帧豪华一些。他还给陈站长说过，买书是为了看的，买这么豪华的书，价格贵了好多倍，根本没啥用，还不如一般版本的书实用，可陈站长就是喜欢买豪华书。

喝茶聊天过程中，任继军无意间说傍晚到机场接人，看到陈站长和陈馨在机场出发厅办理登机手续。

菲妮说：不可能，晚饭我和女儿女婿一块吃的。

任继军皱起眉头：不对吧，难道我看错了？说着，就打开手机录像，让菲妮看。

菲妮说：这哪是陈馨？

任继军故作吃惊：不可能吧？看着他们那么亲热，很像是父女俩。

菲妮让任继军把录像用微信发给她。

任继军一出门，菲妮立马给老公打电话，关机。又给冯爽打电话，没信号，不在服务区。她气得把手机摔在沙发上。

她站起来，要上洗手间，却被书绊倒，额头磕在茶几角上，疼得龇牙咧嘴，眼冒金星。用手摸摸额头，还好，没出血。她的火气全转到了书上头，爬起来抬脚就踢，书没踢飞，脚尖却碰痛得撕心裂肺。

她想起了书房里更多的书，越想越气。她腾地站起来，冲进厨房，拿起菜刀，对着书房门一通乱砍。三十刀下去，坚固的书房门就成了烂筛子。她冲进书房，早就觉得书房里一定有个很大的保险柜，可转了四五圈也没找到。她又把头探到书桌下面，也没有。拉开书桌抽屉，打开所有书柜的门，也没找到她想要找到的银行存折或大量现金。她沮丧地站了一会儿，又跪在地上，双手着地，在地板砖上摸索、敲击，她希望能发现某块地板砖有移动过的痕迹，或是有空洞的回音。陈登第心思缜密，也有可能把银行存折或现金藏在地板砖下面。

她在地上搜索了七八遍，终于发现一块地板砖敲击的回音与众不同。

她飞快地跑到阳台上，打开工具箱翻出一把铁锤，回到书房。双腿跪在地上，高高举起铁锤，对准那块发出空洞声音的地板砖，狠狠砸下去，一声闷响，铁锤反弹，差点从手中飞出去。虎口震得麻木，地板砖却没有开裂一丝缝隙，只是中间爆出一元钱钢镚大小的白点点。她顾不得手疼，狠命地砸着，两下，三下，四下，五下，地板砖开裂了，再砸便碎了。她扒拉开碎砖块，水泥地上出现一个不规则的小洞。她伸手下去，只能进去三个手指头，指头在里面探索了一会儿，好像触到个包装用的塑料袋。她热血沸腾，一把甩掉上衣，又抡起铁锤，沿着不规则小洞的边沿一点点敲击，当小洞扩大到能容进一只手，便迫不及待地扔掉铁锤，挽起袖子就下手。用力过猛，手背被水泥碴划开三道口子，她顾不上疼痛。好在小洞不深。中指首先触摸到塑料的东西，发出悦耳的哗哗响声。她心头一亮，小心翼翼地将塑料袋从小洞里拉出来，先是轻轻抖落上面的水泥、灰尘，再轻轻地把它放到地板砖上。面对塑料包装的东西，她心跳加速。她颤抖着苍白细长的手指，慢慢打开塑料袋，瞪大眼睛一看，火冒三丈，一脚把塑料袋及里面包的东西踢上了房顶。

原来是一包建筑垃圾。

菲妮在书房没找到半毛钱和存折，一肚子怒气最终全发泄到书柜上。随着她手中铁锤的起落，书柜的玻璃门哗啦啦碎了一地。砸着砸着，两本书从柜子里掉出来，和玻璃一起摔到地上，精装的版口打开，护叶掀起，一沓沓鲜红耀眼的人民币散落在眼前。

菲妮愣住了，高高举起的铁锤停在半空中……

这天，她在沙发上窝了一夜。

第二天上午，菲妮请冯爽喝咖啡，两个人一会儿激动万分，一会儿沉默异常，叽叽咕咕到十二点多才分手。回到家，菲妮沉思了半天，终于拨出了老站长的电话，不久，那个一直守在香格里拉小区门口坐在三轮车上看书的收烂货老头便轻轻地敲响了陈站长家门。菲妮帮助老头把书架上的书一本不剩地全部打包拉走。临了，收烂货老头要帮菲妮收拾地上的一堆烂玻璃，她摇头谢绝。

二十五

中元节的前一天，参加完培训，又玩了一个星期的驴脸和李子回到蛇城。

驴脸没回家，他们直奔粤海世界饭店吃宵夜。饭毕，又预订了一个包间，明天中午，他要和李子一起给自己过生日。之后，他俩打的回到李子的住处。

任继军及时向菲妮通报了消息。

菲妮叫上陈馨和女婿闫福，拿着棍棒气势汹汹杀了过去，噼里啪啦，把李子打得皮开肉绽。

陈登第站在一旁不知所措。

陈馨揪了一把陈登第的胳膊：爸，你还不赶紧回家?

一进家门，陈登第就想躲进书房，一看，书房门千疮百孔成了烂筛子，脸立刻变得惨白。扑进门，书架上空空荡荡，他急了眼，大叫：我的书呢?

菲妮得意地说，收烂货的老头正在认真地阅读它们呢。

陈登第眼中顿时冒出熊熊烈火，惨叫着，张牙舞爪地扑向菲妮，揪住菲妮的头发，一个旱地拔葱，菲妮整个人在空中画了一个圆圆的弧，重重地摔在地上，陈登第骑上去，擂绛州大鼓一样揍起来。

陈馨和闫福急忙拉架。

陈登第完全疯了，暴风骤雨般的拳头打得菲妮鬼哭狼嚎。

陈馨和闫福好不容易才把陈登第从菲妮身上拉下来，陈登第又跑进厨房拿了把菜刀出来，挥舞着菜刀要杀菲妮。

闫福冲上去 把夺下菜刀。

陈登第一屁股坐在地上，如丧考妣，抢天呼地，哇哇大哭。

哭了半天，陈登第才吐出一句话来：这是要了我的命啊！

陈馨和闫福如坠云雾之中。

菲妮艰难地从地上站起，走到沙发前，拉开抽屉，伸手在里面一摸，又关上抽屉。她趁着女儿和女婿在一旁安抚的空隙，伸手拉过他的包，从里面摸出那把仿真手枪，把那颗子弹压进去。

她抱着脑袋喊头疼，要去陈馨家，要在那里多住些日子。

躲在洽洽河公园假山里伤心得天昏地暗的陈登第拖着疲惫的身躯准备回家时，西山顶上的夕阳余晖已经被黑夜侵蚀。

街上，过中元节的人渐渐多起来，人们纷纷从家里出来，三个一群，五个一伙。手提纸灯的，拿着冥币的，拎着水果的，捧着蛋糕的，各种祭祀用品，五花八门，丰富多彩。

驴脸这两年只记得，自己的生日，中元节回老家祭祖，还是当年被任命为代理站长那天心血来潮隆重地来过一次。

家里乱成一团，像刚刚发生过地震。他径直进了卧室，像一把鼻涕擤在床上。

不知过了多长时间，恍恍惚惚手机响了，屏幕上来电显示的是冯爽的电话。她向陈登第透露，省纪委已经盯上他了，马上就要采取措施。

冷风阵阵，子弹一样，密集地从四面八方射进他的肉体。上下牙打架，他努力控制自己。

他试图爬起来，头却撞到了衣柜上，满眼冒金星。他蜷缩身子，躺在了地上。大脑一片空白。不知过了多长时间，恢复了一点知觉，脑子里也出现了图像，第一个图像竟然是自杀。

他从地上爬起来，扶着墙走进厨房，拉开厨柜，取出菜刀，冰冷的刀刃让他浑身一激灵，手一软，咣当，菜刀掉在了地上。

他扶着墙从厨房出来，在家里转圈圈，一根塑料绳进入视野，拿起来望着门梁，接着长叹一口气，绳子软面条一样掉在地上。

他挪到楼顶，看地面蚂蚁似的人群，一阵头晕目眩，赶紧后退。

最后他选择逃跑。刚出家门，想起没拿包，反身从书房里拿上包，拉开拉链，新买的仿真手枪还在包里。他没多想，就从楼梯下来溜出小区，在马路边的树丛里蛇一样之字形向前。在一个拐弯处，他撞倒了一个买菜回家的老妇人，手忙脚乱地将老人搀起，看着她银白的头发，他想起了年迈的母亲。他内心一阵痉挛，躲在阴暗的角落里，浑身发抖。

天黑后，他从阴暗的角落里钻出来，低着头，裹紧上衣，犹犹豫豫地穿过杏花园路，出现在母亲租住的楼下。他抬起头，母亲的厨房里亮着灯，那个熟悉的身影正忙碌着。她一定在做他喜欢吃的饭，天天都这样，等他回家吃饭。那个熟悉的身影不时会额头贴着阳台玻璃，朝小区大门口张望。

他不敢上楼去，怕和母亲告别。他跪在楼房的阴影里，看着厨房里的剪影，伏在冰冷的水泥地上，嘴唇哆哆嗦嗦，泪如雨下。十多分钟后，他对着阳台上那个熟悉的身影，深深地磕了三个响头。

他逃到李子的住处，李子不在家。

受伤的李子从医院包扎完回到出租屋，躺在床上刚眯了一会儿，就被任继军叫去吃饭。他俩是初中同学，李子上培训学校就是任继军安排的，学费也是任继军出的。

他们选了一张靠近窗户的卡座，任继军叫了两个李子最爱吃的菜和两碗打卤面。

他还得耐心把眼前的事情完成。

清炒莲藕和过油肉两个菜先上来，他们没吃两口，刀削面就跟着端了上来，木耳、黄花、黄瓜、台蘑、菠菜、西红柿、鸡蛋花做的卤，色彩缤纷，香气扑鼻。任继军鼻子凑到碗里闻了闻，又往面里浇了些醋，撒了点辣椒，这才拿起筷子。他一边吸溜刀削面，一边慢慢告诉李子他所了解到的她和驴脸的真实关系。

李子筷子擎在半空中，嘴角有半截刀削面没来得及吸进去，进到嘴里的刀削面也忘了咀嚼下咽。她瞪着看任继军，目光渐渐变得虚虚的，恍惚起来。

任继军说：我真没想到你竟会和他走到一起，更没想到你们有这么一层关系。

随着掉在嘴外面的半截面条的摇晃，她缓缓站起，懵懵懂懂地出了饭店。任继军跟出来，痛苦地目送她进了出租屋所在的小区，才开车来到老站长打麻将的老年活动中心。老站长正坐庄，手气很兴。他的对家，任继军认识，是宏鑫工程公司的薄老板。右手边的下家，是在陈登第住的小区门口经常见到的收烂货的老头。左手边的上家是任继军前不久认识的省希望工程基金会的负责人。

老站长抬头扫了任继军一眼。

任继军点点头。

老站长微微一笑，低头专心打麻将。

任继军手插在裤口袋里，静静地站在老站长身后。

老站长快听牌了，起了一张牌，大拇指一摸，是九万。看看牌池，是张危险的放炮牌，便插进牌中，抽出六万来。嘴上念念有词：看住下家，盯着对家，防着上家。六万，他果断地打出去。

他对任继军说：找把椅子坐下吧。

任继军回答：我站着就好。

二十六

月亮像块新疆和田玉，挂在蛇城夜空。给祖宗烧纸钱的孝子们，把本来就不宽的人行道塞得满满的。他们用石灰或粉笔或白漆画个圈儿，西北角留上缺口，以方便阴间的亲人进来。他们表情严肃地点亮彩灯或蜡烛，摆好五花八门的祭品，跪在地上，先点燃几张纸钱扔在圈外，打点过路的野鬼不要过来捣乱。然后一边烧纸，一边念叨亲人的名字，给他们送去金钱、水果、蛋糕、日用品，让他们在地下也能享受人间的荣华富贵。

李子在袅袅青烟中穿梭着，跌跌撞撞地跑回住处。

沙发上瘫着陈登第。

驴脸慌忙坐起来，看着她，嘴唇颤抖着，好像要说什么。

李子猛地打开衣柜，从里面拎出一个小旅行袋，拉开拉锁，翻出一张她妈的遗像和一封信，砸在驴脸脸上。

捡起照片和信，扫了两眼，驴脸的头断了似的垂下。

你死去吧！李子吼道。

陈登第哀求道：我不想死，我凭啥死？咱们一起逃吧，到个无人知晓的地方，趁他们还没有反应过来，咱们现在就逃吧。

你叫我往哪逃啊？

跟着我就是了，我不会让你受罪的。

李子摇摇头，颓然坐下。

陈登第突然从沙发上拉过包，从里面掏出一把手枪，对准自己的太阳穴：你不跟我走，我就死给你看。

李子斜了他一眼：吓唬谁呀？那不过是一把仿真手枪，你告诉过我的。

陈登第说：它也可以是真枪，你不答应，我就死给你看。

李子说：你要是真敢自杀，我佩服你算个男人。

陈登第说：我真的死给你看。

陈登第把手枪往太阳穴上顶了顶。

李子喊：你开枪啊，开枪啊！开枪啊！

陈登第轻轻扣动扳机。

砰！仿真手枪响了……

三天后，《蛇城都市报》登载了一篇独家报道，详述一陈姓渣男婚内出轨与女友玩仿真枪意外死亡的整个过程，令人错愕。

二十七

一个多月后的国庆节。

刘国瑾接到老站长的邀请，驱车来到大青山革命老区，参加“国兴职业技能培训学校”奠基仪式。一身暖绿色的西装，白色衬衣，玫瑰色星空点领带，朝气十足。王木德一身宽松休闲服打扮出来，让他臭骂一通，再出现时换成了西装革履，一下子文雅庄重了不少。

他笑着对副校长说：咱们头上没有大山了，就应该昂首挺胸活成个人样。别人看不起咱们，咱们自己不能埋汰自己。

看到穿了一身红衣的菲妮，身边站着一身黑衣的陈馨，老区的阳光照着她们略显激动的脸。菲妮比两个月前瘦了一圈，老站长吴兴瑞对她们很热情，超出了刘国瑾的想象。

学校是以任继军父亲的名字命名的，王木德说：老站长真叫扶持到家了。

刘国瑾说，我以前就听老站长说过任继军的生身父亲是他的老班长，为救他牺牲了。

没这么简单吧，这种事给大家讲明白不是就不会有风言风语了。

老站长说他讲了十多年，周围的年轻人都不相信，他们不相信人间还有这么纯洁的战友情谊。讲得多了，就有人说身正不怕影子斜，内心无愧，无须解释。也有人说此地无银三百两，越描越黑。再后来，老站长就懒得解释了，干脆由它去。

如果是我，我会写一篇纪念文章，发表在报纸上，白纸黑字。

我也这么做过，老站长一脸无奈，也没什么用。

奠基现场布置得十分简朴。一条大红标语，上写着“国兴职业技能培训学校奠基仪式”，周围插了数十面彩旗。参加的人有十多个，一位省希望工程负责人，一位省人社厅退休的领导，五位老站长的战友，七位当地的农民，再就是刘国瑾、王木德、菲妮、陈馨、任继军。仪式很简短，不到十分钟就结束了。

老站长向来宾简单介绍了菲妮和陈馨，并鞠躬表达谢意。陈馨自始至终挎着母亲的胳膊，两人目光很平静。

送走其他来宾，老站长领着菲妮、陈馨、任继军、刘国瑾继续往山里走。在一处高高的悬崖前，停了车。任继军要搀扶老站长，老站长摆摆手，笑着说再等三十年。

天空又高又蓝，山峰层峦叠嶂，沟壑纵横深邃，溪水清澈迤逦，山风低沉呼啸。金黄的槐树、银杏树，葱绿的云杉、落叶松，火红的枫树、柿子树，五颜六色的灌木丛，把连绵群山打扮得如诗如画。一对头顶黑短羽的褐马鸡，从悬崖上滑翔飞下。

任继军在灌草丛中采了一把野生白菊花，扎好，递给老站长。

悬崖下，整整齐齐地种着一片松柏树。这些松柏树排列有序，组成一个大五角星，可见种植者是颇费了一番心思的。

任继军对刘国瑾说，老站长每年都带他来这里种松柏树，已经种了四十年了。

老站长献上白菊花，点燃三炷香，敬上三杯酒，深情地说：老班长，新兵吴兴瑞来看你了。今天以你的名义，给你战斗过的老区兴建的职业技能培训学校奠基了。用不了几年，我相信，这里的生活水平一定会提高一大步。

山峦升起一线薄雾，浮在悬崖上，像哈达。

老站长热泪盈眶，然后对菲妮、陈馨、刘国瑾、王木德说：老班长是我们部队学雷锋的先进标兵，值得我学习一辈子呀。

四十多年前那场惊心动魄又令人心碎的战斗让老站长终生难忘：山林大火熊熊燃烧，浓烟遮天蔽日，一场扑救山林火灾的战斗正在进行着。突然风势转向，入伍半年的吴兴瑞右腿卡在石缝里拔不出来，无法转移阵地，烈火把他包围起来，和战友们失去了联系。头盔不知啥时候被热浪卷走，头发眉毛被火舌舔得像吹起来的猪尿脬。他害怕了，哭泣着，惨叫着，泪水滂沱。就在这时，耳边传过来熟悉的呼喊，他看见老班长任国兴顶着一件湿漉漉的战斗服，从烈火中冲过来，边跑边高喊他的名字。他用尽全身力气搬起卡住吴兴瑞右腿的石头，拎起他，退到悬崖边，从腰间卸下缓降绳，扣挂住他腰间的安全带，然后将绳的另一头缠绕在一棵树根上，缓缓地把他从悬崖上放下。吴兴瑞回到了人间，老班长却永远地留在了悬崖顶上。老班长身后留下个五个月大的遗腹子，又过了两个月，这个遗腹子早产了，是个男娃娃。他妈给他取名继军，有接过父亲的枪之意。

二十八

凌晨三点，万物梦酣。刘国瑾醒来上了趟洗手间，再也无法入睡。他懒懒地靠在床头，目光在屋子里转悠。一只苍蝇不知从哪里飞来，落在书柜上，他顺手从床头柜上拿起一本书，对准苍蝇就打。苍蝇很狡猾，书本飞过来时的呼啸声给了它预警，当书声响起时，它已飞到他的头顶，看着他转动脑袋寻找它的踪影，它故意振翅在他眼前兜了两个圈，然后嗡嗡嗡地唱着歌，引逗他满屋子追。天花板、窗帘、床头、屋顶灯、床头柜、洗手间、喝水杯、饮水机、地板，把他折腾得精疲力竭。它满足地在屋子里急飞了几圈后，又以迅雷不及掩耳之势冲向射灯，贴着射灯的底座静静蛰伏下来。

他再也找不到它了。

他又坐回床上，靠着床头，愣愣地看着天花板。

他拿起手机，看看时间，三点四十，准备重新眯上双眼。猛然他想起了什么，呼地从床上跃起来，进了洗手间，里面传出淋浴的哗哗水响。

洗漱完毕，穿着整齐，刘国瑾踏着晨光，走出校门，奔向隐云寺。

这天是普佛吉日，居士们破例入见行堂随僧众上课、礼佛。他们身披海青，在香烟缭绕的大殿中，随寺中六十多名身着黄色法衣的僧人分立两旁，虔诚膜拜上位释迦牟尼佛金身。礼佛后，僧俗二众依序齐诵楞严咒、大悲咒、十小咒，声线浑厚低沉，佛音响彻山谷。

刘国瑾站在观音像前，远远地看着。

他犹豫了一会儿，没有进佛堂。

他爬到最高的山头上，扶着新砌的栏杆，看东方冉冉升起的太阳，看无边无际的朝霞，看着沐浴在一片金色下的蛇城。

天空中冥冥传来一声感叹：今天是个好天气！

雨　啸

国考舞弊事件再次坐实，最新证据来自最大嫌疑人自己的调查。刘国瑾的太阳穴上有一台推土机挥舞着铲刀来来去去。在家吃过老婆做的西红柿鸡蛋刀削面，他侧身在床，习惯性地刷了一会儿微信，刚迷瞪着，手机铃声就把梦打碎了。一看表，13：13，睡了不到十分钟。在这不到十分钟的时间里，他急匆匆做了个梦，梦见和苟永清、梁三友驾着用一百个气体灭火器组装的飞艇，带着全校五十多名教职工在西山万亩生态园上空翱翔，猩红的躯体望去像一轮红日，吸引得站在校门前柳树上的一对喜鹊瞪大眼叫喳喳。Q县新上任的县委书记来电话，邀请他马上到县政府，说是耗费六年搞不下来的办学用地手续批下来了，五分钟后要在县政府大礼堂举行签约仪式，蛇城主要领导出席，多家新媒体现场直播。书记怕夜长梦多，有不测风云，命令他来个东风快递。新来的县委书记真是个奥利给，令梦中的刘国瑾幸福得喷饭。他看到Q县万道祥光，千条瑞气，正要双手合十，下拜唱喏，只见红霓里杀出一道白光，飞艇上的他就穿着裤头清醒躺在铺着蚕丝床单的老挝大红酸枝床上。细雨仍在玻璃上弹奏，手机还在床头柜上唱着学校的特制彩铃。他恼火地瞪了一眼，可当余光扫见是苟永清的电话时，没了脾气。苟永清是他的副校长，倚重的干将，十分了解他的生活习惯，不是迫不得已，午休时间是不会打扰他的。

电话里说是国考舞弊事件证据已经确凿，需要当面汇报。是他安排苟永清亲自调查的，原因有二：一、他是他一手培养起来的，信得过；二、种种迹象表明最大嫌疑人就是苟永清，但他不相信他会做出这种事。

他问：你在哪？

学校。

等着我。我马上回去。

刘国瑾按下楼道的电梯按钮，看着标注楼层的数字不断变化，习惯性地摸摸口袋，手一愣，脚就返回家。

还在刷锅洗碗的王琼伸出头来问：咋又回来了？

忘了拿手机。他边换拖鞋边回答。

嘁！你手上拿的不是手机？王琼说。

从6月25日国考前夜开始连绵至今的雨，上午还只是羞羞地滴答在西山，再返回学校，神堂沟大街已变成一条河。路尽头起起伏伏的山头被乌云抹平。风挡玻璃像孙大圣老家的水帘洞。奥迪A6行驶在浊浪翻卷的河里，保险杠和大嘴隔栅逆流犁出V形浪花，仿佛给轿车安上一对翅膀。尽管苟永清电话里的内容刘国瑾早就知晓个大概，但从苟永清嘴里说出来，仍像泡沫灭火器喷了他一脸。他看着雨中看不见的学校，眼前老是出现国考现场混乱的场面，路过龙隐酒店时，脚下一虚，油门一轻，水翅膀就被折断，1.76吨的奥迪像片柳叶忽悠一下漂到路边，洪水漫上引擎盖，听见屁股下底盘和马路牙子嘎巴嘎巴的摩擦声。车屁股一震，后保险杠哐地撞到路边停放的一辆轿车上，那辆车在洪水的助力下像炮弹出膛，击中再后面的车，哐哐哐，一连串六部车相互追尾，直到最后一部车抵在路灯杆上才停下来。路灯在雨中战栗。冷汗从刘国瑾后脊梁沁出，他后悔没听老婆王琼的话，可他不能听王琼的话，听王琼的话就是要眼睁睁地看着学校死去。刘国瑾双手紧握方向盘，全身力气压上去，稳住车头，向右猛打方向，油门踩到底，哼哼哧哧往稍高一点的马路中间靠拢。一辆自行车，好像是一辆ofo小黄车，头被摁在水里，屁股撅着，从学校方向一浮一沉地过来。他只能守在马路中间，无法躲避，不敢松油门，眼看着车和屁股朝天的自行车迎面相撞。他闭紧双眼，却没听到脆烈的金属撞击声，睁开眼一看，小黄车坐在车头上了。

V形浪花继续在轰响的奥迪两边开放。天主堂被右车窗甩到身后，再有一百六十米就是学校大门外的老柳树，树上最高处有个喜鹊窝，窝里一对喜鹊，此时应该相偎着躲风避雨，刚才他在白日梦里还梦到它们叫喳喳。他办公室南面的窗户正对着喜鹊窝，每天只要一转身就能看到它们。十年了，心情不好时，就隔着玻璃看它们，它们是他的心理医生，用叫声给他做心理按摩。平日里一两分钟，眼下五六分钟或是十分钟后，他就要站在窗前隔着五十米厚的水帘看它们，听坐在办公桌对面的苟永清翻动厚嘴唇，还原国考现场糟糕的场景。

十天前国考结束不到半小时，刘国瑾的手机铃声和电梯一起打摆子。电梯里信号不好，他出了电梯门爬上五楼才接起电话。在国考现场看着最后一个学员走进考场就撤回学校的办公室主任金晓从他进大楼那一刻就跟在屁股后头，她有两张报销单据需要签字。刘国瑾告诉她明天再说，她说今天的事必须今天办。刘国瑾早就领略了金主任的固执和厉害，早想把她换了，可就是觉得这人人品好，心地公正，一时舍不得。还在她刚任办公室主任不到一个星期，就严肃地找他谈话，要改变学校的作息时间。刘国瑾把学校定位在服务行业，说学校是为学员服务的，学员是我们的衣食父母，学校的一切要围绕学员转。学校的作息时间安排不符合时代潮流，金主任却认真地对他说，我在工厂当副厂长时，实行的作息时间就是朝九晚五。环视天下，特别是欧美等发达国家哪个实行的不是朝九晚五？刘国瑾说，学校的作息时间要跟着学员走，学员上午八点上课，学校的教职工九点钟才上班不合适。金主任说，当日上课老师八点能到校不耽误给学员上课就可以了，没必要把所有教职工都提前到八点上班。金主任进一步说，现在都2019年了，你的观念必须改变。刘国瑾否定了金主任的建议，可第二天一大早金主任又来找他，还是谈作息时间的问题，他不等对方说完，就直接拒绝。第三天，金主任继续纠缠这个话题，一直折腾了两个月。

刘国瑾看也不看金主任，继续接电话。打电话的是曾经在学校工作过，后来调到省鉴定站的小郑，他刚从国考现场出来。考试现场手机收缴，信号屏蔽。给学员讲课像说相声的小郑在手机那头的语言竟有些结巴，说考试没开始他就觉得气氛不对，心底长毛。他说我的刘校长，你不知道，我的脑袋轰的一声，满考场重影，这张脸熟，那张脸也不生，还有一个三年前我在咱们学校当老师时教过的学员，他当年是以几乎满分的成绩考取国家中级资格证的。小郑说，我的刘校长呀，我当了这么多年考评员，第一次想逃离考场。小郑缓缓气又说，作为你的老部下，我不能不告诉你，你心里先有个数，想个万全之策，但愿老天保佑。刘国瑾追问详情，直到沿楼外消防梯上到六楼办公室，那边的小郑也没给他吐露更多的信息。他一屁股坐在老板椅上，急急给苟永清打电话了解情况。他是国考领导组组长，名誉上统揽全局，苟永清是副组长，具体负责。苟副校长报告说，国考工作一切顺利，还说学员反映学校老师们教得真好。隔了一会儿，他又给另外两个在现场的老师打电话，也都异口同声地说，考试很正常，很顺利，很圆满，很成功。他思谋，可能是国考中有所纰漏，但不像小郑说的那么玄乎。小郑为人谨慎，办事细心，能及时通报，是对学校的关心。

他接过金主任的报销单据审核签批。

签完三个小时后，刘国瑾在滨河西路一家私人会馆和朋友打麻将，是那种只能输不能赢的业务麻将。手机又响了，一看来电显示不得不接。对方是省鉴定站副站长，省鉴定站消防鉴定国考组织领导者之一，主要任务是接待上面派来的监考大员。来电还和国考有关，对方说事情很严重，想憋都憋不住，他是利用上厕所的时间打过来的。刘国瑾挨鉴定站的人骂挨惯了，一通没头没脸的国骂后，对方说大意失荆州，骄傲失街亭，胆再肥也不能这么折腾啊，一个老鼠能坏一锅汤。你们的学员五分之一缺考不说，还有三分之一瞎子也能看出来是顶考，就连我的姨弟也被你们牵扯进来了。你们学校到底还想不想干了？你们不干，我们鉴定站还要办呢。刘国瑾知道对方下面要说什么，忙说上面的人，还麻烦您多多费心……可没等他说完，对方就道：狗屁，你以为孔方兄是万能的？

次日是星期一，刘国瑾一大早就到学校，在开例会前把苟永清叫到办公室。苟永清一脸鲜花层层绽放，汇报国考从没有过的顺利，初级学员缺考三人，中级学员全部到齐，从各方面的情况综合分析，学员的考试成绩普遍提高，通过率应该会再破纪录。

他哼哼哈哈地听着，末了问，有没有替考的？

哪能啊，苟永清说，这是国考，谁敢？

这次参加中级考试的有多少学员？他又问。

苟永清挠挠头皮，说具体数字忘了，回去落实一下。

看着苟永清瘦麻秆样的身子晃出门，刘国瑾希望小郑老眼昏花，尽管小伙子满打满算不到三十二岁。第四天，也就是星期三下午，他去省鉴定站找新站长王强，在大门口碰到副站长要出去，副站长把他拉到门外的树荫下，凑近耳朵叽咕了五分钟，把他的脸叽咕得要下雨。副站长长出一口气，告诉他，那天多亏他反应机敏，一看中级考场不对劲，没等巡考大员把头伸进去，就把巡考大员拎到初级考场了。考中级的学员见识过国考场面，都是老油子了，不像考初级的都是些小雏，守规矩。转了三个考场，他就把巡考大员转得心放回肚子里了。副站长警告说，这事太玄乎，他脊背的冷汗到现在还没干呢。他不希望发生第二次，你刘校长不是每次都能吃上幸运他妈的奶的。

刘国瑾这才意识到事情可能真的有点危险了。他不愿想，也不敢想，拿起手机拨通荀永清的手机，把副站长反映的情况说了一下，让他尽快查证。稍加思索，又分别安排人事处长秦玉龙和办公室主任金晓各自独立调查。

今天，荀永清这边落实清楚了，事实像冰柜罩住刘国瑾。

学校就在眼前，像只落汤鸡，可怜兮兮地忍受着风撕雨打。

保安在大厅里看见校长的车进来，赶紧撑着伞冲过来。奥迪车一个急刹，坐在车头的ofo小黄车带着惯性在雨中飞出去五六米远，一屁股蹲进雨水里。

保安把伞撑在校长头上，自己淋在雨中。

轰隆隆，西山顶上炸响一声雷，刘国瑾两条腿随着办公楼的花岗岩台阶震颤。他对迎面跑过来的后勤处长梁三友说：通知荀副校长到我办公室。

梁主任说：他前脚刚走。

荀永清开着新买的白色大众途昂SUV行驶在南中环路上，这是他玩了两个多月小心思得到的报酬，他及时把粉擦到脸蛋上。他为自己灵光一现的杰作点赞了一个星期还想再点赞一个星期。当教务处副处长时买的现代车淘汰给老婆玩了，老婆提醒他小心被风折了腰，他说他是钢打铁铸的。车外雨正狂，能见度低，前后左右的车都打起双闪，他故意不开双闪。他就是想和别人不一样，就想特殊一点。坐在途昂SUV里的感觉就是和坐在现代车里的感觉不一样，有种一览众山小的“高大上”的豪气。南中环路在他眼中，笔直，宽阔，堪比他老家的打麦场，十辆车并排也不会剐蹭。车在他手里玩具一样轻巧、平稳。一辆违章的电动车从右车道切进来，在他面前晃悠，他按了两声喇叭，对方并不理睬。他想起前两天和马瑞一起在抖音里学会的漂移，即兴玩一把，一脚油门，一个急刹车，汽车轮砸出的波浪直接把电动车拍到隔离栅栏上。电动车的喇叭小号一样竟然吹出三个八度，他兴奋地扭头看了两回，直到满眼雨。刚才，正修剪红豆杉时接到平头哥消防工程公司老板宁世荣的电话，他没有犹豫，也没必要再犹豫了。

宁世荣说：雨太大，我去你们学校接你。

他说：我就喜欢雨大。

哗啦啦的雨在他眼里就是人民币，天天下，从大年初一下到腊月除夕他才开心呢。

半个星期前，在一顿大酒中，他借着酒劲，大着舌头，朝天开价。他以为一泡尿要浇灭澳大利亚已燃烧了5500年的地下火一般的苛刻要求，只有在烂尾楼里栖身的流浪狗才会答应，没想到第二天一上班，宁世荣的诚意就和东山头上的朝霞一起来找他。放下手机，他看着对面墙上副校长职责画框下的一片水渍发呆。去年，水渍在他眼前开过一次花，五彩的蜀葵，砰砰砰依次绽放，汪洋一片，喷出东坡肘子醉人的香。今年这片水渍应该会为他长出几块狗头金吧？

他的高级消防设施操作员国家资格证自从领到后就一直随身带着，时不时摸一把。身揣高级证，他才真正体会到校长说的话无比正确，但他没想到会吃香到遭人哄抢的地步，蛇城有头有脸的消防工程公司、消防维保公司、消防检测公司，凡是需要高级消防设施操作员证的公司都找过他。宁世荣腿跑得最勤，嘴巴追得最紧，就差跪地求他了。宁世荣几乎要用八抬大轿把他抬到公司，供到新给他购置的豪华老板台后的进口皮转椅里。宁世荣说我是董事长，你当总经理。

刚才，宁世荣在电话里说，我又从一个收藏酒的朋友家里搞到六瓶上世纪70年代产的红盖出口汾酒，今晚必须喝一顿大酒。这话他听过N次，每次都当第一次听。

三间门面卖了十三年消防器材，苟永清天天上下班路过这里，十年前的他满眼都是羡慕，他听说搞消防相当赚钱，只要一沾边隔夜就会成为百万富翁。他寻找一切机会接近一切和消防沾边的东西。当他看到消防学校招聘教师的广告，整个人都发绿了。消防学校老师开的工资比在富士康低八百元，但他就是想进去。他说他是进圈子，混个好平台。他老婆说一个月就少十天的生活费，他说在富士康到死也是个装配线上的工人，到消防学校再差也是白领。我用不了两年，赔进去十天的生活费就能给你赚回一辈子的。他没有食言，经过两年奋发图强，他提前两个月转正，不到一年由教师升为教务处副处长，担任不到两年后，刘国瑾又把他提拔为教务处长。在全校教职工大会上宣布任命他的第二天，他路过此地再看这三间卖消防器材的店面时，好像眼花了，竟看不清这间公司的模样。第三年秋天，他不但如愿坐上副校长的宝座，还意外地在校长的关照下，考上高级消防设施操作员国家资格证。当宁世荣谄媚的笑脸三天两头在他面前晃来晃去的时候，他才发现消防器材店鸟枪换炮，改名平头哥消防工程公司。原来，把三十六计要得像孙大圣的金箍棒一样的宁世荣积攒了大笔资本，去年又巴结上了行内更有权势的大佬，在大佬的支持下，如愿以偿地半买半送地拿下一家拥有甲级消防工程资质的公司，今年又增加了消防维保和消防检测项目。他把公司左右七个店面全部租下，一楼产品陈列，二楼三楼装修成豪华办公室，设计部、工程部、监理部先后设立，以适应新形势下的新工作新业态。公司上了台阶，相应的资质也要跟上去，前不久国家出台新规定，每个甲级消防工程公司持有高级消防设施操作员国家资格证书的不能少于八人，每个消防维保公司不得少于三人，每个消防检测公司不得少于两人。宁世荣一人就需要十三名持高级消防设施操作员资格证的人，而全省唯一的省级消防职业培训学校培训出来的拿到国家资格证书的人只有二十一人。三百多家公司争夺二十一人，其激烈程度可想而知。

宁世荣不是唯一向他发出邀请的老板，但却是最走心的一位。

宁世荣第一次和他谈时，一张口就是高级消防设施操作员资格证挂靠费用一年八万元，可他想都不想就拒绝了。宁世荣第二次报价，资格证挂靠费用增加到一年十万元，月工资一万元。他却说，刘校长对他不薄，把他当成儿子教育，当作学校未来的校长来培养，他不能无情无义。

车过祥云桥头需右拐下桥掉头往北走，苟永清顾了乐忘了路，呼地就开过去了，只好再往前开两公里，在大医院东掉头回来。

白色大众途昂开到平头哥消防工程公司门外，他把喇叭按得响天，要让他的汽车喇叭压倒老天爷的暴风雨。雨丝缝隙里，宁世荣模糊的头在二楼办公室的玻璃窗户上先是一晃，又往高提了提，然后就消失了。不一会儿，消失的头和一把雨伞来到大众途昂前，把苟永清迎进公司。

宁世荣热情地让苟副校长在办公桌对面的沙发上坐下，递上干毛巾，回身在门口抓住雨伞猛烈转动，把上面的雨滴甩出去，末了，伞撑着，斜放在门口的一边。他们一边喝茶，一边聊这些天的雨，让几辈辈没见过海的蛇城人见识了什么叫海，看到了只有在电视电影里才能看到的汽车在水里仅剩个头，看到了平时横冲直撞的电动车学会了骑到人头上。宁世荣掩饰不住内心狂喜，说这几天他赚了几笔好钱，积压多年的消防泵已卖到脱销。苟永清趁机拍马屁，你这是对蛇城人民做出了巨大的贡献啊。宁世荣问他，晚上想吃点啥？

苟永清说：跟着你吃，我肚子里都长青菜了。今晚我来定，撸串去。

宁世荣说：你不用替我心疼钱。

苟永清已经没必要掩饰了，他说我就这胃口。

宁世荣却没想到苟永清一张口就点了一百串肉串。宁世荣从不撸串，他嫌撸串店的牛羊肉不干净。他有个远房亲戚就做街边烧烤，牛羊肉串没有多少正经的，一百公斤鸡鸭肉，五百克嫩肉酶，一公斤的牛羊肉精膏，一百GR乙基麦芽酚，搅拌半个小时，冷藏室过一夜，就成了颜色红红润润的好牛羊肉了。他要了五串羊腰子、四串韭菜、三串青椒，应付着。他打算打发走苟永清，再去海世界宵夜。三瓶红盖出口汾酒已见底，苟永清吃完一百串，抚着肚子连声说舒服，又要了五十串。还说一会儿还有个饭局，得留点肚子。宁世荣要叫代驾，苟永清笑得直打嗝，这大雨天的，警察叔叔还会查酒驾？

一辆铂金长城哈弗轿车看着白色大众途昂离开撸串店，它从大众途昂离开学校那一刻起，就尾随而来，尾随得风挡玻璃后面的两只大眼睛在近视眼镜后面发酸。近视眼镜主人手机上的相机始终没有离开过苟永清，已拍下十多帧照片。

月如钩，在西天乌云的缝隙里露出来，那是下午六点多的上弦月，窥探着同样窥探它的刘国瑾。

刘国瑾对着上弦月，手向外扬一扬，背后的人事处长秦玉龙从沙发上站起身，半请示半陈述地说，没事我就先出去了，调查到新情况再及时向您汇报。

秦玉龙提供的材料整齐地摆放在办公桌上，上面是这次国考学校传给鉴定站参加中级国考的132人名单，而鉴定站向上传的数据却是159人，多出27人。这27人是何方神圣？谁招的？以谁的名义招的？他们是怎么录到学校的国考数据中的？是省鉴定站私自行为，还是与学校某些人勾结的结果？

刘国瑾没想到令人不可思议的国考舞弊背后，竟还隐藏着一起同样让人瞠目结舌的招生舞弊事件。

鉴定站有问题是肯定的，秦玉龙试图从那边打开缺口，但是他没做到。他给校长汇报，这里面恐怕有个利益共同体，假如仅仅是鉴定站一些人所为，他就放心了，他担心的是学校有人参与了。秦玉龙分析学校参与的人，最大可能就是副校长苟永清。刘国瑾听后直摇头，他不相信苟永清会背叛他，干出这样严重的事来。

秦玉龙却不赞成校长的判断，微微笑着说：苟副校长很优秀，你很重用他，正因为如此，学校就更应该提防他，我看他有点恃才傲物了。现在是互联网时代，一切发展变化得太快，人心浮躁，个个想攀高枝，哪头牛羊不想往水草丰美的地方迁移？

秦玉龙看着他低垂的头没有反应，又大胆举例：比如，半年前，只要你在学校露头，他就马上成了你的影子，可现在呢？再比如，过去你一个星期不骂他，他就心痒痒，找你寻挨骂。一个月前在月例会上，你发火骂了他一句，他却脖子一梗一梗不服气，厚嘴唇张了好几回。上上个星期一的例会前，你交代他把招生情况用图表的形式上墙，让那几个在招生中表现很差的人丢丢丑，结果怎样呢？

刘国瑾心疼了一下，沉吟一会儿，他指示秦玉龙到财务上查一查，如果财务只开了132人的发票，大体上就说明学校没问题，如果发票多出来，就能确定学校有人参与作弊。他宁愿相信是鉴定站那些继承了陈登第衣钵的人所为。

秦玉龙提供的国考现场照片，大都是来自微信朋友圈的，这些参加国考的学员想留影纪念，照片的背景里出现了十多个以前的学员的身影。有的照片还是考生和枪手的合影。刘国瑾指示秦玉龙安排教务处的老师，挨个联系学员，尽快删除微信里的照片。秦玉龙说恐怕要付出不小成本，刘国瑾说这个时候还谈什么成本，该花则花。

秦玉龙还给刘国瑾汇报，他得到的这次国考考评员名单中，有两个考评员比较熟，他都拜访了，其中一个抱着明白装糊涂，一问三不知。另一个告诉他，这次国考舞弊一个多月前就开始了，还有背着学校招生的事，是学校的人和鉴定站共同策划的。最后告诫他，最好躲得远远的，免得引火烧身。

刘国瑾又踱到窗前。

雨停了，对面的喜鹊站在巢边歪头看天，接受风的服务：为它护理羽毛，让羽毛轻柔起来，让它飞得更威武。校门口老柳树上的喜鹊窝，比学校资格还老。荀永清来学校那年夏天，差不多也是这个季节，也像今天这样下着雨，从树上掉下一只孵出不久的小喜鹊，刘国瑾停下车把它捡起来。小喜鹊睁着眼，黄嘴丫还没褪。他看看没办法把它送回巢里去，就带到办公室，放到桌子上。小喜鹊张着嘴，走到他跟前，振动着翅膀，发出轻微的叫声，似乎是饿了。他没养过喜鹊，不知道该给它吃荤还是吃素，柜子里有昨晚喝酒时的剩菜，他拿过来给小喜鹊吃，小喜鹊却不吃。他拿手机百度一下如何喂小喜鹊，答案好多，有的说鸟不能吃肉，一吃肉就死，也不能吃虫，一喂虫就死。有的说可以吃生肉，将生肉切成细丝，用筷子夹着喂，如果能吃进去，小喜鹊就活了。过了几天，他有事要出差，没法继续喂养，就叫来梁三友，抬出消防二节拉梯，把小喜鹊放回鸟巢里去了。

刘国瑾不清楚眼前的两只喜鹊中，是否有他救过的那一只。

刘国瑾是第二天上午十点半从窗户上看到副校长荀永清驾着新车在细雨中缓缓驶进校门的。荀永清这么快就换新车，他有点吃惊，他清楚荀永清的家境。荀永清曾主动跟他说，他老爸最近做了一笔大买卖，打进政府招标市场，狂赚了一笔钱，老人家喝酒喝大了，一高兴就赞助了他一部新车。

神堂沟除了学校人气沸腾外，其他地方好像还没睡醒，隐云寺藏在云雾中，晋阳湖荡漾在朦胧里。一遇大雨就成河的街像条冬眠蛇。学校门口堆积的从山上冲下来的泥沙、岩石碎片、枯枝败叶，还有死狗、死猫、死鸟，还有两辆扭成麻花的摩拜单车，梁三友一大早就带着保安用推车倒进后山沟。

他到洗手间洗一把脸，照照镜子，又回到办公桌前，抬头正好对着沙发上方悬挂的爸爸的爷爷写的“格物致知”四个颜体大字的木匾。他凝望着，等荀永清那拖出特殊频率的脚步声在楼道里响起。

爸爸的爷爷也就是他的老爷爷，爸爸并没有见过，爸爸是从一张背景是北京大栅栏的照片和他爸爸的嘴里七拼八凑认识他爷爷的。爸爸的奶奶，他的老奶奶在他当兵前一年的冬天去世，老太太无疾而终，是在孙子给重孙办订婚礼那天夜里听完重孙酒后吐的真言后，笑着进入极乐世界的。老奶奶在他一岁时就开始看着天述说自个的畅想，说她要抱抱重孙给她生的重重孙子再去地下见她的老冤家。直到今天坐在“格物致知”木匾下，当了校长的他还在后悔行礼那天，不该酒后说出王琼肚子里已经怀上老奶奶想见到的重重孙子的胡话。如果不是那句话，老奶奶或许能活过一百岁。

那年，在给老奶奶入棺的前一夜的后半夜，热闹了一天的响器停止吹拉弹奏，帮忙的左邻右舍也回去休息了，只有孝子们守着长明灯在麦草上打盹。爸爸扯扯他的衣袖，在爷爷的指挥下，悄悄从棺材底板里取出一块木匾。木匾用一床崭新的大红花被子包裹着，爷爷告诉他这块木匾出自他做过举人的老爷爷之手。木匾放到为爷爷打造的棺材里，直到爷爷去世前，才又挂到他家上房的客厅里。爷爷松了一口气，说总算等到你老爷爷亲手书写的木匾重见天日了。当兵走的前一夜，爷爷领着他来到巷里，手在大队部上空一划，说这片房以前全是咱家的，五座三进院落，你老爷爷三兄弟一人一座，你老爷爷的爸爸住中间那座，东面那座你老爷爷的爸爸用来办中条书院。老人家一挑担子走西口，挣了些钱，想让家族的子弟都能好好读书。你老爷爷不负父亲的重托，考取了举人，可惜是清末最后一科的举人。你老爷爷热衷传道授业，学问好，口才佳，讲学时文采飞扬，因此门生甚众，中条书院名震河东大地。可惜生逢乱世，三十多岁就离开人世。再后来呢，咱家的院落先是成了贫协会的，后又成了生产大队部和大队的仓库，这块木匾不得不摘下来，藏进棺材里。“格物致知”木匾沉淀着他家几代人的梦想。前几年，他做通爸爸的工作，放弃国营单位的铁饭碗，选择投身教育事业。消防培训学校揭牌那天，他邀请父亲亲手把这块木匾挂在了他办公室的墙上。

知了声执着地穿透窗户钻进来，刘国瑾不得不把耳朵耸直了，把耳郭张得更大一些，以免捕捉不到楼道里一个特殊频率的脚步声。特殊频率的脚步声在他耳边响三年了，拖沓中不乏热情奔放。可差五分十一点了，那个特殊频率还没有响起。

妈的！刘国瑾弯腰拉开右边最下方的抽屉，拎出一个麻布小袋，放到沙发背上，又拿一张报纸铺到沙发上。他盯着“格物致知”长吐几口气，清除一切杂念。等心静下来，才用左脚尖脱下右脚的鞋，又用右脚尖脱下左脚的鞋，登上沙发打开袋子，从里面拣出一把小巧的猪鬃刷子，慢慢刷去“格物致知”和老爷爷名字上可能落下的尘埃。接着抽出干布，将木匾一寸挨一寸地擦拭一遍。四边雕花的部分，他用大号狼毫毛笔，一朵花一朵花地拂过，好像怕把雕花百年的好梦惊扰了。最后，他依照爷爷传下来的保养程序，用干净的棉布蘸上蜂蜡，由点及面，由轻到重，给木匾上蜡，做得非常投入、细致。上过蜡的木匾，纹路清晰，包浆内敛，光泽温馨。

直到他把袋子收拾回抽屉，十一点半将至时，知了直喊叫热死啦，那个脚步声还是没有从楼道连接消防梯的那头传过来。他瞅瞅表，好心情掉进了破壁机。他拧着眉毛呆看了一阵窗外，不得不喊金主任过去瞧瞧那苟是不是忙得脱不开身。

金主任去敲苟副校长办公室的门，里面却没回音，她问旁边办公室的工作人员，工作人员说看到苟副校长进去了，并没有见出来。金主任试着推门，门虚掩着，办公桌前没人，沙发也空着。金主任是在红豆杉枝叶间捕捉到苟副校长脑门的，苟副校长正心无旁骛地修剪红豆杉，把剪下来的枝叶小心翼翼地放进托盘。这棵红豆杉是苟副校长上任的第二天马瑞送给他的贺礼。苟副校长很珍视，说他早就想养一株红豆杉，只是没时间，也不知道去哪买。他把每次修剪下来的红豆杉的根、茎、枝、叶、果，少部分自制成茶，天天泡着喝，防癌降糖提高免疫力，其余的都珍藏起来。他要从中提炼紫杉醇，也就是被誉为“治疗癌症的最后一道防线”的东西，每公斤能卖两百多万元哪。

苟永清左手拎着树枝剪来到校长办公室，气喘吁吁地冲校长笑：昨晚喝高了，刚醒。

刘国瑾看着苟永清手中的剪刀说：我等了你一下午一晚上到现在。

屁股还没挨住椅子的苟永清又站起来，眼镜后面的乌珠放大一倍，手中的剪刀咣地碰到桌边的文件夹上：有事啊？

刘国瑾说：昨天中午在电话里我就说往学校赶，可你没等我。

苟永清帮校长把剪刀砸乱的文件夹整理好：我没听清啊，放下你的电话，就接到我老婆的电话。七十多岁的老丈母怀疑老丈人出轨，拌了两句嘴，就打起来，把老丈人的手机摔了。我老婆打电话求救，我不能不过去。劝完架，老丈人又要喝酒，我也不能不陪呀。这不，就喝高了，断片了。

刘国瑾没脾气了，只能说：酒是喝不完的，可命是自己的。

苟永清说：我听你的，下次一定注意。

刘国瑾在对方静静的目光里看不到一丝三年前的青涩了。

那是个下午，苟永清的简历出现在他办公桌上，是第四个面试者。学校招人难。这些年大学培养出来的学生眼界高，都自以为是天之骄子中的牛娃大神，眼里根本没有民营企业，一头扎进公务员或事业单位的蜜罐里。他们看中的是那里的编制以及编制中的福利及权力。官根基站得高，仕途前景好，更何况还有很多普惠待遇。刘国瑾能理解他们，追求现世安稳和金钱收入没有错。学校有个老师考公务员曾八年"抗战"，说死也要死在编制里，这就是编制的魔力呀。

苟永清对面试他的刘国瑾说，他之所以来应聘，是因为第一热爱教师这个职业，第二看好消防的发展远景。苟永清说，上小学时，老师问他的理想是什么，他回答，当个光荣的人民教师。这句话拨响了刘国瑾的心弦，他对副校长王木德说，把此人给我好好培养培养。那天面试完，刘国瑾发现苟永清喉结不停地动，便问他：中午没吃饭？苟永清挠着头，红着脸没有回答。刘国瑾看看表，也不是饭点，就喊梁三友到下面的齐齐哈尔撸串店要三十串羊肉串。梁三友买来三十串羊肉串，苟永清一扫而光。刘国瑾问：你还想吃吗？苟永清说：想。刘国瑾又叫梁三友拿来十串。

苟永清对撸串格外青睐。结婚后的一天，他和老婆去逛食品街，一看见撸串，口水就流了一地。老婆却装糊涂，让他没吃上撸串，因为他的口袋是空的。当了教务处副处长的那个星期天，他带着老婆又来到食品街，像要报复那一天似的，一张口要了二十串羊肉串。他一直觉得自己是个不幸的人，家庭生活困难，让他早熟。他有一双忧郁的眼睛，即使笑得灿若桃花，也会透出淡淡的哀伤，表面上大大咧咧，实际上心细如发。童年的不幸，治了几十年也治不好。有了儿子后，他发誓要多多赚钱，不想看到自己的童年在儿子身上重演。后来在动员马瑞和他一起背着学校偷偷招生时，他动情地说，我们是男人，男人只能成功，不成功就没钱没房没车，就会被别人瞧不起。即使娶了老婆，连老婆也会瞧不起，最后还可能被老婆抛弃。所以，你啥都可以没有，但不能没有钱啊。

苟永清进入角色很快，在决定辞退武大威时，刘国瑾就果断地提拔苟永清代理教务处长，主持工作。王木德也赞扬他眼光毒。去年年终总结表彰大会结束后，王木德第五次提出辞职时，当时他想也没想，就让苟永清接替了。

如今坐在他对面的苟永清，完全是一副副校长的派头，时间真是雕塑人哪。

刘国瑾说：你给我汇报一下国考的调查结果。

爬山虎还举着夏日的旗帜在风雨中招摇。再过些日子，秋天就会舞起彩笔把它涂抹得五颜六色，吸引摄影爱好者来此打卡。再晚些日子，大部分黄叶会无奈地向枝头挥手告别，身着缟素的霜就会借着西北风从西山扑下来，满墙的爬山虎便燃起火。

刘国瑾双手插在口袋里走出办公室，下到五楼，五楼从东头到西头，有三个实操室，三个理论教室。他并没有进去的意思，转到东头看看电梯，但没按按钮，又沿楼梯下到四楼。还是朝西头走去，四楼和五楼一样的格局，他仍然一个房间也没进去。三楼有一个大教室，是阶梯式那种，两个中型会议室。他依然从东走到西，又返回来下楼。二楼是教务处、后勤处办公室，他在楼梯口停留了一下，直接到了一楼大厅。大厅门口的保安看见他过来，赶紧起立，并腿敬礼，刘国瑾视而不见，又从一楼大厅上到二楼，再到三楼、四楼、五楼，在理论教室门口，碰到了女教师张萌，便指着人家的肚子问：啥情况？

张萌认真地说：避孕套出问题啦，不能怪我。

我没记错的话，应聘时你答应过，三年不生孩子的，对吗？

就是呀，可谁知这崽和他老子一样犟，硬要提前给您当孙子。

油嘴滑舌的。

张萌吐吐舌头，摆出一副萌相。

二胡曲《听松》在楼顶奏响的时候，长城哈弗正缓缓驶进校门。《听松》犹如呼啸的松涛，涌动着一种坚忍不拔的意志和勇往直前的气概。一年半前，校长这样评价面试的武知足独手用二胡演奏的这首曲子。但时至今日，作为校长干将的金主任也未能从中感受到让她热血沸腾的雄壮。

她充耳不闻地进了办公室，第一时间打开电脑，要把昨天下午去国考现场调查的情况用文字记述下来。她怕过上一天会忘光，随着人老珠黄，她发现自己的记性直线下降。她一边敲击键盘，一边回忆。国考那天，她像以往一样带着办公室的两个美女和一个帅哥，迎着七点的阳光，守在考场外撑起的带有学校Logo和宣传口号的帐篷里，接待参考学员，解答他们的问题，引导他们进考场。她清清楚楚记得，那天开考前看见过苟副校长，苟副校长还到帐篷前和她打过招呼，给了她一盒六味斋的豆奶，聊了一个辅导孩子做作业的桥段。她手里掌握的线索也显示，苟副校长到考场后，只是转了一圈，露个脸就没影了。昨天下午，她找到考场外的一个便利店的老板娘，那天老板娘在店里，她看着照片，回忆起那天见过照片上的人。店里的摄像头清楚地显示照片上的人是9:05进店的，也就是说，苟副校长从考场转了一圈出来，就进了便利店。老板娘说，那天考试的人真多，除了他们几家固定的便利店，还临时冒出七八家地摊，都挤到他们店门口蹭便宜。由于临时摊位的影响，那天进便利店的顾客并不多，照片上的人进来后坐下，买了一盒烟，一根一根地抽，直抽到学员从考场出来。老板娘回忆说，照片上的人坐在那里很无聊，没话找话地和她搭讪，问她每天能收入多少钱，问她家里有几口人。当得知老板娘儿子大学毕业后还在家里啃老，便建议她儿子报名参加消防培训，若能拿到国家资格证，就业就没问题了。

记录完昨天的情况，金主任注意到楼顶的二胡演奏停止了，她瞥一眼表，正是用早餐时间，便下楼去食堂。一路上，她都在想儿子，早上起来，先给儿子做好早餐，盛到碗里，上面再扣一个碗，保证儿子吃时饭不凉。然后把儿子换洗的校服放到床头柜上，把脏衣服扔进洗衣机，晚上回来再洗，真是没有一个细节不操心啊，以致拿盘子取菜时撞到前面的马瑞身上。

马瑞故意惊叫着问：金主任亲自来吃饭？

金主任白了马瑞一眼。

马瑞烂脸笑道：肝火太旺，会影响容貌。

你昨晚在哪鬼混了？金主任停止往盘里夹菜的动作，抬头直盯着马瑞问。

梁处长！马瑞却高高扬起手，朝食堂角落里的梁三友打招呼，然后丢下金主任端着饭菜过去了。

金主任微笑着在邻近找个空位子坐下，很快将两碗小米稀饭、一个鸡蛋、一碟醋熘白菜消灭了。剩下的馒头，掰开来，夹上辣椒，再抹点臭豆腐，边走边吃，匆匆回到办公室。

办公室事多，今天除了学校要干的正事，还有杂七杂八的应酬，上午要参加市里各主管和非主管部门开的六个会，每个会都强调法人代表必须参加。校长说让他们把我大卸八块算了。其中有个会还要大会发言，校长不去她必须去。发言稿根本没时间准备，开会通知早埋没在一堆文件里，昨天下班前翻了翻没找着，她打算到时临场发挥一番得了，反正现在的会是走形式，一发言一照相，报纸上一登，电视里一播，自媒体一链接，工作就算做完了。她想，开完会还得立即返回学校，有三个政府部门下发的调查表格的纸质版今天下午要上交，同时还必须把电子版发到相关邮箱里。还有人事处秦处长早就约她商量有关事项，今天要挤出点时间好好沟通一下。

想着想着，金主任哎哟一声，发现早上急着来学校，忘了换睡衣。她跑到财务室，正好刘灵在，她俩的身材差不多，便穿上刘灵的时髦服装，不想穿上后感觉年轻了十岁。她拔腿小跑着下楼，边跑边看表，离开会时间还有十三分钟，路上不堵车的话七八分钟就能赶到。开着车，一路上脑子里还在想，是否会上发言后就溜回学校?

一条狗横穿马路，她急踩刹车，惊出一身冷汗。

狗和一个西装革履的人并排着走向一栋高楼，西装革履的人接受保安检查，狗却身子一缩溜过进出闸，小跑着往高楼后面去了。后面有个机关食堂，有好吃的大鱼大肉，保证它和它的伙伴们一日三餐无忧。

西装革履的人拿出身份证，保安低头看了看，又抬头认真核实一番，下巴往桌子上的登记簿一努。西装革履的人便拿起拴着线绳的签字笔，在姓名一栏里签下“刘国瑾”。

刘国瑾是在拜访客户的半路上，被执法机构的电话截回来的。一年后，纪检、人社、民政、税务、消防等部门先后得出调查结论：举报纯属诬告。而让刘国瑾震惊的是，那个举报人竟然是陈登第，一个在小说《风烈》里就死去的人。

二楼洗手间是一个奇葩的社交乌托邦。办公室禁止吸烟，各处室的烟民瘾发了，就跑到这里吸烟，蹭烟、借火、神侃、八卦。秦鹏和刘亮是这里的常客，其中刘亮在这里竟撞到了爱情。那天，财务处的刘灵从厕所出来突然晕倒了，他抱起来就去医院，伺候了三天三夜，硬把校花同事转换成同居女友，上个月一起去平遥见过女友的父母大人。刘亮吞云吐雾地对秦鹏说，今明两年大事就三桩：买房，结婚，生儿子。

秦鹏、刘亮和苟永清是同一批进教务处的，一起吃饭，一起上厕所，一起在上班时间疯狂微信。可自从苟永清当了副处长，他们的关系就变淡了，像秋后的茄子。两人都讨厌苟永清，有了共同讨厌的东西，便成为好朋友，扯起八卦来一提起苟永清就亢奋，一说起苟永清的坏话就刹不住车。

这天上午，第九期培训班结束，送学员出校门时，老柳树上的喜鹊又蹦又叫喳喳，让人心情不畅快都难。秦鹏看着最后一名学员的背影消失在人流中，目光由喜鹊再转向天空，天蓝得让他忍不住哼起老家小调：

清粼粼的水来
蓝格莹莹的天
小芹我洗衣裳来到了河边
……

他顾不得刘亮从窗户上探出半个身子的大呼小叫，凝神多看了一会儿天。下午，他和张萌、叶婷婷整理学员的资料，刘亮报告他一个不幸的消息，本期学员对老师们的评价表统计结果出来了，他又中奖了，拿到一个最低分。三次最低分，按照学校一年涨一次工资的规定，他失去涨工资的资格了。

肯定是苟永清这小子在背后搞了鬼。他眯着眼，对前来找他调查国考舞弊和招生猫腻的金主任说，去年我的学员评分落后，我承认是我努力不够。校长找我谈话后，我千方百计地努力，今年教务处两个季度的教学比武，我一个第二，一个第五，可咋一到学员调查结果，就成了最后一名呢?

金主任说：我会向校长反映你的情况。

当金主任进一步询问时，秦鹏越发激动了：这两件事打一开始风言风语就在我耳边窜过来窜过去。一个多月以前，我记得很清楚，那天我给中级班讲消防自动报警系统，苟永清在课间休息时来找我，约我去晋源羊汤馆喝全羊“牺汤”。他说马瑞、张旭日、张萌、叶婷婷都去。我不愿去，可又不想得罪他，最后勉强去了。喝着“牺汤”，吃着馏米、糍粑，苟永清对我说起招生的事。如果换成另外一个人，我可能会答应，谁看见钱不亲？秦鹏继续对金主任说，不用他把话说完，我就知道他下面要拉什么屎了。我当时就把他撑回去了，说刘校长真是瞎了眼，给你地位和权力，你却这样用背叛回敬他？马瑞便劝我，我也对他不客气，撑得他一愣一愣的。那顿饭，因为我，都吃得不开心。

秦鹏还叫来刘亮向金主任反映情况。他说金主任这里不能抽烟，刘亮便耍赖皮，对金主任说，你不让我抽烟，我就拒绝回答任何问题。金主任一笑：我算服了你了。刘亮于是点着烟就抽，他狠狠吸了几口说：我现在成佛了，支付宝空，银行卡空，钱包空，微信空，四大皆空。我虽然急需钱，和刘灵逛街需要钱，准备买房需要钱，准备买车需要钱，准备结婚需要钱，但君子爱财，取之有道。再说我和秦鹏一样，压根儿就不想和苟永清有干系，他的话我权当鬼话听。那样的好事，他不可能和我分享的。我当时怀疑他是在诈我，所以根本没当回事。再说，就我和他的关系，躲鬼一般躲他都怕躲不及，还替他招生？我招的学员，都在学校报名、交费，财务上有据可查。

刘亮看看表，到了上实操课的时间，便向金主任告辞：面对国考舞弊事件和背着学校私自招生的调查，我整个人都散发着一种自豪感，阳光下做人真好。

临出门，他邀请秦鹏课后一起打扑克，说刘灵搜了他的口袋，好多天身上没有一分钱，可手痒痒得不行，又想玩了。

秦鹏说：没钱谁和你玩？

你借给我点啊，下月发工资后还你。

秦鹏刚说找不到人，又一拍脑门叫道：马瑞昨天又失恋了，这小子正在教务处看雨呢。

刘亮说：我不和苟永清的人一起玩。

秦鹏说：玩不分敌友。拉他斗地主，谁输了谁请吃饭。

金主任是在楼道里找到冷丽的，她刚从苟永清副校长办公室出来。金主任便把冷丽请到办公室，先是聊聊她的时髦服饰，最后提到国考舞弊和招生事件，可冷丽明显不配合，总把话题岔开。

金主任硬把话题拉回来：我调查的结果显示,在不得已的情况下，你做了违心事的,对吗？

冷丽说：小时候我爸叫我小毛驴，没有人能逼我干我不想干的事。

金主任盯住冷丽清澈的黄眼珠子，放缓口气：万一有一天你成了替罪羊呢？

冷丽仰天一笑：我会很高兴的，说明我有价值。

金主任无语，她劝冷丽再好好想想，过几天她还会找她的。

那天金主任去食堂吃晚饭的路上，看见冷丽和苟副校长、马瑞、叶婷婷一起上了苟副校长的大众途昂SUV。她忽然怀疑，她对苟副校长的认知是否出现了问题？心情一糟，食欲也没了。她扭头回到办公室，透窗看着西山一点一点被夜色吞没，然后继续穿梭在各处室和教室、实操室之间。她是在实操室找到栗光明的。实操室里有七个没离校的学员，都是栗光明招来的，栗光明正给他们开小灶，复习实操内容。消防设施操作员国考分理论和实操两大部分，都及格才能拿到国家资格证书，学员们只要在课堂上认真听讲，理论考试就没啥问题，因为选择题比例很大，蒙也能蒙对三分之一。实操考试则是实打实的操作，四大板块，不会就只能瞪大眼珠上吊。金主任很为栗老师的敬业精神感动，她坐在楼道里等了好长时间。这中间，武知足看见她，过来陪着坐了一小时。金主任向栗老师了解完情况，已是晚上十一点半，累得想倒头就睡，可肚子又饿得慌，就碰运气地跑到食堂找吃的，和预想的一样两扇门紧锁着。她搓抚几下麻木的脸，拖着沉重的脚步，走进露天地，才发现天还在下雨。她闻见了雨中的槐花香，习惯性地扭回头去检查一遍整栋楼的灯光，只有校长办公室的窗户仍亮着。她知道这几天为国考舞弊和拔萝卜带出来的招生事件，校长压力山大。她心疼他，又觉得他活该，事实已经晒到阳光下，始作俑者就是苟永清。她不清楚苟永清如此践踏底线，校长为什么还要保他，还要重用他？她想，明天一上班再去找校长汇报今天调查的情况，用铁一般的事实督促校长采取果断措施。通往停车场的路无遮无挡，她想回办公室拿把伞，脚步迟疑了一下，便百米冲刺般钻进长城哈弗车里。人还没坐好，后脖颈就被叮了一口，挥手打空了，蚊子嗡地飞向后车窗。车还没出校门，蚊子又回来，叮在她右脸颊上，她一巴掌打过去，掌心一丝血迹，还有蚊子的尸体。她抽出一张湿纸巾，擦去血迹和蚊子尸体，又抽出一张重擦一遍，这才加大油门，把音量拧到最大，在新洗脑神曲《小苹果》的高亢中，驶出神堂沟。她家在唐风东大街紫郡小区，多半个月的连阴雨，把小区从负三层淹到了负一层。远远看见水泥森林，她才想起中午在学校食堂吃饭时老公来电，说晚上小区无法停车，要她考虑是不是把车放在学校，让同事送她或者干脆打出租回家。今天早上听说，小区有几十家的车都被贴了罚单。十多辆消防车正在排涝，停车场入口处竖着一块牌子，上面贴着打印的告示：“因停车场被淹，给广大业主造成不便，请谅解。”至于业主的车往哪停，物业没提，也不管。她看到马路边停了好多车，也在马路边找个空位停好她的长城哈弗。一晚上睡不踏实，做了三个噩梦，都是交警给她的车贴罚单。老公见状告诉她，交警八点钟后才开始贴罚单。第二天早上，不到七点钟她就下楼，准备提前去学校，不给交警贴罚单的机会。到了楼下，消防车还在排涝，意味着来蛇城看大海，蛇城的微信圈里并非“信口开河”。这几天都这么说。

金主任站马路边看唐风东大街，还真有点看大海的感觉。看了一会儿海，再回头，就看见好些消防兵累得躺在楼外的台阶上睡着了。她抹抹发烫的眼眶，转身去唐久超市买了三箱牛奶、二十个面包、四十个鸡蛋，其中牛奶面包她直接交给消防战士，鸡蛋得拎回家煮一煮。当她把最后一颗还发烫的鸡蛋交到消防战士手上时，她想起了自己的长城哈弗，心咚咚咚地一阵狂跳，边跑边看时间，七点半刚到。她长出一口气，结果一拐过弯，远远就瞭到车左前窗上好像落了只小白鸟，再近一些看清了，一张纸条拖着尾巴在风雨中翻飞。

秦玉龙和马瑞关系不错，马瑞和叶婷婷多次借用秦玉龙的办公室过夜。同时，马瑞和荀永清关系也很好，荀永清向校长推荐马瑞担任教务处处长，协助自己工作，这一点校长应该很清楚，所以他不理解校长为什么要把名单交给马瑞，让马瑞调查这些人开发票的情况。不用说，马瑞肯定会第一时间把这个情况告诉荀永清的。两年后，秦玉龙和校长探讨此事时，校长说我是有意这么做的，就是叫马瑞把情况透露给荀永清。秦玉龙按照校长的安排，请马瑞吃完饭。马瑞主动给他讲了很多，他给校长的微信中是这样汇报的：

我从您手里接过名单，第一时间就跑到荀永清办公室。我问荀永清用不用帮他把您糊弄过去？我见他半天不回答，就说给你一天时间考虑，要不然一爆雷，就是惊天雷，学校都会被炸塌了。荀永清想了片刻，才告诉我眼下有个挣大钱的肥缺等着他，他准备走人。他说他现在越来越需要钱，他换了车，还要换房，还要让儿子上好学校。他现在有资本，没有理由不赶紧把资本变现。我说我觉得不管你后面如何打算，先过了眼前这一关再说。他还说，校长安排我的同时肯定还会安排别的人，比如财务处的人办公室的人暗地里调查事实真相。苟永清说我现在就想说出实情，只要校长放我走。

第二天，秦玉龙又向校长刘国瑾汇报，给学员打电话核实开发票的事，打了一半就有21个人不需要发票。教务处的张萌悄悄告诉他，苟副校长当时只让他们干，不让他们过问，苟副校长先是让老师们私下里了解哪个学员是个人来参加学习不需要开发票，然后把这个学员的信息换成需要开发票人的信息。苟永清特地跑到财务处，交代财务处长不要追查发票的事，怕影响学校声誉。

刘国瑾正面敲打苟永清，苟永清却说我是你一手培养起来的，怎能干这号事呢？

他说，如果你为了整顿学校纪律，他愿意把事情揽过来，承担责任，请求辞职。

刘国瑾痛惜地看着面前苟永清的厚嘴唇，心想，狗屁，这是一个辞职就能解决的问题吗？

金主任的婆婆鼓捣微信，她教了一星期也没教会，便想了个办法：叶婷婷小时候在幼儿园学过绘画，还参加过市美术大赛，她请叶婷婷帮她把使用微信的步骤一步步画出来，这样婆婆就能“按图索骥”。叶婷婷称赞金主任真走心，还说她教她奶奶时，只知道反复教，让奶奶反复操作，鼓励奶奶多用多玩。她俩以前没有多少交往，一套微信使用步骤图画下来，成了朋友。

金主任想了解的事，对方知无不言，没费什么劲，就把马瑞和叶婷婷的情况如数掌握。马瑞和叶婷婷处了两年多朋友，当马瑞要和她发生性关系时，她拿例假当托词，随后请了一个星期的假。她对金主任说，她在手机上看到一则修复处女膜的广告，就去了一趟广州。谁知，后来还是露了马脚，马瑞在一次朋友的婚礼上认识了叶婷婷的前男友，前男友说马瑞用的是他用过的垃圾。在马瑞的暴力下，她承认早在初三时就失贞。分手那天晚上，俩人在出租屋里喝了不少酒，呕吐了半屋子。第二天打扫时，叶婷婷发现排泄物中有一个黄格莹莹的东西，用签字笔扒拉出来一看，是枚金戒指。去年学校年终总结颁奖时丢了一枚定制的有校徽的金戒指，始终没找见，原来在马瑞肚子里。

叶婷婷把她知道的从马瑞那里听说的苟副校长在招生、国考、开发票等事件上的所作所为，一五一十地讲给了金主任。金主任听完答应替她保密，但最终还是告诉了校长刘国瑾，理由是校长有权利且应该知道学校的一切。

金主任感叹：苟永清真把自己当作一块狗头金了。

刘国瑾说：他也就是个镀金的。什么叫镀金？因为它不是金。

马瑞向校长复命时说，他替苟永清招了八个学员，得了五千元好处费。他正在热恋中需要钱，但他没敢告诉校长，他这只兔子老吃窝边草，现在正吃三堆嫩草，而且全在学校，教务处两堆，财务处一堆。半年前，三堆嫩草都觉得他只稀罕自己这一堆，是小郑首先怀疑他脚踏两只船的，她不知道他其实是脚踏三只船。上星期，他趁小郑溺在爱河中无力自拔时，想脱小郑的裤子，被小郑踹了一脚。他对苟永清说，小郑就不是个女人，搞对象不就是玩嘛，她别说上床了，连亲一口都要留给新婚之夜。一怒之下，他把小郑送他的微笑杯，给了叶婷婷。杯子是一只由陶土手工制成的工艺品，很有创意，杯身上有两个小凹陷，好给使用者提供方便、舒适与安全感。小郑正是看中杯身的两个小凹陷，就像她脸上的小酒窝，她希望他看到它时，能想起她的微笑。当小郑发现她送的微笑礼物跑到叶婷婷手上时，要索回来，他说你送给我的礼物就成我的了，哪有送出去的礼物再往回要的道理？

校长问马瑞，你替苟副校长招的学员都要发票吗？马瑞说有两个学员要。校长问，怎么解决的？马瑞说是叶婷婷帮他解决的。金主任找叶婷婷核实，她刚到楼下，叶婷婷就来了。金主任核实完回来对校长说，叶婷婷说她没想过开发票还能算个事。她招的学员里头有五个是个人出钱来参加培训的，苟永清问她时，她就如实告诉了苟永清，把她招收的五个学员的开发票信息换成马瑞四个和苟永清一个学员的信息，财务不可能知道这五个学员信息被偷换了。

财务处长找校长汇报财务调查的结果，说苟永清找过她，叫她不要追查发票的事，牵扯面太广。她不可能听他的，财务处长对校长说，没想到苟永清的行动力那么强。当晚，两个工作人员在办公室熬夜加班，九点多的时候，苟永清拉着她们去晋源喝"牺汤"，一人一个千元大红包。第二天上班，她们告诉我没查出问题。我说收起你们的小把戏吧，老实交代，苟永清昨晚都和你们干了些什么？年轻人吃不住诈唬，很惊讶地问我，处长你咋知道的？我说就你们那两下子，连我都知道你们撅起屁股拉什么屎，校长更是人精，人家现在不说，是给咱们机会。财务处长对校长说，经过拿着教务处报给省鉴定站参加国考的人员名单和开出去的发票对照，有23个人不符。苟副校长真贪啊！

但她看着校长一脸焦虑，不忍心说出心里做出的调查结论。她感到空气在燃烧，有些喘不上气来，需要张大嘴来呼吸。她盯着校长的眼，最后还是憋不住了……

这是一起非常严重相当可怕不可饶恕的恶性事件。金主任愤愤地对校长说，可悲的是我们的苟副校长还不知道自己已经走上犯罪道路。

刘国瑾的目光从"格物致知"木匾上又一次挪向窗外，窗台上蜷缩着一只小燕子，落寞地茫然地望着雨世界。它是回不了家，还是没了家？到处都是拆拆拆，屋不在，瓦不在，檐能在吗？他现在和小燕子同样的处境。

刘国瑾知道金主任和苟永清私人关系不错，两家经常来往，她曾多次称赞校长用人有眼光，苟永清能力人品没问题。平日里，她对苟永清的工作很支持，其他部门的事，基本上都交给手下人去干，但一涉及教务的事，只要她有时间就亲力亲为，说牵扯到学员的事就无大小。苟永清过意不去，经常外出回来，顺便给她买点甜品、奶茶，还买过星巴克的馥芮白、焦糖玛奇朵、香草风味拿铁、抹茶拿铁，有两次还买回哈根达斯来。她没有独享苟副校长的美意，和办公室的员工一起分享了。刘国瑾说她大可把工作交给手下人去做，她说她对手下的人不大放心，怕误事。接到校长布置的任务，金主任根本不相信此事能和苟永清有牵连，但她仍按校长的安排行动，采取查资料、案件评查、线索核查、听取汇报、个别谈话、专题座谈、暗访督导等方式进行调查。

其实学校的教职工都清楚这件事，只是瞒着校长和你。这是金主任向马瑞调查时，马瑞对她说的第一句话。她是这样对校长汇报的：事情从上次国考结束不到一个星期就开始了。马瑞找苟永清借钱，苟永清对马瑞说，你同时搞三个对象，人累不说，还花钱多，你挣的那点工资够你消费吗？苟永清给马瑞出了个主意，让马瑞和他一起招生。苟永清说，他和鉴定站勾兑好了，招的人直接填表报到鉴定站，鉴定站再帮他把名单录进学校的名单，学校不会有人知道的。马瑞有点为难，他对苟永清说，校长对我很器重，我不能因小失大。苟永清便笑话他，你祖宗就给你遗传那么点脓水。但在钱面前，马瑞最终折腰了，他是第一个答应苟永清背叛学校的教职工。

金主任看着校长要下雨的脸，说第二个被苟永清拉下水的是教务处的王欣欣。苟校长突然请我去晋源喝羊汤，王欣欣对她说，苟校长啥不清楚？他知道我正为钱发愁，就给我指出一条赚钱的门路。我招了九个学员，给了苟校长四个，我不敢全给他，我怕事情败露，也怕他骗我。校长那么信任他，他都黑校长，谁知道他背地里想搞啥名堂。

金主任继续向校长汇报，经过这段时间的调查，事实已经很清楚，这是由苟永清一手策划的一起国考舞弊，一起背着学校私自招生的恶性事件，问题相当严重，已构成犯罪。

校长啊，我猜你心里早就明似镜了，你之所以保持沉默，是不是想当鸵鸟？你如果真的对苟永清这种犯罪行为视而不见，任其泛滥，学校非垮不可。

刘国瑾问：你分析过他为什么要这么干吗？

金主任回答：秃子头上的虱子，他让钱迷了心窍。苟永清抓住了你的弱点，你太器重他了。你有时候表面上对他很凶，动不动就骂他，实际上你是豆腐心，想让他尽快挑大梁。学校谁不知道？他就是利用了你这一点，所以才敢如此，在国考上做起文章来，胆肥得都成恐龙了。教务处的人早就知道苟永清干的这件坏事了，为什么没人向你我反映？现在事情浮出水面，大家都瞪大眼睛看你如何处理。对于苟永清这号害群之马，我建议你最好是报警，触犯法律的事，理应由法律去解决。还有，那些和这次国考舞弊事件有关联的人我建议开除，你要有“坐不住、等不起、慢不得”的紧迫感。

刘国瑾突然对金主任吼道：出去，出去，你滚出去！

金主任硬撑道：发火是无能的表现。

随着调查的深入，真相浮出水面，教务处基本上烂掉了，有直接把学员交给苟永清的，有帮开发票的，有帮忙找枪手的。教务处烂成这样子，刘国瑾作为校长有不可推卸的责任，根源在于他对苟永清的纵容。苟永清是恶性肿瘤，要趁癌细胞还没扩散，及时手术，彻底根除，兴许还能坏事变好事。如果刘国瑾还犹豫，再发展下去，搞不好肿瘤热、恶病质、高钙血症、抗利尿激素分泌异常综合征、类癌综合征等并发症一起爆发，想治疗都没法治疗了。

金主任的意见还是，凡涉案的人一律开除，若此次事件稀里糊涂地过去，以后他们就没有什么不敢做的事了。人事处长秦玉龙的意见是，首恶必办，胁从警告，但如果全部处理，教务处就垮了。

刘国瑾说他要好好考虑考虑。

刘国瑾对秦玉龙说，秦鹏是个好苗子，你们人事处要多加关注，这次国考事件他没有卷进去。苟永清也找过他，他严词拒绝了。事后，苟永清让他帮着做伪证，他说他不会说谎，说了谎就不知道以后怎么做人了。他还说，他是跟着他爷爷长大的，他爷爷当了一辈子村支书，在他还不懂事的时候就教导他做人不能说谎，一说谎头上就会长角，就会变成一只羊。为了不变成羊，他从不说谎。长大了，他知道爷爷是吓唬他，想让他一辈子说真话。

刘国瑾的生物钟混乱得像被丢进破壁机加工过一番，几十年早上准时六点钟醒来的习惯，提前到了四点半，今天睁眼一瞅表才两点四十分。又有推土机从太阳穴轧过，一肚子莲子心泡的水潮起潮落。这种现象在一个半月里间歇性发作。昨天一整天，他的全部时间都花在民政部门调查组的接待上，上个月、上上个月，纪检、人社、消防、税务、物价、市场管理部门的调查组调查过的问题，他又重复汇报了一遍，财务教务的所有数据的原件又搬出来，让调查组一一过目，最后复印拿走。他不知道他依法办学，某些人笔下一生花，他就成了挂羊头卖狗肉？他辛辛苦苦的，年收入还不到一千万元，举报信里却说偷税漏税上亿，去年又提升为二三亿。今年，也就是两个月前更创新高，说他学校偷税漏税达到四个亿。

四个亿是个啥概念？他倒是想看看。

听了一会儿雨在窗玻璃上的弹奏，恶心似乎轻了点，一丝困意从脑后升起。刘国瑾抓住机会侧身、闭眼，想来个回笼觉，却半天进不了梦乡。再看表，已是五点五十五分，索性起床。他想出去晨练，拉开窗帘，外面仍旧细雨绵绵，倘是晴朗天气，此时东山上的朝霞会泼进洽洽河，一河细浪，一河锦绣，野鸭子嬉戏，晨练的人们在猩红色的人行步道上跑步、散步或倒着走。他跟在庄严清静的佛乐中打坐的王琼打过招呼，驱车来到学校食堂时，早饭刚端上来，喝的有小米粥、丸子汤，吃的有油条、馒头、煮玉米、蒸土豆，菜有六味斋老咸菜、拍黄瓜、腐乳、白菜豆腐、煮鸡蛋。他舀了一碗小米粥，拿了一个馒头，夹了两筷凉菜、一点白菜豆腐，走两步又返回来拿了一颗鸡蛋。学员们九点后才开始报到，吃早餐的只有学校六七个教职工，大部分年轻教师还在赖床。培训班与培训班间隔三五天，给教职工们留足了自由活动时间。梁三友见校长来吃早饭，三两口喝光丸子汤，拿着吃剩的多半个馒头，小跑着出了食堂。

刘国瑾来到办公室时，办公桌已被梁三友擦抹得能照见人，地板纤尘不染，只是窗玻璃没办法让它光明透亮。梁三友说，老天爷这些日子患老年痴呆了，只会下雨。刘国瑾说早上刷头条，南海又有台风形成。台风登陆，蛇城必下雨。又说下吧下吧，总有不下的一天。梁三友说，我的屁股蛋早有预感。1978年蛇城公安消防大队学“硬骨头六连”大比武，梁三友比赛挂钩梯爬到四楼，胜利在望时钩脱了，从四楼摔下来，全身粉碎性骨折。在医院里像个死猪躺了半年，好几次他要求护士像杀猪一样一刀结果了他，说生不如死。大队长王如东听见后，把刚买下的菜刀扔给他，说你自己解决吧。好在他年轻，竟奇迹般站起来了，唯一的遗憾是成了一台天气预报机器，天一阴就疼。他试过上百种秘方，都无可奈何，最后从爹身上得到真传，把病不当病，用乐观来治疗。

刘国瑾心里很乱，他想给自己找个事干，可该干的事太多了，一时半会儿不知该干啥。看着“格物致知”木匾，他傻想了一会儿，脑子里蹦出《王者荣耀》，儿子半年前从珠海回来每天玩它，还帮他在手机里下载了。儿子说《王者荣耀》是全球首款5V5英雄公平对战手游，特色多多，在同类的游戏中一枝独秀。他只玩过一次，后来就顾不上了。他打开手机，记得好几次想把它删除掉最后都没下手，《王者荣耀》还在界面上瞪大眼睛看他。

这时金主任敲门进来，拿着一叠文件，扔到刘国瑾面前说：学校年检报告被打回来了，原因是学校的章程要修改，从今年开始，学校董事会的董事中至少要有一名党支部成员。刘国瑾沉吟一下说：你看着添加一个就是了。金主任说：董事是你们股东大会上选举产生的，我无权决定。刘国瑾回答：我现在授权给你。

还有事吗？他似乎还有话要说。

我听着呢。

刘国瑾扫了一眼窗外的雨，扭回头来说：调查暂告一段落吧。

你要包庇苟永清？

刘国瑾语调沉重地说：学校现在处在非常时期，国考舞弊和招生事件几乎把教务处的人都牵扯进去了，先缓一段时间再处理吧。

这是一起犯罪案件。

你按照我的安排办就是了。

金主任咬咬嘴唇：刚接到派出所通知，学校还得在派出所注册。

哦。

不光我们学校，好像所有的企业都必须到派出所注册。

为啥？

不知道。

你去办理好了。

要进行人脸识别，无法替代。

有时间限制吗？

一周内。

苟永清躺在床上，睁大眼看着窗外，黑夜依然是黑的，他已经看了七天，直到晨曦把黑夜抹去。他被辞职的问题煎熬着。第九个早晨起床时，他发现落枕了，脖子直不了了。到了第十一天，他突然上吐下泻，前半夜坐在马桶上起不来，老婆站在他面前端着塑料脸盆，随时接他的呕吐物。

接了一个小时，老婆实在累了，便从贮藏室翻出儿子小时候的实木便盆，让他自己捧着。他妈说他被鬼缠上了，请来老家的神仙作法，折腾了半夜。儿子第二天还要上学，需要睡觉，老婆把儿子带回娘家去了。

第二天，刘国瑾带着梁三友和金主任来了，苟永清冷得直打战。刘国瑾给他裹上被子，让梁三友背着送到医院，医生说咋这时候才送过来？输上液的苟永清呼呼大睡。病好从医院出来后，苟永清对老婆说，我想好了，辞职呀。又对校长刘国瑾说：二十年后，我一定回来跟着你好好干。

刘国瑾的目光从苟永清的脸上移到胸部，他真想打开看看这小子的心长得啥样子。看着苟永清，他宁愿相信自己看到的听到的是梦，如果他能够像五年后回忆时看清楚的那样，当时他真会把眼前滚烫的茶水泼苟永清一脸。

一下午的时间，有一多半是在沉默中从身旁溜走的，学员们吃过晚饭开始上晚自习时，刘国瑾感到肚子有点饿了，他看见苟永清还在办公室没走，就给梁三友打电话，让食堂准备几个下酒菜，他晚上要和苟副校长在学校吃饭。说好不喝酒，坐下来就忍不住了，他们一边喝着，情不自禁地谈起学校的明天来。

两人不知不觉，三瓶经典二十年老白汾就喝得见底了。

等刘国瑾清醒地感到后脑勺跳着疼时，从西山隐云寺飘来的梵音和从东山上爬下来的晨曦已经纠缠到“格物致知”木匾上。他想站起来，却又一屁股坐回去，依靠梁三友的搀扶才在办公桌后面的椅子上坐稳了。梁三友说校长啊，跟了你有十年了吧？我从没见过你这么喝酒，哪是喝酒呀，纯粹是玩命。昨晚，我和苟永清两人才把你弄上床去，你把肠子都快吐出来了。

等了一个星期，苟永清还看不到校长的刀子砍下来。他已经迫不及待地要去平头哥消防工程公司走马上任，宁世荣开出的十年合同、高价挂靠费、总经理高位及丰厚的月薪等条件，让他屁股下的火越烧越旺。这天，他来到教务处，请刘亮去撸串。

刘亮一口拒绝：咱俩不在一个频道上，没有必要，有话就说。

苟永清说：我知道你缺钱。

我缺钱是我的事。

咱们是同事，又是同一天来学校的。

我不挣黑心钱。

我知道你了解一些我的事。

刘校长找我谈过，金主任也向我调查过，秦处长也让我出过证明，我把我所掌握的一切都如实讲给了他们。你就等着接受学校的惩罚吧。

他们和你谈话过去几天了？

二十多天吧。

为啥听不见另一只靴子落地？

刘亮愣了一下，慢慢抬起眼皮，眯起眼瞄苟永清。

我还在焦急等待学校惩罚我的那一天尽快到来呢。

刘亮有点看不懂这个离自己眼皮不到半米远的人了。

苟永清说：学校掌握的证据还不够分量，打不倒我。要想打倒我的话，还得靠我，我能帮你打倒我。

嘁。

你是个眼里揉不得沙子的正人君子。

我对迷魂汤有抵抗力。

咱们做笔生意如何？

我不会和你同流合污。

我不是拉你下水，是想成全你。你知道我假借学校的名义给省鉴定站多报了多少个中级学员吗？

全校谁不知道？27个。

27个人不是我一个人招的，是好多人招的，我有详细名单。

我还知道其中23个开了发票。

不错，你说得很对。可23人的发票是怎么开的，你不知道吧？

……

我全知道。我还知道23个学员分别盗取的是哪些学员的信息，是谁修改了这些信息，假信息又是如何传到财务处的。这些情况你没掌握吧？

没有。

还有，学校谁谁谁为我招收了学员，我给他们分了多少钱，还有顶考的枪手都是谁找的，我比谁都清楚。

我承认……

这么多信息，我把它提供给你，你会把它交给校长吗？

只要能整死你。

拿着。

苟永清把三张A4纸递到刘亮手上，说这是一颗原子弹，能把我炸成空气。刘亮打开一看，上面确是苟永清说的全部信息。他惊愕地发现，全教务处除了他和秦鹏，都上了三张A4纸。末尾的落款是“刘亮”。他喘着粗气质问苟永清，你这是要把教务处的人都害死？

苟永清说：首先死的是我，校长会把我开除的，我正急着等校长快点开除我呢。再者嘛，教务处所有的人，除了你和秦鹏，都会受处分的。你将是最大受益者，你应该感谢我呀。

你真不是个东西！

大好前程等着你呢，做你的好梦吧。

呸！刘亮吐了苟永清一口唾沫，转身去找秦鹏。他越来越看不清苟永清了，自己提供射向自己的子弹，这家伙是不是有病啊？下楼梯时，他突然想起来，下节课是他的课。看看表，只剩下十分钟了，他一边往理论教室走，一边给校长打电话。

天空还在，西山还在，都在乌云的笼罩下缄默着。远远山头上，亮起一道蓝，像一把桨，要搅碎天空的乌云。

刘国瑾觉得办公室有点闷，看看表，九点三十五分，喝过几口茶，来到学员报到处。时间尚早，只有五个学员报到，两个年轻小伙子在交费，一个四十岁左右的壮汉正填表，另外两个小姑娘做身份信息采集。刘国瑾看着壮汉填完表，拿起瞧了瞧又放下。壮汉问国考难不难？刘国瑾说需要认真学习。壮汉又问，我能不能多花点钱，你们帮我过？刘国瑾说消防工作人命关天，既然来了，就扎扎实实把要学的都学了，要掌握的都掌握了。壮汉说，认真学习我能做到，只是岁数大了，记忆力下降，怕记不住。刘国瑾笑着鼓励几句，最后说你肯定行。两个小姑娘做完身份信息采集，刘国瑾走过去，做信息采集的教师马上站起来，向学员介绍这就是我们校长。两小姑娘惊喜地叫了一声。刘国瑾和她们寒暄几句，便问她们为啥要来考消防设施操作员证，一个姑娘回答，她有个亲戚考了消防设施操作员证，挂靠在一家消防维保公司，挂证费比她的工资都高，企业还给上“五险一金”呢。另一个摇摇头回答，我来学习是想掌握点本领，将来为社会做点事。刘国瑾拍了拍她的肩膀。

他自然很清楚，国家现行的执业资格实行单位注册，相关单位要想取得资质，必须有相应数量的注册人员。这样就导致有些考取执业资格证的人员，不从事相应的工作，只是把自己的执业资格证给需要的单位，单位给予一定的报酬，俗称“挂证”。当然这种挂证是违规的，它之所以屡禁不止，因为这是一件能让持证人、中介机构和租用企业三方都得利的事情。这个链条上各方环环相扣，已成为固有的灰色地带。对持证人来讲，可以不用工作即可获得高额回报；对中介机构来讲，可以通过牵线搭桥两头收取好处；对租用企业来讲，不仅提高了资质档次竞标筹码，还可以节省大笔聘请费用。把职业资格证挂靠在别的单位赚钱，虽然是一个愿打一个愿挨，但它所带来的危害却不容小觑。这些证书挂靠的企业大多名不副实，往往是一流投标、二流施工、三流管理。

不过从内心讲，他还是抱着一种乐观的态度看待这种现象，虽然现行法规对“挂证”行为严令禁止，但并没有明确相应的处罚措施，通常也只是对少数违规者吊销执业证书，撤销注册等行政处罚，对整个灰色市场形不成有效震慑。他更乐意看到一些职能部门在企业资质体系设置、项目招标要求等方面，对相关持证人员指标要求设置越来越高，进一步助推挂证市场的旺盛需求，也直接给他的学校发展加油助威。

楼道里笑声喧哗，刘国瑾的心情也好起来，他三步并作两步爬上六楼，掏出钥匙开门时，看见办公室的门把手上夹着一卷纸，打开是三张打印得密密麻麻的A4纸，题目是“举报信”，落款人是“刘亮”。

刘国瑾怔怔地坐着，嘴唇因七个钟头未喝水已经开裂。窗外，风还没有走，在楼顶上，在楼道里，任性地紧一阵慢一阵。在风雨的脚步声里，他听到了苟永清的声音，离他很近，在他耳洞里来回窜。

苟永清提出辞职了。

刘国瑾头靠椅背找北斗。北斗在他的后上方。他用后脑勺看着北斗，想象着苟永清也在望北斗，他俩经常会同时看某一个东西。天空有乌云，太空有风暴，北斗若隐若现。他和他的交流不顺畅。不知过了几时，只见一丛像菜花堆积成高塔的淡积云，气势汹汹而来，呈抛物线上升的气流在塔里汹涌着，迅速向浓积云发展，垂直尺度不断增长。浓积云又酝酿成积雨云，进而演变成雷雨云，翻腾着，波动着。他成了冰晶，苟永清成了雪子。在重力和上升气流作用下，他带着正电，堆积在云层上方，苟永清带负电，聚集在云层底部。云陡然放电，强烈的光和热，使空气急剧膨胀震动，一道闪电，一声滚雷，两人的交流在电闪雷鸣中碰撞。他心一沉，从天上掉下来。

刘国瑾关了灯，透过窗户看天，有云飘来，他伸手就能捉住。面对黑漆漆的夜，黑漆漆的山，黑漆漆的“格物致知”，他看见密密麻麻的一大群白胖胖的小东西扑到自己身上，咕涌咕涌地钻入体内，肆无忌惮地张大嘴，啃噬他的五脏六腑，还有他的灵魂。

萤火虫打着灯笼出来闲逛，一只，两只，五只，十只……

窗外响起蛙声，阵阵涌来，呱呱呱，呱呱呱，呱呱呱……

怀揣着一份在教案本里发现的举报信，武知足在床上折腾了一夜，害得秦鹏敲了三次高低床的三角铁。直到天快亮，他掀起窗帘看天，并没有下雨。他按按口袋里的举报信，从墙上取下二胡，来到楼顶上。六点钟，他准时拉响《江河水》。以前这个钟点，他演奏的不是《战马奔腾》《江南春色》，就是《听松》《空山鸟语》，有时候也会演奏《月夜》。今天他非常想演奏《江河水》，拉完《江河水》，接着拉《病中吟》。乐曲时而沉吟慢诉，时而慷慨激昂，时而缠绵悱恻，表达出一种郁郁不得志的心情和对理想的憧憬。

已是六点半了，二胡声还没引来知音，他重新演奏《江河水》和《病中吟》。

今天早晨，武知足只想演奏这两首曲子。他是教务处的教员，负责消防设施操作员的理论教学。大学毕业那年，在八一小学校门口，为救一位横过马路的小学生，车祸致残。原录用他的省歌剧院取消了和他签的合同，同居三年的女友也离他而去。他用了两年时间，练习用一只手拉二胡，居然练成功了，却始终找不到工作，只能在街头卖艺。一天，他无意中看到消防学校的招生广告，便来报名。由于达不到报名条件，老师们虽然同情他，也无能为力。这时正好刘国瑾路过，他便为刘国瑾拉了一曲《拉骆驼》，一下子感动了校长大人。校长破格录取了他，考取国家资格证后，又将他留校当了教师。校长对他恩重如山，看到举报信，他第一时间就跑到校长办公室门口。可当他举手敲门时，瞧了一眼表，晚上十一点半了，便把举起的手放下来，等天亮后再说吧。

武知足拉到六点四十多分时，刘国瑾出现在楼顶的楼梯间，他浑身一震，系在琴杆上的琴弦嘭的一声断了。他腾地站起来，把举报信递给校长。

刘国瑾匆匆扫一眼，问他：谁给你的?

他说我也不知道，它夹在我的教案本里。

手机上的天气预报六点到七点的云下面都是三道斜杠，表示有中雨。八点的云下面斜杠增加到四条，雨势增大。刘国瑾拉开客厅的窗帘看看天，却没有下雨的意思。多日没有锻炼，身子骨都生锈了，他想走着去学校。他走出小区，过人行天桥，沿洽洽河公园猩红色的人行步道走到南环桥，再钻隧道上南环路，到了和平公园算是走了一半路。他瞅瞅表，走得比往日稍快了些，心里不免得意，自己还不老啊。

一个小时后，刘国瑾走进学校，大楼在蓝天下，蓝天上只有一朵云，却下着雨。

他没进办公室，而是来到楼顶上，很想听听武知足的独臂演奏。他在花坛边的石凳上坐下，看着忽悠了一下就走的云，云不停地变换着造型，一会儿像匹奔腾的骏马，一会儿像条飞腾的龙，一会儿像只表演杂技的大象。

突然他从石凳上跳起，一摸头是一泡屎。他顺手抄起一个花盆，朝给他拉屎的喜鹊砸去，喜鹊喳喳叫着，白色的腹部一翻转直冲空中，转了个圈又扑下来。他怒视着喜鹊，在喜鹊就要啄到他的鼻尖时，他把上衣往上一翻挡住了，随即脱下上衣迎上去。喜鹊灵巧地躲过，转眼逃得不见踪影。可不到一分钟，逃走的喜鹊又返回来，还招来另一只喜鹊。两只喜鹊，眦着眼睛瞪他，然后翅膀一闪一闪地俯冲下来。他又抡起上衣抵挡，两只喜鹊却虚晃一枪，没有像上次那样袭击他，而是从他头上轮番掠过。他感到脸蛋热乎乎的，用手一摸，是他妈的一泡屎。

他的骂声吸引来梁三友，梁三友说：您中大奖了，运气好得爆棚。

他照梁三友的屁股就是一脚：屎都拉到老子脸上了，还好运气！

举报信一字不差地被发到学校微信群里，窗户纸被捅破了。

刘国瑾想缓处理也做不到了，金主任是学校的微信群主，他要求她把举报信删除。

金主任说：被你捂的盖子终于揭开了。

学校需要稳定。

他已经犯罪！

他是名教师，我不想他在学校被抓。

整个上午，学校出奇地安静，教务处人人恐慌，谁也不看谁，说话都贴着耳朵。秦鹏像只佛系猪，对刘亮感叹道，咱们是被迫吸氧。

刘国瑾安排秦玉龙和金主任分别找教务处的教职工谈话，教务处长和副处长他亲自谈。教务处长一见他就认错、道歉，接着提出辞职，说自己对不起学校对自己的培养教育，一晚上一晚上睡不着觉，天天做噩梦。还对他说，她梦见了她爷爷的爷爷，她出生时他已经去世四十多年了，是被日本人打死的。听爷爷说，老人家死后一直不合眼，用热毛巾敷也不行。她怕她是得了抑郁症，自从得知自己被动地参与了苟副校长的招生和国考舞弊事件，已经一个半月不知道自己到底睡着过没有。前些天，她妈天天晚上守着她，还陪她去了两家医院。有天半夜里她从床上滚到地下，要不是妈妈听到她的喊声跑过来，她这会儿恐怕已成青烟。她妈妈说，那天她躺在地上，四肢抽筋，口吐白沫，胡言乱语，老是喊叫一个人的名字，她爷爷的爷爷。全家人都奇怪，她怎么能知道老人家的名字？

教务处长说着，眼泪吧嗒吧嗒掉在地板上，砸得刘国瑾鼻子发酸。

刘国瑾说：学校处在生死关头。

教务处长说：校长你放心，我辞职后绝对不会再做消防培训。

刘国瑾说：我舍不得你呀。

雨在窗户玻璃上流泪。

刘国瑾想山了，想看看石的筋骨，闻闻草的清香，摸摸花的笑脸。他从衣架上取下冲锋衣，轻轻拉好拉链，又换上登山鞋，慢慢系紧鞋带。出门时，他又回头看了一眼桌上被风吹得哗啦啦飞的调查报告，关门时竟然蹑手蹑脚地，好像怕门扇碰疼门框。

保安看到校长从电梯里出来，啪地双腿一并，来了个标准的军礼。

在大厅修理盆景的梁三友丢下手中的剪刀，拿起身边的雨伞以百米冲刺的速度追上去。

滚！刘国瑾低声吼道。

你不能这样上山啊。梁三友怕校长像六年前那样被淋出感冒，那次感冒引起了肺部感染和病毒性心肌炎并发症，差点要了校长的命。

滚！刘国瑾又吼了一声。

梁三友只好像六年前一样收住脚步。

刘国瑾的背影拐向西山，很快就被淹没在雨中，梁三友心里一阵酸痛，他控制不住的脚步又迈开了，远远跟上去。三天前凌晨两点半，他被生物钟闹醒。上完洗手间，他揉着眼皮，习惯性地进行消防安全巡查，看理论教室实操室是否断电，安全出口、疏散通道是否畅通，应急照明是否完好，消火栓、器材和消防安全标志是否在位、完整，常闭式防火门是否处于关闭状态，防火卷帘下是否堆放了物品，消防控制室人员是否在岗。巡查中他发现金主任办公室的灯还亮着，轻轻推门进去，金主任正产妇难产似的起草国考舞弊和招生事件的调查报告。他和金主任还有苟永清都自认为是校长的左膀右臂，可如今膀臂自残。

刘国瑾顶着大雨艰难前行。

红墙绿瓦的隐云寺被泼墨大写意，似云如雾。上山的小路被雨水开膛破肚，刘国瑾一脚下去绽放一朵水花，下面是泥是沙是石？他一步三趔趄，滑倒了再爬起来，成了一尊泥塑，成了一只落汤鸡。

回想起在办公室和苟永清的对话，热泪再次压弯他的脖子。

苟永清在他对面，靠着椅背，直盯着他，痛快地承认举报信是他专门炮制的，目的很单纯。

你打我的脸啊。我一直把你当儿子看待，尽心培养你，不想失去你，但是不代表我离不开你。

他腾地站起来，手朝天上一举：我现在就满足你！

开除苟永清的头一个星期，从教务处传出的各种各样消息，通过金主任和梁三友还有刘亮的嘴，输送进他的耳朵，最刺心的有两条：

一是被开除的苟永清拉着帮他作弊的一帮子人，直扑义井的撸串店，每人半打啤酒，三十串羊肉串。苟永清一人吃了二百串，还喊没吃饱，还喊不过瘾，要再加一百串。

二是苟永清到平头哥消防工程公司上班了，签了十年合同，待遇十分优厚：高级消防设施操作员每年挂靠费十五万元，总经理月薪一万五，奖金另计。

秦鹏这些日子除了吃饭和给学员讲课，嘴上老是挂着老家小调：

昨夜晚小芹我做了一个梦
梦见了二黑哥你当了模范
人人都夸你
夸你是神枪手
……

一天，刘国瑾在办公室刚接过梁三友双手递给他的水杯，正想用明前龙井抚慰自己滴血的心，秦鹏的小调就悠扬着隔门进来，刺激得他举起杯子摔到地上，接着把自己扔进皮椅，头往后一仰，两条腿无力地叉开，大口大口吐气。

梁三友打扫着水杯的玻璃碴子，余光不时往这边瞟，他心疼校长啊。

刘国瑾在皮椅上靠了不到两分钟，霍地收回双腿，站起来解开衣扣，骂梁三友，你想热死我呀，说着要去开窗户。

梁三友喊道：外面下雨呢。

刘国瑾说：我眼没瞎！

他打开两扇窗户，细雨伴着凉风吹进来。

臭狗屎！

梁三友不知道校长在骂谁。

刘国瑾一直站在窗前，暴雨中的神堂沟大街又成一条河。河槽中，从西山奔涌下来的雨水，黄泥汤汤，身带滚雷，狂妄不羁，似乎要把自己蜿蜒成黄河。

一个星期后的晚上，喝多酒的他不顾梁三友的阻拦，让司机开车去找苟永清，还是想劝苟永清投案自首。可到了苟永清所在村的村口，他却记不起苟永清的家了，便把车靠在路边，从后备厢里取出半瓶酒，这半瓶酒是宣布开除苟永清那天他专门从办公室的柜子里拿出来放到车上的，是当年他提拔苟永清当副校长时喝剩的。他提着酒，甩甩头发开始寻找苟永清的家。夜深了，一只猫从路旁窜出，吓了他一跳，脚下一滑摔倒了，摔得酒瓶底掉了，他也不知道。他从地上爬起来，继续寻找苟永清的家。

第二天，坐在办公桌前的刘国瑾控制不住浑身瑟瑟发抖，像雪地里一棵老树，在“格物致知”木匾的注视下，直到头发里又钻出几根白发，他才慢慢恢复了平静。

恢复平静的他，长叹一口气，没有再犹豫，拿起手机拨通了报警电话。

打完电话，他想好好睡一觉。

后半夜醒来，他突然想家了，梦里听见王琼在楼下喊他回家。

他匆匆下楼，没出大门就闻到了那股子熟悉的亲切的肉香。他跑得太快了，自动门反应都来不及，差点把他的鼻子撞断。

她站在雨中。

他向她做了个紧握拳头的动作，在胸前高高竖起。

她牵着他的手，说：我接你回家。

他说：我想在雨中走走。

她说：我陪你。

十多年后，20×7年秋的一天，上午九点的阳光沐浴着雨后的蛇城。

顶着满头白发的刘国瑾，目光随着喜鹊从柳树梢飞到爬山虎上，昨天还举着五颜六色的旗帜在风雨中招摇的爬山虎，此刻已燃成一墙火焰。

梁三友送过来的新校服放在茶几上。

刘国瑾一会儿打开窗户想透透气，一会儿又关上窗户嫌天太凉，他烦躁不安，不知道该干什么好。离出发还有一个小时，他终于找到一件可以也应该做的事。他充满阳光的影子在椅子上站起来，拎着从办公桌右边最下方的抽屉里拿出的麻布小袋来到沙发前，麻布小袋被打开，把一件件精致的小工具摆放出来，然后开始保养祖传的木匾。他的身心走进去，徜徉在“格物致知”中，呼吸着，品味着，陶醉着。

这时，机器人秘书提醒出发的时间到了，他小心翼翼地从沙发上下来，把麻布小袋收拾好，一边喝着机器人秘书递来的茶水，一边对ULED叠屏里的梁三友喊道：走。又触摸转换到金主任办公室喊了声：走。出门前，双手从茶几上拿起新校服。

溜背车身造型的SUV核聚变清洁能源无人驾驶车静静地候在大门外的电子车位上。进入车控区，车门自动打开来迎接他们，梁三友抢先一步用手罩住车顶，护着校长。刘国瑾坐稳后，智能太空舱座椅的电动设备立即启动，调节头部、颈部、背部、臀部、腿部、脚部的气囊，让身体各个部位都处于最舒适的环境中，如想按摩，有十种按摩方式供选择。梁三友挨着校长落座，金主任从另一侧上车。副校长刘亮和教务处长秦鹏喊叫着也要去，一起上了车。梁三友语音输入目的地，发出开车指令。

一小时零四十七秒后，核聚变清洁能源无人驾驶车便悄无声息地停在离蛇城120千米的平遥监狱停车场。他们是来接苟永清出狱的。一年来学校和监狱沟通多次，苟永清也希望再能回到学校。看着苟永清从监狱大门走出来，刘国瑾老泪纵横，他不愿告诉别人的是，这些年他频频梦见他，他仍爱着那个充满阳光的影子。

碑上刻什么就等你来定

一

舷窗外，沉静的蓝色里浮着朵朵白云，瞬间幻灯片一样切换成厚重的黄色点缀着丛丛绿色。飞机先急后缓地滑行一段，然后优雅地转身，候机楼上两个火红的魏体大字——蛇城，便裹挟着黄土气息扑入眼帘。王九九鼻子一酸，眼眶发热，漾起一汪泪花。

蛇城机场候机楼高大威猛内涵十足地向来来往往的飞机和旅客们行注目礼。

出了机场，公务轿车沿着高架桥飞出一个漂亮的弧线，落到笔直宽阔的蛇城大街上。

行至中段，梁春贤指着路边几座高大的建筑，回头对陈少志说：这三个标志性建筑，都是咱们大学牵头设计的。

陈少志称赞：好啊，好啊，太牛了！你不说，我还以为是KPF或是ASGG的作品呢。在北上广，地标级超高层建筑雨后春笋一般，我多希望有几幢是我们国家建筑设计事务所的原创。咱们大学能当一回自家舞台的主角，梁校长，了不起啦。

梁校长说：我的努力是寸马豆人。

陈少志说：我国正处在建筑的黄金时代。我们巨大的市场养活了世界上大批事务所，自己却重工程轻创作，建树凤毛麟角。看着国外事务所千方百计地挤进来扩张，打造品牌，我们的企业还志得意满地以能拿到施工图深化的合同为荣。心疼啊！

梁校长说：这次建校大庆，我接受你的建议，举办建筑理论研讨会，破纪录地连搞三天。

陈少志说：我们大多数管理层目光短浅，原创在他们眼中和烧钱毫无二致。

梁校长说：境外事务所一两个人跟一个几十万平米的大项目，我们当地设计院就需要匹配几十人的团队，耗费的时间是外方的数十倍。而且设计存在的瑕疵，前期是根本看不到的，要到后期才会暴露出来，业主通常会将这笔坏账算到当地设计院头上，而不去追究方案原创设计的不合理之处。最终，我们成全了外方，解放了他们的生产力，自己却成了背锅侠。

陈少志心情沉重，他没跟进梁校长的话题，把目光移向车窗外，欣赏窗外林立的高楼大厦，使他恍惚置身纽约、巴黎、北京、深圳。只是大街上有些空寂，让他思绪一下子链接到前些日子在新疆的高速公路上。

大街的绿化带引起了陈少志的兴趣。北方的绿化带与南方的绿化带区别巨大。南方的绿化带似乎过于单一，基本就是绿色，北方的绿化带则七彩纷呈，迎春花、牡丹花、芍药花、月季花、紫叶李、榆叶梅、海棠花、蒲包花、三色堇、蔷薇花、白玉兰、紫玉兰、桃花，如云似雾，在车窗外高高低低一路伴行。

九九也被窗外的春色震撼了，尘封在骨子里的缅想在鼻尖风起云涌。一棵遮天蔽日的古槐在脑中升起，她闻到了它的清香，看到它在阳光里向她招手。它欢迎她，她也想念它。

这次回蛇城，她有点违背老公的意志，这是她去珠海投奔陈少志并如愿和陈少志结婚七年来的第一次。

九九和少志是大学同学，母校70周年校庆，作为建筑大学培养的成功人士，他们接到了邀请。少志不想让太太回蛇城，因为这是她的伤心地。八年前，一直陶醉于婚姻幸福美满中的她被前夫刘青山的婚外情撕裂得如一只剥皮的羊羔。她虽然想念蛇城，但最后答应丈夫留在珠海，照看他们的设计院。再说，出国留学的儿子刘欣近来要回珠海看望妈妈和继父。但晚上她做了一个噩梦，梦中刘青山骑着陈少志的自行车带着她出了校门，沿着菜地的田间小道，一路狂奔到洽洽河边，将自行车往河滩一扔，两个人就迫不及待地抱在一起。她浑身发软，瘫在莎草上，半人高的芦苇把近处的菜地和远处的楼房遮挡了，蓝天白云也变成青山刀刻斧雕的国字脸，刺激得她全身亢奋。瞳孔不自觉地扩大，感受到男人的生机勃勃和强壮有力，感受到自己的生命注入了青春活力所需要的甘露。青山是那么切实那么亲近，一切梦幻和憧憬，一切深情和蜜意，好像被盖在自己身上的这个男性体温的棉花被所证实。完成原始的疯狂后，慵懒的他们在河滩采野花，逮蝈蝈，垒沙堆，建房子，玩得酣畅淋漓。忽然间，一股台风从东山席卷着深蓝色的海浪劈头袭来，把正在建仿唐古城的他与她一口吞没。黑暗中，她伸手朝青山的方向抓去，先抓了一把水，又一抓抓到一把沙。她感到大难临头，奓着手，终于抓住一根树根，树根连着一棵刺槐。她从浪里挣扎出来，不见了青山的影子。她追着裹挟着黄泥沙的浪花，跑呀喊呀，撕心裂肺，最后在叫喊中惊醒，一身冷汗像从海滨泳场钻出来。好不容易平静了自己，慢慢入睡，天亮前又做了一个梦。还是前夫青山，开着少志的宝马750Li，带着她狂奔八十里，钻进天龙山，看北齐的圣寿寺，欣赏南北朝和隋唐五代的500尊千姿百态的石佛雕刻和1144幅劈云穿雾的画像。夕阳西下，精疲力竭的俩人坐在一棵汉槐下歇息时，天上冰雹一样砸下一群饿狗来，想把他俩当作美餐。青山一把将她拎起，护在身后，抵挡着饿狗的进攻，喊她赶紧上树。我的老天爷，古槐树围近十米，她两手根本无处抓挖。她急得哭爹叫娘，青山让她踩着自己的肩膀上树。她爬到了树上，青山却落入狗口被撕成八大块。她发疯地从树上跳下来，要从狗嘴里夺回青山。就在这时，一只狗从背后袭击了她，一口咬住她的右小腿肚。从梦中惊醒，她下意识地去摸右小腿的三头肌，那里完好无损，只是冒出一层疙瘩，像超市冰柜里的鸡腿。她原以为青山已被她格式化，清除得没有痕迹，谁知他仅仅是被冷冻，给点温度就复活。连着两个梦，使她无法安心留在珠海，她预感到有什么大事要发生，耳边时隐时现古槐不安的哗啦啦的沉吟。

白天在设计院，屁股像长了疖子。透过落地窗，越过情侣路，眼光一会儿在海面上漫游，看海中的一个个小岛，一条条豪华高速客轮；一会儿转向天空发呆，跟着空中的飞机从澳门直达天际，或是跟着海鸟迎风翻飞；一会儿又落到斜对面正热火朝天施工的港珠澳大桥。她的心像煲着的一锅老火靓汤。她曾想直接给青山打电话，可她的手机里没有青山的手机号码，也不知道他的号码换了没有。她下意识地拨着一组号码，拨第十一位时，手指尖的勇气散失殆尽，拨了四五次，就是第十一位数字拨不出去。她想给一个大学同学打电话问问。这个同学半个月前和女儿来珠海旅游，她开着宝马三天陪同，玩珠海，游长隆，吃海鲜，上海岛。大学时她们并不在一个系，仅仅是见面点点头的关系。然而不知为什么，那次一见面却像久别重逢的亲姐妹，想都没想，就紧紧拥抱在一起，演狗血电视剧一样，激动得热泪满面，说不完的话就像珠江水滔滔不绝。

事后，她问少志：咋就那么亲呢?

少志说：这就是同学。多年未谋面，连个电话都没有，远隔千山万水，但偶一见面，感情就像干柴遇到烈火。同学的关系不如亲情浓烈，却一直真实地铭刻心底。

在办公室熬煎了一上午，多次在联系人里翻到那个同学的名字，但最终没有拨出去。她想起在和这个同学相处的三天里，俩人谈了那么多同学，却一直没有触碰前夫刘青山。

吃过午饭，她来到老公办公室，陪喝了几杯工夫茶，随口问了句计划订哪天回蛇城的机票。吃晚饭时，她打开手机短信，让老公看南航客服预订成功的短信通知。

神清气爽的陈少志仍似往常一样，把吃饭当作看建筑图纸看歌剧看电影一样隆重。他眼里只有炖盅，拿着景德镇仿明细瓷勺，细细喝着太太精心煲的老火靓汤。往日的此时，九九会左手托着脸，歪着头，眯着眼，心满意足地欣赏老公喝汤的模样。老公的惬意就是对她最大的褒奖。今天，她这种心情让心头猝不及防的阵雨浇得七零八落。她身子往椅背上一靠，让眼睛在三段式孔雀吸顶灯上休息片刻，又回到老公有点谢顶的头上。她努力堆满一脸笑意，故作轻松地说：我要回蛇城。

他优雅地喝着汤。

她说：我想我们学校了，还有我们系楼前的那棵古槐树。

他喝完最后一勺汤。

再添点吗？她问。

当啷，勺子放进汤碗，他对妻子竖起大拇指：这靓汤的水平，满珠海没第二份。

两个人一时链接不上。

九九也没想到，和青山分手八年了，青山还能走进她梦里，还能让她如此魂不守舍，该死的冤家啊！

吃完饭，陈少志歪在沙发里看央视纪录频道重播的纪录片《大国重器》。九九也爱看这个节目。但今天她没看，收拾餐桌，刷锅洗碗，把多半袋厨余垃圾扔进楼道的垃圾箱，又把地仔仔细细拖了一遍。她抬手翻腕看表，刚好饭后一个小时。她又进厨房，打开冰箱，拿出两个新西兰产的黄金奇异果，用小刀切去一头，再拿两把小勺，递给老公一把小勺，一个黄金奇异果，另一个留给自己，然后偎着老公坐下，一边挖着吃，一边看电视。当电视右上角显示的时间到了十点半时，她便起身进厨房，打开电磁炉熬姜汤，准备给老公泡脚。姜汤泡脚，再加些山西老陈醋，是十分好的保健方法，能刺激足底穴位，增强各系统的新陈代谢，使人体放松，缓解疲劳，改善睡眠质量。还有保养肾脏、延缓衰老、延年益寿等多种功效。这是前夫刘青山教给她的。没离婚以前，青山每天不管搞业务回来得多晚，都要进厨房给她熬一锅姜汤泡脚。嫁给少志后，她每天晚上像前夫对她一样，熬一锅姜汤给少志泡脚，而且像前夫一样兴味盎然，乐此不疲。

上床后，陈少志说：想回蛇城就回吧，我也想念那棵古槐了，它不只是一棵古槐呀。

九九感激地给老公一吻，决堤的泪水糊了老公一脸。

当年她告诉少志她要和青山结婚时，就给过少志这么一吻。那是个下午，两人站在大学西门对面的马路边。少志面朝南，日光刺得他两眼迷离，头发在风中扶摇飘荡。她拿食指把垂柳的树皮抠出一个洞，终于说出要和青山结婚的事。

少志听后惨淡一笑，比哭还难看。

她准备接受少志一顿臭骂。

少志却满眼泪光地看着她说：我原打算咱俩结婚的。

她又抠掉一块树皮说：我清楚。

我以为你会嫁给我的……

我觉得青山更合适……

他看着她手指尖抠出的洞在不断扩大。他垂下眼帘瞧地，三接头皮鞋上落满浮尘；他抬起头望天，蓝格莹莹又高又远；他又转头看路边的垂柳，像她飘飘的秀发。他努力控制住自己，眼中挤出一汪笑来：祝福你们！

声音凄切得让九九想哭。

九九大学里的初恋是少志，可鬼使神差却嫁给了青山。后来在珠海的新婚之夜，她扑闪着丹凤眼问少志：那天，我告诉你我要嫁给青山，你不恨我吗？

二

小车驶过祥云桥，下了蛇城大街，向右进入滨河西路，又穿过唐风大街，左拐入洽洽西大街，他们的母校蛇城建筑大学，就坐落在美丽的洽洽河西畔。陈少志的家也在那里，他爸是大学教授。

西装革履神采飞扬的常务副校长王孟祥率领学校领导班子全体成员在门口迎接陈少志和王九九。

王孟祥副校长拉着陈少志的手说：学长啊，你是我们学校的骄傲。

梁春贤校长乐呵呵笑道：梁思成奖是中国建筑设计国家奖，不是谁想拿就能拿到的。

陈少志一双眼睛习惯性地眯着，对梁春贤校长和王孟祥副校长说：其实，建筑设计是门遗憾的行当。在充满激情的创作完成并等到建筑完工后，你会发现展现在眼前的建筑和你当初设计的预想有很大距离，或者说这时候你的理念已经升华。面对已有的成就，心里总有遗憾的。

梁校长说：深有同感。在各种场合，我经常会说一些言不由衷的场面话，其实骨子里我很焦虑。作为建筑大学的校长，每天抬头看着国内的建筑千城一面，照搬欧美小镇，照搬曼哈顿模式，大马路，大广场，天际线与CBD如出一辙，很多第一高楼拔地而起，还有很多奇奇怪怪的建筑，心里很不是滋味。

王副校长说：没办法。这是我们自身文化和身份的模糊和不确定，也是文化在觉醒和成熟的必经过程。

陈少志说：我们蛇城过去是一座美丽的大园林，有一种独特的精神和意境。现在我们在建筑质量、材料、技术、投资等诸多方面，一点不比西方差，在某种意义上还可以说已经超过了西方，但我们建筑界，没有产生有力的思想碰撞和文化影响。我们缺乏发展各类思潮，缺乏不断反思和提炼自身的文化价值。我经常想，我们这些搞建筑的，要了解自己的使命是什么，与众不同的地方在哪里。看懂自己后再做自己，明确责任感和使命感，付出热情，付诸行动。这几年，我渐渐有了自己的一套解决方案，准备在研讨会上拿出来和校友们分享。

梁校长非要亲自帮着把行李拎到房间。九九带的行李有点多，除了自用的一大包，还有孝敬公公婆婆的礼物，还有送给父母哥嫂侄儿的礼物，还有两件给青山父母的礼物。简单洗漱换装后，梁校长迫不及待地陪同他们参观大学100年的光辉历程图片展览。在教学和科研成果部分，陈少志获得梁思成奖的照片放在展览的突出位置。九九设计的获得鲁班奖的科技馆也有图片和文字介绍。梁校长把各种溢美之词，像精美的建筑构件一样，搭建九九的光辉形象。九九欣然接受。

对这个奖项她心安理得，虽然在设计中照搬了不少中国古建筑元素，但却赋予了它们时代的风格和国外的流行色，这就是她的匠心。正如少志所说的老祖宗传下来的东西，我们要把它当作一种语言来掌握，自然而然地从表达上、意境上突破古人提供的相对稳定的审美。她也承认自己的设计能够获得鲁班奖和老公的启发帮助分不开。那天，他们在茶室喝工夫茶，这个茶室是家里的一个特殊空间，是少志专门设计的，虽然面积不大，陈设也简单，但拥有极佳的视野和环境，强调与自然的关系及互动方式，客人、主人、茶道与建筑艺术的关系，十分适合独处。恰巧打台风，红色预警，他们没去上班，在茶室闲坐，无意中又开始探讨科技馆这一地标性建筑的设计。台风已过，雨渐渐小下来，落地窗外的青藤经过浣洗，旺成一片葱茏。少志凝视着雨的泼洒形成的状态，提醒她注意滴滴答答落在水面上击起涟漪的水滴，说你可以把这水滴之美用到你设计上。她便把少志的思路转化到建筑设计上，诞生了一个不追从任何潮流，不遵循哪一种风格，随性而为，自然得让人眼前一亮的作品。最终，在由十五名权威人士组成的评审委员会讨论方案时，她的设计方案获得十一票赞成，在招标中胜出。评审主任讲，在建筑竞赛中，一个方案能获得如此多的共识实属罕见。

梁春贤半拥着陈少志，对九九说：你们两口子功成名就，我羡慕你们啊。

有媒体追问陈少志获得梁思成奖感到幸福吗？

陈少志坦言没啥感觉。他说：我最幸福的就是和我太太一起享受设计带来的快乐。

九九若有所思，借口头有点晕，要回去歇息。

她的脚步回荡出土木工程系，眼前出现了那棵高大的古槐。她忽然打住脚步，啊了一声，嘴就再没合拢。她心像被捅了一刀，疼得直冒汗，双臂不由得抱在胸前，整个人像跌进数九寒冬的冰窟窿。古槐，她魂牵梦绕的古槐，此时背倚斜阳矗立着，她记忆中那遮天蔽日的绿云不见了，三根占据树冠大半边的一级侧枝已干枯，暗灰色的老皮爆裂脱落，几乎赤身裸体。北边最熟悉最健壮的那根侧枝完全让位给空气，残留的裂痕像烧炭。只有东边那根侧枝头上还罩着一如既往的绿云，不屈地向上浮动。三瓶营养液扎眼地吊在古槐身上。她绕着隆起地面一米多、占地十多平米的根部转了两圈。二十多个根瘤形状奇异，最大的有锅盖大，小的也有脸盆大，其中一个被学生们戏称为王母娘娘的子宫，被人好奇地不知摸了多少遍，摸得像铮光的黄铜。她和青山一起也摸过，青山祈求她生个和她一样漂亮的女儿，她却想生个像他一样的男孩。她抚摸着古槐，古槐哗啦啦一阵响，青山从她脑际划过。有校友围过来，上下打量九九，指指点点议论着。

九九迅速让自己淹没在人群中，目光在人群中搜索着。她在搜索青山，又不愿意承认在搜索他，依照他爱热闹的性格，这种场合不会缺席。在院里没搜索到他的信息，她想他也可能早就到了，此时正在土木工程系某个办公室和久别重逢的老同学聊得热火朝天。她的高跟鞋再次叩响土木工程系古老的水磨石地板，回响在二楼最后一个台阶上犹豫了一下，往右一拐进了女厕所。当年，就在女厕所门口，高大的青山一步一步把她逼到墙角，双手撑在她的两边，让她没有反抗余地。青山眼睛像兽，一排牙齿露出来，叫她浑身发软，脑中空白。

九九蹲在座便上，却没有便意，笑笑，从厕所出来。她软软地靠在当年青山“壁咚”她的墙角，眼前全是青山的坏笑，像数码照片一样清晰。

办公室副主任马玲看见她，拉住她的手，一阵连珠炮似的亲热，说本来要去机场接的，临上车却让梁校长轰了下来。没办法，她这个破主任还是个副的，没人干的没人管的，梁校长通通扔给了我，社畜一个。当马玲的目光移到她身上时，就粘在上面下不来了，不顾一切地翻开她的衣领看标签，惊叫道：老天呐，真的是香奈儿，永远的香奈儿！又将她拥到办公室，大声招呼办公室主任文娟，你不是没见过香奈儿嘛，今天让你开开眼。办公室里所有的人都围过来，众星捧月地把九九围在中间。她一副回家过年的样子，时尚前卫，又接地气，黄色中长款薄棉衣，黑色打底裤，脚蹬一双小红鞋。人们的目光又聚集到她手指上的10克拉钻戒上，问是不是咱们学长送的“鸽子蛋”婚戒。

是陈少志的来电解了九九的围，他已在梁校长的陪同下到了国际交流中心。国际交流中心过去叫思贤楼，在学校西北角，紧挨篮球场。大学最后一年的业余生活，因为青山的缘故，九九成了篮球队忠实的啦啦队员。她穿过清泽园，沿着宗复路，站在国际交流中心的电梯口。

陈少志又打来电话，问她在哪里，说系里晚上有欢迎晚宴，可那种场合，一参加就没钟点了，他想趁现在有空，先回一趟家，如何？

九九同意，说我就在楼下大堂里。

陈少志催促九九抓紧时间，冲个凉，换换衣服。

受家庭熏陶，少志与人会见，即使是和朋友和客户一起进餐都看得很重要。他喜欢先洗个澡，换上干净衣服，就像西方人去听歌剧一样，打扮得周吴郑王，很绅士，有仪式感。九九虽然不自在，常常偷工减料，但一直在努力适应，毕竟是陈少志的太太啊，毕竟在珠海啊，已与国际接轨。

建筑大学的接风宴在校园里的云海酒店举行，梁春贤校长简短地致欢迎辞后，大家举杯响应，按照蛇城的老规矩，连干三杯。干第三杯时，满桌子人都站起来，一起高呼“起三（起山）”。序幕拉开，梁校长想让陈少志和他一起走一圈，陈少志说你是老大。梁春贤哈哈大笑，这条老命要豁出去啊！他先给陈少志敬酒，为了表示敬重，努力把手中酒杯的杯沿低到陈少志酒杯下部。一圈酒敬下来，梁校长喝了至少半斤。

随后进入自由发挥，斗酒开始，宴会的气氛推向高潮。

瞄着九九恍惚的样子，陈少志有些心疼。他端着酒杯离开酒桌，和关系不错的杨教授勾肩搭背地来到一个角落，问今晚咋不见青山的面。杨教授诧异地看着陈少志，你不知道青山的事？陈少志摇摇头，杨教授叹口气简略地说了几句。陈少志大惊失色，当他的目光再投向九九时，九九已让一盘孜然羊肉串搅得待不住了，俩人的目光隔空相遇。九九给他使了个想走的眼色，陈少志便故意忽略隔着酒桌大嗓门叫着要和他喝酒的人，来到九九身边。九九扭身问马玲洗手间在哪，借机溜了出来。

大街亮如白昼，汽车排山倒海连绵不绝，希望大厦四个大字和那高高火柴盒大楼依然耸立在对面。过去，希望大厦的周围全是菜地，如今一条新矿院路，把整合后的北校区和南校区融到一起。四周已没有了当年的田园风光，举目一片高大威猛的水泥森林。九九借着人行道的绿灯穿过马路，她心里明明知道肯定找不见，但目光和脚步还是不由自主地要走向那家南方人开的麻辣店。接风宴端上来的孜然羊肉串，一下子把她的思绪拉回二十五年前。当年的麻辣店，就坐落在希望大厦和菜地之间路口的那棵高大的槐树下，正是这个麻辣店让她和青山走近了。那是店面刚开业的日子，几根露出白茬的杨树木头，几片黑油毡，两个汽油桶改造的煤炉，上面架着两口大铁锅，三张油腻腻的桌子。为了吸引顾客，店家推出一款当时蛇城还没有出现的麻辣羊肉串，十米长的广告吊在槐树头，透过教室的窗户看得清清楚楚：吃五串以上者免费。好多囊中羞涩、几个月闻不到荤味的大学生按捺不住对肉的渴望纷纷光顾，其中就有她。第一次她是硬拉着少志来的，看到好多同学当场飚泪，没有几个人能吃上五串，少志便拉她就要回去。她直抹嘴角的口水，少志只好依从她。轮到他们时，少志吃了半串就涕泪涟涟，要付钱走人。她却咬牙坚持要吃够五串。当时青山也在吃羊肉串，身高一米九三的他，像羊群里的骆驼，看到龇牙咧嘴的她，立刻竖起大拇指。她斜了青山一眼。青山挤过来说，我吃到第三串就觉得嘴肿成了木头。她认识青山，同一个系的，但不是一个班的。他多次想和她套近乎，她眼里却只有少志，对别的男人视而不见。青山在学校和少志一样也是名人。少志是以学业出名，分分秒秒在图书馆都能看到他的身影。青山则是打篮球出名，是校队的主力前锋，能双手灌篮，经常玩球玩到连篮筐都看不见。她听同宿舍的一个球迷说，青山的父亲是蛇城钢铁厂的工人，兄妹六个，一个背心能穿十年。那天青山看着她难受的样子，关切地说，实在不行就别硬吃，我替你付钱。她瞪了青山一眼，谁稀罕你付？吃完第四串，她又拿起第五串，发狠心挤着眼一口气吃下，达到了免费吃的标准。晚上肚子火烧火燎，喝了十二罐头瓶自来水。第二天，全班人都知道她吃了五串羊肉串。这天晚饭时，青山邀请她一起去享受。她清楚青山醉翁之意不在酒，犹豫了两次后，第三次没经受住诱惑，愉快地接受了青山的邀请。俩人像要把南方人的麻辣店吃塌一样，吃得涕泪交加，连呼过瘾。在青山鼓励下，她吃了十一串，他吃了十二串。之后有天，她和少志一起在图书馆写论文，青山训练完篮球又来请她出去吃羊肉串。她说没时间，青山说我给你买回来吃，便去买来二十串羊肉串。她分出一半给少志，少志看着直摇头。她做个鬼脸，招呼青山来到图书馆门口，左一口右一口吃得津津有味。

陈少志拧着眉头用唇语对她说，注意形象。

三

大街上车稀了，绿灯亮处，长时间看不到急匆匆的人影。丝丝凉意下来，把香奈儿衣服的保暖性剥夺到零。九九不得不打住走向洽洽河的脚步，回到云海酒店，钻进校方给她和陈少志安排的大套间。陈少志还没从接风晚宴上下来。进入四月，暖气刚停，乍暖还寒，房间的温度和室外的差别，仅仅是少了点料峭的小春风。九九从柜子里翻出被子，从头到脚一裹，窝在沙发里，直到暖和了，才把头从被子里钻出来。

多年前，在家里，她最爱看黄河电视台的《走进大戏台》栏目。她打开电视，找到黄河电视台，却没找到想看的栏目。她关了电视，拿起手机，刷微信，看抖音，观映客，赏熊猫直播，和爸妈视频，给小侄儿发红包。她问小侄儿，家门口的大槐树还好吗？小侄儿没反应。大槐树比她大一百多岁。那年，她爷爷的爷爷三十出头，挑着被卷和儿子，引着媳妇，逃荒来到中条山安家，盖好门楼那天，一身豪气的老祖宗和儿子一起栽下一棵槐树。因为山东老家的门前就有一棵槐树。槐树是怀祖的寄托，是祥瑞的象征，是幸福的祈求。她三岁时就抚摸着大槐树，想象爷爷的爷爷的模样。

耳朵不时收到敲门声，开门去瞭，走廊里却空空的。她盼望少志早点回来，她也知道少志早回来不了。老同学多年不见，要说的话比太行山的石头还多，比洽洽河水还长，即使少志想脱身，一帮子老同学也不会轻易放过他。校长梁春贤是晚宴名义上的老大，少志才是真正的主角，谁让他还是下届中国工程院院士的有力竞争者。

当年，少志是土木工程系的高才生，中等身材，一丝不苟的三七分头，鼻梁上架着金丝近视眼镜，透出的目光炯炯有神。她问过少志，少志回答说，他爷爷是个海归，虽然学的是理工，但受家庭文化熏陶，文科和人文方面的涉猎也极广泛。在爷爷影响下，他和他父亲一样，也爱看文学书籍，还学绘画，学摄影。他父亲的二胡演奏在蛇城无出其右，晋剧音乐所用乐器，像胡胡呀二股弦呀小三弦呀四股弦呀唢呐呀笛子呀，无不精通。少志是众多女学生心中的白马王子，他像许多才华横溢的人一样傲气十足，看人时喜欢居高临下，谁的话不对他胃口，就武师点穴一样直戳对方痛处。但他独独钟情她，反过来在她心里，他也是第一位的。有次夏日黄昏，两个人坐在清泽园的古槐下，看西天奔放的火烧云。

她说：能做你女朋友的女孩，一定很幸福啊。

少志说：这个幸福只属于你。

她不再看火烧云看少志，进一步逼他表白：咱们学校也有比我漂亮的女生，你为啥偏喜欢我？

少志老实地承认：我对你是一见钟情。我第一眼看见你就有感觉，就像看见希腊阿提密斯神殿、巴比伦空中花园、尼日尔河谷的宝石杰内古城、法国的埃菲尔铁塔、英国的大本钟、北京的紫禁城。

她心乐得比火烧云还灿烂，嘴里却说：哇，我在你眼里就是这些呀？

少志像欣赏一部建筑设计作品一样欣赏她。二十岁生日那天，她想制造一个二人世界，少志便把她领到解放路大南门的蛇城面食馆，吃有名的过油肉、烧卖、四喜丸子、刀削面。那天，少志还特地要了一瓶高粱白酒，两个人喝了一瓶。喝了酒，少志的话明显多了，金丝眼镜后面的眼珠子挂在她脸上。九九，我欣赏你的眼睛，和大眼睛美女比起来，你的眼睛是有些小，但长眉细目，有神、秀气、耐看，微笑中透出自信、超脱，还带点野性，像云冈石窟的露天大佛，能进入世界艺术宝库。

她听得面如桃花，深情地看着自己的白马王子。当他俩坐着5路电车回到学校，相拥着坐在古槐下时，她听到自己的心脏和古槐一起咚咚地跳动。她忍不住舔嘴唇，向他抛媚眼。她感到身边的他因激动而颤抖。她的右脸颊已感受到灼热呼吸的冲击，准备接受他激昂的进攻。

她等了一万年，他却问她冷不冷。浑身发烫的她，上下牙齿打战地回答，冷！

她眼光向上一闪，瞪得大大的，眨都不眨地期待着。

他却说：时间不早了，咱们去图书馆吧。

她想扑上去咬他。

她记得，大二那年五一节时，她想去晋祠逛逛，顺便看看鱼沼飞梁这座建于宋代的立交桥，但少志上个星期就和刘教授约好了去请教些问题。她把他的胳膊快要摇断了，他还是没有答应改天再去请教刘教授。少志从口袋里掏出自行车钥匙给了她，她说，人家就是想和你一起去嘛。少志安慰她，你去晋祠目的就是玩，目的达到就行了。她说，我没去过晋祠，不知道路咋走。正在这时，少志看见青山手指顶着篮球玩转，便喊青山陪她去。就这样，青山骑着少志的自行车，带着她直奔晋祠。两人玩得很开心。青山说，我怎么看你都像个小孩子。她说，我长在农村，喜欢田野的自然风光，你是城里人，不懂我们乡下人。他们坐在傅山当年隐居的云陶洞俯瞰全园。她把下巴支在膝盖上说，在城里头周围都是楼房，人车川流不息，感觉就像装在一个罐头瓶里。我很留恋农村的自在，还有我家门前的大槐树。

五一节过后的第三个星期天，她还赖在被窝里睡懒觉，青山就推着一辆半旧的自行车在女生宿舍楼下喊她。她知道青山家不富裕，买不起自行车，便追问他自行车哪来的，青山开头说是从胜利桥的自由市场上买的。她不相信。在她目光的逼视下，青山最后承认是偷来的，目的是讨好她，每天能带着她去野外玩。青山跟她解释，这辆自行车就扔在动物园门口，没有支架，斜靠在一棵大柳树上。他注意它两个星期了，一直没人动过。她被青山的行为感动得热泪盈眶。为了遮掩盗窃行为，她还给青山出了个主意，把他偷来的自行车和少志的自行车重新组装一下，这样就谁也不会认出来了。青山拍拍重新组装的自行车座，对她说这就是咱俩的爱情专车。她剜了青山一眼，谁稀罕你？我的白马王子是陈少志。但青山并没有灰心，见缝插针地接触她。她单独时，他就邀请她一起去野外玩，由他带着去兜风。青山骑自行车的技术很高，能撒开双手骑，伸展的双臂像飞翔的鹰。他们在田野上疯玩，逮蚂蚱，打水仗，掏鸟窝，直到精疲力竭，浑身脏兮兮的。

四

十点半，陈少志还没回来，九九估计可能被同学胁迫着去桑拿了，或是去打麻将、斗地主。现在的男人都这样，个个精力过剩，不玩得乌烟瘴气不歇心。

九九刷了几个小时的手机，心情还是没安定下来。她又打开电脑，看好友张益教授给她推荐的日本建筑师川崎清教授的一堂讲座，体会建筑是凝固的音乐，理解建筑的精神、气质、神采，想借此让自己进入无我境界。她没能做到，脑海变成了荒原。她无奈地合上电脑去冲凉，冲完凉又拉开窗帘看夜色，却看到了一片辉煌，斜对面两栋中海高楼在半天空玩灯光秀。她看国际交流中心旁边那座玻璃楼，痴痴地看了一会儿，竟然从玻璃上看到了古槐。她想起刘欣出生那年，学校第一次过圣诞节，圣诞树选择的就是古槐，那晚的古槐辉煌得让她晕眩。她又想起来，那年圣诞节上，青山买了手机，手机号码一直用到两人离婚。离婚后，她第一时间把青山的手机号删除了，连记手机号的本本都撕成条，用煤气炉烧成灰。她没想到那手机号早刻在心头，始终无法抹去。

她不由得又拿起手机，下意识地拨出那11位数字，按下了通话键，电话居然意想不到地通了。她突然盼望话筒里传来“你拨打的电话是空号”的语音提示，手机里却响起《梁祝》轻柔的弦乐。她全身战栗，想挂了电话，手却不听使唤。她怔怔地看着显示屏，终于《梁祝》缓缓飘出窗外，也没人接电话。她长出一口气，擦擦额头沁出的一层细汗，把身子软软地放进沙发。可过了一分钟，两眼抵挡不住诱惑，又瞄向手机，看着天花板想了片刻，又按下重拨键，长笛又奏出《梁祝》华彩的旋律，春光明媚鸟语花香的景象潺潺流淌。但那头还是不接电话，任弦乐独舞。她恍然大悟，她的手机是珠海的，青山一看来电显示，就能猜到是她。她便放下手机，从床头柜上拉过座机打过去，里面又是一阵《梁祝》的重复，但还是没人接。

夹在少志和青山中间，她熬煎、纠结了一年零三个月。她曾想，她如果是女娲，会把少志和青山两个人捏成一个。无奈现实和梦想，总是银河星汉。和少志在一起时，她自觉不自觉地就收敛起性子，变成一个矜持、傲娇、很有思想的女人，手捧一本精装厚书，和少志面对面地品味。和青山在一起，她就像一只放到山坡上天真、调皮的羔羊，撒开蹄子狂欢，想笑就笑得花枝乱颤，想哭就哭得稀里哗啦。

少志家和青山家她都去过。她觉得知识分子家庭相对保守、矫情，少志家满屋子飘着学术、气质、眼界的气息，就连吃饭也像建筑设计一样，讲究结构、气场、礼仪、细节，让她备感局促、压力。青山家却豁达得多，有江湖气，有强度，也有韧性，扛得住人生艰辛，苦难在他们眼里就是生活里的调味品。他们活得自然、放松、随性，早饭能吃到中午，午饭能吃到半夜。

也记不得是从哪天开始，她和青山在一起的时间渐渐多起来。少志钻进图书馆苦读的时候，青山邀她进入他的朋友圈子，都是一些从小玩大的城里人，一起袒胸裸背，吃饭、喝酒、骂人、吹牛，跑到路边撩女人。

青山经常骑自行车带着她，穿行在蛇城2500多年的古道上，游天龙山、太山、龙山、蒙山、崛围山、永祚寺、纯阳宫、崇善寺、湖泊、森林、温泉、溶洞、峡谷、河流，呼吸山林里的清新空气，聆听鸟儿动听的歌声。他俩去得最多的地方是洽洽河边，一翻过长长的河堤，喧嚣的蛇城就消失到天际，只剩下二人世界。灌木丛和杂草从河堤一直延伸到河里，往北能看见钢厂的高炉冒着浓烟；往东是一片棋盘一样的平房和点缀其间的湖泊、公园，间或有一栋两栋楼房旗杆一样高高飘扬；往西是母校，周围一片淡蓝色的氤氲，像神话中的蓬莱仙境。

大学夺得全省高校篮球赛冠军那天，她和青山的关系发生根本性变化。跟着青山参加完在古槐下举行的庆功会，他们偷偷地溜到洽洽河边。西沉的日头发出橙色的余晖，河水闪烁着粼粼金光，凉气和暮霭从河滩升起。青山脱下两只球鞋，并排放好，让她坐着。两人一直把河水的金光看成银光，东山西山完全融入夜色。露水泛起，她感到丝丝凉意，身子不自觉地往青山身边靠靠，胳膊碰到了青山的胳膊，感到青山的胳膊炭火一样。突然青山拉了她一把，她便倒在青山怀里。那晚她没有回校舍，跟着青山跑到张倩家，让张倩去同学家借宿。第二天早上，青山骂自己不是人，恳求她原谅。她问原谅啥。

青山觉得对不起少志，躲着少志。

毕业后，少志留校当老师，她分配到化工设计院，青山进了省篮球队。照毕业照的时候，少志请她再慎重考虑考虑，她说就这样吧。

她没告诉少志，她已经怀孕啦。不过，当时她也没告诉青山，是在一个星期后，在古槐下抚摸着黄铜一样铮光的王母娘娘子宫才告诉青山的，她想生一个和他一模一样的男孩。

这天的饭，青山做的是陈醋花生米、醋渍黄瓜、醋熘白菜、糖醋排骨、醋熘土豆丝。酸儿辣女嘛。

她爸喜欢少志，不同意她和青山的婚事，用笤帚敲她的头。妈支持她嫁给青山，说选男人就要选疼你的。还说，我看出来了，青山是真喜欢你。想知道男人爱不爱你，别用耳朵听，要用眼睛看，看他付出多少。想知道适合不适合，别问他有什么，只要看你的笑多还是泪多。

过完蜜月，两个人口袋里只剩下十块钱，脸现难色的青山把全部积蓄交给她，然后将她搂在怀里，发誓一定给她幸福，一定挣好多好多钱，家里的锅碗瓢盆都盛不下。青山说，从喜欢上她的第一天起，她就是他的全部，她是地球，他是月亮，她的笑脸就是他的好心情。服侍好她是他的终身事业，只要他在家，所有家务就归他。

青山手指柔柔地抚摸着她，她享受着他的抚摸。爱到高潮时，她狠命地咬青山胸部，过后又心疼地问疼吗。他说，不疼。有时还会说，你再咬一口。

有一天，她想起结婚后还没见过少志，便给学校土木工程系办公室打电话，接电话的人说少志辞职去了南方。

青山风雨无阻地骑自行车接送她上下班，回到家就拉开楼道里的煤炉子通风口，刀削面、刀拨面、搓鱼鱼、推窝窝、猫耳朵、剔尖、拉面，高粱面、豆面、荞面、莜面、糕面、玉米面，蒸、煎、炒、烤、烩变着法做。睡前打热水给她泡脚，进行足底按摩。

她曾笑着问：你怎么会对我这么好？

他双手捧着她的脚说：你拿自己的一生幸福做赌注，我怎么舍得让你输？

为了过上好日子，俩人开始想方设法挣钱，他们背着单位以青山妈的名义开了个杂货店，第三年就在漪汾苑买了套商品房。乔迁新居那天，一帮子朋友庆祝乔迁喝酒暖家，其中一个朋友喝多了，抱住她就亲。青山拎起酒瓶差点把那个朋友的脑袋开了瓢，从此再也没在家请朋友喝过酒。

五

她杀了刘青山！

日头红光光，空气凉飕飕，人群似潮涌。她和少志坐着宝马750Li到斗门看正月十五闹红火。这里最具特色的社火是飘色，飘就是姿态轻盈地飘在半空，色就是飘于半空的俊眉秀眼的童男童女。少志对她说，这个社火咱们老家也有，晋源叫背棍，清徐叫铁棍，晋南叫抬阁。

一阵惊天动地的锣鼓响，引出锣鼓柜，后面立大红幡，上书“仕林祭塔”。大汉们抬着彩色木箱，上面竖一根铁杆，铁杆上有枝旁逸斜出，凌空站着一个小人儿，当地人称为色仔、色女，是整个飘色的灵魂。一身古装扮相，悠然地挥着水袖，飘然若仙。飘色队伍一眼望不到头，斗门数十个村子一起出动，都使出了浑身解数晃晃地暗中较劲，希望自己的飘色最精彩。

她想上洗手间，挤出人群四处寻找，就见一条砂石小道从黄杨山上款款铺来。路下是滚滚的黄杨河，路边是龙凤翱翔，路尽头有个琉璃造就的去处，细一看上书女化妆间四个颜体大字。珠海就这样，把厕所建成五星级宾馆。化妆间奇大，里面有山，要解手，需到山顶。山顶上，滚红霓，喷紫雾，好不容易找到可以解手的坐便器，却听背后一阵风响，青山从风中窜出，抱住了她。他唱道：想亲亲想得我心花花花乱，煮饺子下了一锅山药蛋。想你呀想你实个在在想你，三天我没吃了一颗颗颗米……唱着唱着，青山就把她放倒，我都十年没挨过你了，好辛苦啊。她拼命挣扎，大骂青山你有了张倩那个骚货还不知足？青山说我最爱的还是你。她呵斥青山松手，她已是陈少志的太太。青山却越抱越紧，她便火山爆发了，一巴掌出去，青山就像一片手纸飞出去，啊啊叫着，掉落到风车山崖下。山崖下是波涛汹涌的大海……

九九毛骨悚然地坐起来，身旁的床铺仍空着，少志还没回来。看看表，已是凌晨一点半。她擦把额头的细汗，起身到茶几上拿起一瓶矿泉水，一饮而尽。又回到床上躺下来，满眼都是青山被海浪吞没的镜头。她又下床，把套间里外的灯一一打开，用被子把自个裹成粽子，坐着发了一会儿呆，伸手取过电脑打开，对她准备的建筑理论研讨会上的发言稿《真诚的建筑》再次润色，一边等老公回来。她的发言安排在研讨会最后。她在发言中提出建筑如人，不同的建筑与不同的人在不同的时间、地域共同演绎着不同的故事。静态的建筑因与人类的共生互动，以及设计者的赋予便也有了心与情，如教堂的神圣庄严，办公楼的严肃冷峻，标志性建筑的张扬，住宅的亲和……

直到凌晨三点，少志才摇晃着回来，大着舌头手舞足蹈地讲述酒桌上的趣事，说这样的宴会多年没体会过了。从各方反馈的信息看，一共喝倒三十七个，四个当场就钻进酒店的洗手间出不来，六个吐在回家的出租车上，五个抱着手机不放，大煲电话粥。剩余的也差不多二了。以前总觉得副校长王孟祥人模狗样的正人君子一个，谁承想一沾酒就乱了，整个一个大玩闹。你记得不记得，他当年留校，咱们的老王主任不同意？这家伙到现在还记着仇，拿着分酒器要和王主任拼酒。王主任一大把年纪哪承受得了，他就扑通跪在地上，死皮赖脸给王主任敬酒，硬逼着王主任和他连干三下，把王主任当场干到桌子底下。后来，为逼别人喝酒，他又如法炮制，最后自己也喝得找不着北了，哭着闹着要跳脱衣舞。还有梁春贤校长也喝多了，一手拿着酒杯，一手端着分酒器，逢人就高叫干一个。他是校长，他要喝别人只能奉陪。喝到后来，找不到对手，就对着柱子“先干为敬”。文主任想上前扶一把，人还没到跟前，梁校长就往后一仰，咚地倒地，现场惊叫声一片，有人急叫着送医院。听到要送医院，梁校长一个鲤鱼打挺站起来，喊叫着我没事，话音未落，又咚的一声倒地。我怕出了人命，赶紧打120。梁校长听见打120，又呼噜一声站起，大手一挥，没事，我没事，不用送医院。

第二天，陈少志睡到九点才醒来，看到窗帘缝里泻进裹着春天的阳光，房间里因几缕阳光而明亮。他瞪着眼睛听了一会儿，没捕捉到九九的气息。他来到外间，见九九还在沙发上，裹着被子，像一尊风吹雨打过的石雕。

陈少志拍拍九九的肩膀。九九脸上蒙着一层灰。

他心疼地问：身体不舒服?

她黑着眼圈说：昨晚我做了个噩梦，我把他给杀了。

谁?

青山。

少志在九九身旁坐下，想用不用把杨教授的话转告给太太。

九九咬咬嘴唇说：我是第二次杀青山了。第一次是在青山和我闹离婚的那天晚上，我实在是气疯了，半夜起来，把门窗全部关严实，打开煤气罐，又回到床上躺下，准备和他同归于尽。

结果呢?

你都看见了。

陈少志想缓解一下紧张气氛，笑着说：我就说么，好人会有好报，阎王爷不会那么早就让我家九九去报到。

九九说：不是阎王爷不要我，是煤气罐气残了。

她告诉少志，昨晚她给青山打过电话，青山一直没接。

陈少志摸摸九九的额头，又摸摸自己的额头，都不发烧。

九九滑开手机点击记录，昨天一栏里有青山的手机号码，轻轻一点又拨出去，然后按下免提键。一支长笛在手机里吹奏起华彩旋律，接着双簧管以柔和抒情的曲调，展示出一幅风和日丽、春光明媚、百花盛开的画面。《梁祝》余音在房顶缭绕，就是没人接电话。

陈少志目光飘忽地问：这个号码是不是电信部门给别人用了?

这时有人敲门，陈少志打开门，进来的是文娟。她莞尔一笑：梁校长问你们昨晚休息好了没有，叫我过来看看。

陈少志看一下表，哎哟一声，开会时间快到了。他一边系领带，一边对文娟说：九九身体不舒服，上午的会她不参加了。

文娟拉着九九的手说：我就说嘛，一进门就看见你脸色有点憔悴，我一会儿陪你去医院看看吧。

九九说：谢谢，不用啦，我这是老毛病，歇会儿就好。

陈少志走后，九九更加心神不宁，她感到古槐在发抖，惊恐青山要出事。她的眼前一直闪现着昨晚的画面，乌云翻滚，路边的槐树、柳树、银杏树疯狂地呼啸。她手提纪梵希包包，身穿点缀着南美栗鼠皮毛镶边与提花丝绸的水貂时装，在大街上气喘吁吁地奔跑，青山就在她前面，却怎么也追不上。她挥舞着手，大声呼喊着，声音被风撕成碎片。青山在前面一会儿撒腿跑，一会儿回头嘲笑她。她又气又急又绝望，弯腰脱下克里斯提·鲁布托高跟鞋，带着呼啸砸向青山，高跟鞋的鞋跟正中青山太阳穴。

青山轰然倒地，鲜血喷向天空，把乌云都染红了。槐树、柳树、银杏树停止呼啸，天地一片死寂。

她连连摇头，安慰自己这是做梦。她用颤抖的手指给青山打电话，拨出去十多次，也没人接。恍惚中，她想起了那个小三张倩，她打114查出张倩工作的医院总机，又拨分机号到外科医生办公室。接电话的是个男生，说张倩正在做手术，手术后给她回电话。

等待中，九九又想起老家门前的大槐树，她给侄儿发微信，让拍张大槐树的照片发过来。侄儿回复说，大槐树早让他爸卖了，老家一带的老槐树可值钱啦。她说再缺钱也不该卖啊，那是祖宗留下的。侄儿说，现在自己都管不了，谁还管祖宗。侄儿还说，老家不光是卖老树，凡是有点年头的东西，像老榆木、老门墩、老石鼓、老门脸、老家具，甚至祖宗牌位，都有人卖，也有人买。

九九的心一阵狂跳，她突然担心古槐也给卖掉。她跑到楼下，来到古槐树下，古槐一如既往地跟她哗啦啦打招呼。她目光抚摩着古槐，突然古槐干枯的大半个身子猛地一抖，她的手机就响了，来电显示是青山的电话。但电话里响起的是女音：你好，是王九九吧？

你好，我是王九九。

我是张倩。

青山的手机咋在你手里？

青山这个手机一直在我手里，就在等你的电话。

啥意思？

今天早上《黄河新闻》里有你母校校庆的消息，《蛇城晨报》登了对你的采访。你现在过得很不错啊。

还算可以，刘欣也长大了，在美国留学。你们的孩子也七八岁了吧？

咱们能不能见个面？

好的，你带上青山，咱一起吃个饭。我老公也出席。

今天我值班，后天行不行?

行啊，我们加个微信，我订好饭店微信发给你。

放下手机，九九听见肚子叫起来，她想吃一碗青山做的刀削面，再来一碗荞面灌肠。她一个人跑回婆家，婆婆的刀削面做得一般般，但荞面灌肠做得绝了，吃罢口有余香。

第二天，按照事先安排，陈少志陪九九回老家看望岳父母。九九心情不好，便改变行程，梁校长派文主任陪九九去看五台山佛光寺大殿和南禅寺大殿。

徜徉在雄伟大方、梁架精巧、结构严密、历经数百年风雨侵蚀和N次地震的冲击至今完好无损的古建筑中，九九的心灵再次被震撼，难怪它们被梁思成誉为中国建筑第一瑰宝啊！深远的出檐，反翘的屋角，沉重庞大但却轻巧灵动的屋顶，在阳光下，在微风中，被一种神秘包围着，气定神闲地俯瞰着人间，把永恒的艺术灌进历史的沙漏。

九九陶醉其中，与它们融为一体，思绪地阔天长。

六

两只喜鹊站在古槐伸向蓝天的枝梢上，歪头俯视着亲切交谈的王九九和马玲。马玲一个劲地喊累，说忙得乱套了，但再忙再乱她也不会忘记帮九九在浛浛河小院饭店订包间，是罗贯中包间。她对九九说：这家饭店好好火爆，是一个学生家开的，会给你一个满意的优惠。

九九把请青山和张倩吃饭的事告诉少志，他嘴唇有些发抖地说：你联系上啦?

九九说：张倩打过来的。

陈少志喉结上下动了动：梁校长临时加了个活动，我就不陪你去啦。

陈少志并没有马上出去，他靠在沙发上，怔怔地看太太化妆，眼圈渐渐泛红了。

性感湿发露出光洁的额头，精致羽扇睫妆点的眼眸，粉紫色唇蜜打造的美唇，陈少志轻轻走过去搂住九九，脸贴着脸说：你让我的海贝楼焕发新的活力啊。海贝楼是陈少志刚设计完成的一座高档酒店，晶莹剔透的主楼，斑斓多姿的裙楼，纵横交错的幽廊，小巧玲珑的凉亭，美丽雕花的水榭，像一串动感极强的音符有机和谐地组成一个建筑群，弹奏着流畅优美轻盈舒展的韵律，色彩浓郁的岭南文化在这里回肠荡气。评委们给出评价：海贝楼与情侣路珠联璧合。

九九认识青山一个星期，就认识了张倩。青山的父亲和张倩的父亲是战友，参加过抗美援朝，后来都安排到钢厂，不同的是青山的父亲没文化，退休时还是个工人，张倩父亲是从大学历史系直接参军的，一路飞黄腾达，当过市委副书记。她和张倩第一次见面是在动物园，后来改名叫龙潭公园，在蛇城旧城的西北角，过去是蛇城最大的积水湖，积水湖分两片，南面的叫西泽河，北面的叫黑龙潭。青山家就住在动物园东面的城坊街，以前街两侧是一溜四合院，每个院子住着三五户人家。路尽头有个厕所，男厕所里有个洞。这里的小孩们上动物园从不买票，都是从男厕所那个洞钻过去的，过了洞就是黑龙潭。春夏秋三季，可以划船、钓鱼、捞虾米，冬天是天然的滑冰场。青山说，那个洞被动物园的人堵过好多次，开头是用酸枣刺堵，结果酸枣刺让街坊拿回家当柴烧了。后来他们又用砖堵，砖又被搬回家砌了厨房或杂物间。

青山教九九滑冰，碰上了花枝招展的张倩。

九九看张倩，就像瞄一座混搭错了的积木建筑。

青山向九九介绍张倩，说是他的发小，刚上医学院。

看着俩人亲昵的眼神，九九像吃刀削面放多了醋。

她看见张倩的冰鞋和自己的不一样，她的冰鞋刀架长，张倩的冰鞋刀架短，而且冰刀的前端还有一小段趾齿，很俏。她悄悄问青山，青山说你穿的是速滑鞋，她穿的是花样滑冰鞋。她说，我也要花样滑冰鞋。青山说，等你学会了滑冰，我到哈尔滨给你买一双比她的还好的花样滑冰鞋。

青山扶着九九下了冰场。

九九喝醉酒走钢丝一般，左摇右晃，前俯后仰，青山不架就站不住。她手忙脚乱连羞带急，满脸通红地说，自己是颐和园内谐趣园中的饮绿水榭，没梁没柱。张倩在一旁手托着膝盖笑得直不起腰。青山耐心地给九九讲解滑冰要领，解释滑冰的梁柱需要时间来搭建。在青山的辅导下，九九学了一个半小时，总算能在冰面站稳了。她喊累，要歇歇。青山扶着她找个冻在湖里的半截树干，顺便脱下大棉袄给她垫上。张倩喊青山过去，俩人手牵手，像燕子贴着冰面快速滑行，动作协调，舞蹈一样。九九抽抽鼻子，扭过脸看别人滑冰。此后，九九不仅再不去滑冰，而且凡是有张倩出现的场合，她就拒绝参加。青山说，你也太小气了吧？九九嘟着嘴掐青山，直到他讨饶。

九九没想到，多年后青山竟为张倩和她闹离婚。

那天下班后，她在化工设计院门口等了半天也不见青山来接她，只好自己坐公交回家。她先进厨房，厨房里干干净净的。等到八点，青山还没回来，儿子饿得直叫唤，她只好打开冰箱，把中午的剩饭热热吃。十点钟，青山仍没回来。她安顿儿子睡下后，看无声电视等青山。直到十一点钟，青山才回来，一身疲惫。他啥也没说，就进了厨房。她听见自来水的声音，知道是青山在为她熬姜汤准备泡脚。按常规，青山坐上水后会出来，陪她看会儿电视，那晚却迟迟不出来。她也没往深处想。不知过了多久，青山把泡脚水放在她面前，帮她脱掉袜子，又试试水温，把她的脚放进去。青山弓着身，用手摸索着拉过一个马扎坐下，轻声说我有话对你说。

她眼睛依旧粘在电视上，问啥事。

青山只看着她水里泡着的脚，说我有外遇了。

她扑哧笑了。

青山说真的，我不骗你。

她收回目光，看着他的头顶一愣。

青山仰起头来，一副咬牙切齿的样子：我要离婚！

你开啥玩笑？

我要离婚！

别烦我，滚一边去。

我要离婚！

她就像遭遇十三级地震，一阵慌乱后，感到一种莫大的羞辱。她将两只脚从盆里拿出来，霍地端起一盆洗脚水浇到青山头上。

青山坐在马扎上一动未动，过了片刻站起来，对着地面说，这是我最后的决定。说完掉转头离开家，咚咚咚的脚步声消失在楼道里，过一会儿听到楼下楼门咔嗒一开，接着又砰的一声关上。

她歪在沙发上哭了，不知哭了多久睡着了。大概是后半夜吧，青山又回来了，他想把她放到床上去，轻轻地抱起她。她被抱醒来，一脚把他踹到一边。他进了厨房，好一会儿过去了，也没回来。她心生怜悯，拎件衣服给他送去。他坐厨房的小马扎上，头夹在两腿间。

她追问，她是谁？

张倩。

为啥要离婚？

再喜欢的菜连吃一百次也会腻。

有半个月的时间，她吃不好睡不好，体重掉了二十多斤。她想约他去野外，去洽洽河边，去恋爱时约会的每一个地方。青山却一个星期没回家，她跑到单位去找，青山比高原氧气还稀薄，就是躲着不见她。

绝望的她回到家中，知道他们的婚姻已走到尽头，已经成了项羽手中的阿房宫，被烧掉是注定的了。青山不但要离婚，还把她扔到两千公里之外的珠海。他明白地告诉她，他已告诉少志他们要离婚。青山说，我知道少志阔气的办公室里，只有两个女人的照片，一张是他母亲的，一张就是你的。便当着她的面，拨通了少志的电话，亲自证实。最后青山和她达成离婚协议，房子和家里的存款全归她，儿子监护权也归她，姓刘姓王，随她的便。

七

研讨会在国际交流中心报告大厅举行，梁春贤校长主持，陈少志做主题演讲，他一针见血地指出我们的建筑师忽视理论研究，重视实操性，缺乏创见性的普遍性。他说，理论，其实是行业内最高等的公关手段。理论承载着价值观念，一旦成功输出观念，项目便是博观而约取，厚积而薄发。他举“小街区、密路网”理念的成功推广，让SOM获得大量城市设计的订单作例证，又谈到TOD和站城一体化，让日建等一批外企渗透介入我国的交通建筑项目。他痛心地说，反观我们的建筑设计企业，针对我们自己的城市建设，没有哪家能够拿出类似的简洁而又具思辨的设计理念，打开项目汇报的PPT，引述的都是别人的观点，喊的也是别人的口号。再不就是案例堆砌，试图通过“归纳”寻找结论，而“归纳”这一方法在逻辑上本身就缺乏说服力。更甚者，为了坐实自己当地设计院身份，以研究我们国家建筑设计规范上的漏洞为乐事，结果，乏力的理论如同以小米加步枪对抗老外的核武器。

九九没有参加研讨会，她的发言改成书面形式。她一个人来到浛洸河小院饭店。

率性自然的浛洸河被格式化，一条人行步道把大河一分为二，东侧由橡胶坝拦截形成蓄水湖面，水面上建有音乐喷泉、大型雕像、鸟岛、绿洲，不时有天鹅、野鸭、喜鹊飞来飞去。西侧是弯弯的河水，闪着亮光，在铺天盖地的水生植物和芦苇中穿行。两岸种植着各种乔木、灌木、草坪、花卉，组成绿色长廊，依水造景，依绿设景。

小院饭店坐落在河西岸，面积不大，几畦黍谷，几垄菜蔬，一套石碾，三个石槽，一座仿唐大门楼，两排马上封侯的青石拴马桩，一道藤条编篱笆，七八幢明清民间小屋，颇具建筑特色和田园情趣。马玲不愧是学建筑的，眼光毒辣，九九第一眼看后心里就舒坦。

她来到罗贯中包间，青山和张倩还没来。她无意中看见窗外有棵槐树，探出头去也看不到顶，和她老家那棵老槐树一样高大。会不会是自家的那棵老槐树卖到蛇城了？她跑出去，又是看又是摸，像又不全像，摸不到儿时的亲切，更摸不到那带着爷爷的爷爷的一百多年的沧桑感。

她凝视良久，直到服务员隔窗问她喝啥茶，她才回到罗贯中包间。喝着服务员倒的荞麦茶，她顺手接过菜谱来翻了几下，饭店主打粤菜。她想吃过油肉，服务员说我们是高档饭店，没有过油肉。

过油肉，让她鼻子前涌起阵阵浓香，嘴里口水泛滥，窃笑自己像儿子小时候一样嘴馋。

过油肉是蛇城最出名的传统特色菜肴之一，曾为了让她吃好过油肉，青山还专门到晋阳饭店拜过师。青山做的过油肉，色泽金黄，味道咸鲜，质感细嫩。除了学来的，青山自己还琢磨出几种拿手的过油肉，如用猪通脊和鸡脯肉做的红白过油肉，如用辽参做的海参过油肉，还有玉米面过油肉、土豆过油肉，风味各异，既可佐酒当菜吃，又能用来当调和拌面。

她和青山结婚后，青山就不再八股地给她送花送衣服，而是扎扎实实地做家务，说女人下厨房是为了过日子，男人下厨房是为了找乐子。

她说：咱俩在家，你做饭是必须的，有外人来我做。

青山摇头：那不行。

她说：你不怕丢人？

青山说：伺候自己的老婆丢啥人？

青山爱下厨房，做饭时的举止很有生活气息，在蜂窝煤炉上炒肉调和，在翻滚的热水锅前剔尖削面，一招一式动作优美，兴致满满的。

回忆中的九九耳边突然咔嚓一声，是古槐树枝断裂的声音，刺得心尖疼。有人在敲门，敲了两声进来，进来的是一个中年妇女，中年妇女直视着她，柔声问你是九九吧。

我是。啊，张倩！

九九的指尖放进张倩的手心轻轻触碰，她往张倩后面瞄一眼，问青山呢。

他来不了啦。

你小气啊。

我没那么大的统治力。

九九指着桌上的酒说：今天，我特地给他点了一瓶50年的汾酒，看来是白点了。不过，吃过饭你可以给他带回去。

九九招呼张倩坐下，又喊服务员撤下一套餐具。

张倩微笑着拦住了。

菜很快就上来了。

九九对张倩说，我也没征求你的意见，就大包大揽把菜点了，不知合不合你的口味？说着让服务员拿来菜牌，让张倩点几个自己爱吃的。

张倩摆摆手：我对吃向来马虎。

九九说：我倒是想吃咱们蛇城的过油肉。

服务员要倒酒，张倩捂住酒杯，对九九说：不好意思，我向来不喝酒，你介意吗？

九九说：饮一杯有事吧？

我就喝点苏打水吧。

那随你意好了。

我曾听青山说你挺能喝的，是吧？

也不是。他爱喝酒，我偶尔陪他喝一杯。

张倩让服务员给青山位子上的酒杯斟满酒。

九九一愣，眉耸起来，直视着张倩。

张倩平静似水。

九九端起茶杯：你喝苏打水，我以茶代酒，敬你和青山。来！

九九注意到张倩和她碰杯后，还特地和青山的酒杯碰了一下。

她请张倩吃菜。

张倩先把四个凉菜每样给青山位子前的碟子里夹一些。

九九调侃道：真是关怀到家了。你跟着青山学了不少吧？

张倩问：啥？

九九说：青山是不是也这样对待你？

张倩不自在地笑笑。

九九问：你们过得还好？

张倩说：还行。

九九说：你在医院当主任，青山应该把家务都承包了吧？

张倩愣了一下，随即噢噢地点头应是。

张倩接着说：你们珠海空气很好，一年四季都优，很适合人居住。

九九又举杯和张倩碰了一下，抿了一口说：珠海环境好是好，就是钱难挣，像登山一样。那里完全是市场经济，人情如纸，等价交换，两眼只识钞票，其他都是空气。

张倩说：和美国有点像。

嗯。

张倩问：你和你那位也过得好吧？

九九满面春风地说：噢，这么说吧，我们的生活就像晋祠，殿阁巍峨，古木参天，清泉环绕，亭台桥榭，林立其间。一个字是好；两个字就叫完美。

九九夹筷菜，边吃边说：我刚到珠海那阵子，我不说你也能想象到。

少志领我去吃早茶，我说没胃口，就想和他聊聊。他便点点头，只是静静地听。说到激动处，我哭得一塌糊涂，他悄悄地递过纸巾来。我哭完了，骂完了，肚子也饿了，我们就吃饭。我沉溺在痛苦中不能自拔，少志像呵护古建筑一样呵护我。他开导我，你要学会做一个幸福的人，做一个幸福的人，首先要学会灿烂地笑。人这一生会碰到很多挫折，不管怎样都要善于用笑来创造让自己愉快的心境。不快乐的人，看天天不蓝，看云云不白，听风风呜咽，听雨雨潇潇，就连静美的夕阳都会化作滴血的哭泣。这样的人，就算是把紫禁城送给她，也会悲苦得骨头渗苦水。在少志的陪伴开导下，我渐渐走出痛苦的泥沼。半年后我生日那天，少志拿出一枚钻戒。我们举行了一个很宏大的婚礼，订了一艘游轮去旅行。

九九完全沉浸在幸福的回忆中。

张倩静静地听着。

九九瞄见她眼里有了泪花。

张倩站起来，说声对不起，我去方便一下。

九九看着张倩的后背，心底升起一缕淡淡的哀伤。张倩不光面部松弛，腰身也大妈似的。她不由得掏出迪奥化妆镜照照自己，镜子里的她比张倩至少年轻十岁。

从洗手间出来，张倩说真没想到，你老公对你那么情深，他在珠海那么些年，就没有个相好的?

九九说现在成功的男人，哪个不是武装到了裤裆？少志那么优秀，用咱们蛇城话说，拽得很。以前他没有是假的，但我到珠海后，他和她们断了来往，很是洁身自好。

张倩说，讲给我听听可以吗?

九九笑道，又不是国家机密，怕啥？少志在建筑设计院，有钱有车有房子，典型的钻石王老五。想和他结婚的靓女车拉船载，不出设计院就能划拉三五个，而且个个蕙心纨质。有一个靓女为取悦他，跑到韩国花二十多万，按照宋慧乔的模样整容。因为她看见少志办公桌上摆着一个镜框，镜框里那个女的活脱脱一个70版的宋慧乔。她知道那是老板的恋人，但并不知道是我。那靓女想让老板回到初恋的岁月。她的处心积虑没有白费，少志果然把她当成了远在蛇城的我，很快就被她搞上床了。当然，那靓女也知道追求少志的不止她一个。所以她别出心裁，在避孕套上大做文章，想来个奉子成婚。可没想到，给少志识破了，少志告诉她，他所爱的人，他想结婚的人，嫁给了他的校友。现在他根本不想结婚，他的梦全在她身上，宁愿终生孤身一人。

靓女说：我能给你两个女人的爱，也能给你一个梦。

少志说：你只有她的形，没有她的骸。

短暂的来往之后，少志就摆脱了那靓女，又过起单身生活，在珠海静候着千里之外蛇城的她，就像期望一个梦寐以求的完美构件，以完整他的灵魂。

九九说：我是被一个男人扔给了另一个男人的。好在我命好，我这个在青山眼里东倒西歪废弃的小庙，到了少志手里成了精致的别墅。

九九问张倩：你去过珠海没有？

张倩笑道：你说呢？

八

九九的目光第十次投向窗外的大槐树时，陈少志在研讨会上的演讲接近尾声，他强调加大原创投入鼓励理论性创新的重要性。他讲道，原创和理论是建筑设计行业的基础，它确实无法产生直接的产值回报，但它是支撑学科和企业走向更远的基础。他呼吁向华为等高新企业学习，持续不断地对基础学科给予大力支持，只有基础学科强大了，行业和企业才能走得更远。陈少志的演讲高屋建瓴，声情并茂，震撼了在场的每一个人。演讲结束后，台上台下互动热烈，假如九九在现场的话，丹凤眼里一定会热泪激荡。

其时，洽洽河小院饭店的罗贯中包间里的九九，把目光从大槐树上移开，又被远处的桥吸引。张倩告诉她那座桥叫祥云桥。九九说这座桥设计得有味道。三根弯塔组成斜拉主索塔，现代、恢宏、优美、大气、梦幻、壮观，桥形通汉上，峰势接云危……

张倩说：一个桥通过你的嘴，马上就高大上了。

九九叹道：唉，没办法，职业习惯嘛。

广式蒸鲍鱼端上来。九九说：你在家吃惯了青山的饭，今天就换个口味吧。

张倩连忙说：不好意思，我在医院难免饭局应酬，一年四季难得在家吃一顿饭。

九九骄傲地说：我和青山在一起时，每天三顿饭都是他做。不过说句实在话，青山的厨艺是蛮棒的。他有这方面的天分，做起来也很用心，每样菜都像我做建筑设计一样求好求精。

张倩扭头看空位上的菜碟。

外面不知啥时候下起了雨，大槐树把雨丝聚成水滴随风扬洒，有雨滴弹到包间窗户上。

九九瞄一眼窗外，她想起有一年下雨，下的是倾盆大雨，雷电呼啦啦从东山滚到西山，又呼啦啦从西山响到东山，满蛇城上空疯跑。那天，她同事家里出了事，同事的母亲去菜市场的路上遭到雷击。她去帮忙，忘了告诉青山，青山到单位接她没接着，在家做好饭也不见她回来。直等到晚上八点半，青山等得实在心焦了，便打着伞到单位到父母家找，到她经常交往的朋友家找，但是都没找到她。等她帮同事家处理完事，已经是后半夜了，疲惫地回到家时，看到站在小区路口还在等她的青山，顿时像看到黄河水淹过古蒲州的薰风楼……

张倩眼里泛起泪光，沉吟一下说：你想见他吗？

九九却说：见与不见都一样，反正我们都会去另外一端的。

张倩招呼让服务员把属于青山的那份饭菜和酒打包了。

九九问：他为什么不来？

他要是能来，别说你回到蛇城，你就是在火星上，他搭梯子也要上去。

九九忽地站起，抓住张倩的胳膊。

他等你七年啦！

九九从椅子上跳起来：我要见他！

张倩的红色上海大众POLO沿滨河西路向北行驶。

一路上，张倩向九九讲述一些她不知道的往事。她说，我父亲和青山的父亲同年入伍，都在50军，是一个班的战友，一起经历了抗美援朝第四次战役。在那个冻得人哭泣的严冬，两个来自蛇城的年轻人，穿着夏天的衣裤，度过了非人的87天，与战友们完成了汉江南北地区的防御任务。战役结束后，青山父亲回国治病，我父亲继续留在朝鲜。再后来，两人先后退役回到蛇城，青山父亲进钢厂当工人，我父亲到钢厂当副厂长。父辈是过命的战友，两家平日里来往就多些。我比青山晚两年出生，小时候在一起常玩过家家。小学和中学也都在钢厂子弟学校上的，关系自然密切，青山一直把我当小妹妹对待。我父亲喜欢青山的憨厚，有次喝酒时向青山父亲开玩笑说，咱们两家结为亲家吧，我母亲立即反对我父亲自作主张，反对自己的公主下嫁。后来青山考入建筑大学，我考入医学院，两人见面次数慢慢少了。再后来青山和你结婚，我大学毕业出国到约翰霍普金斯大学医学院留学，两人多年没有音信往来。在美期间，我和我导师走火入魔，但我父母反对我和外国人拍拖，他们接受不了家里出现黄头发蓝眼睛的洋人。我和父母曾在电话里吵得一塌糊涂，他们最终没拗过我，一年后不得不坐上飞机到美国马里兰州巴尔的摩市参加我的婚礼。我的婚姻头两年还算美满幸福，但生了儿子艾瑞克后，那家伙有了婚外恋，不仅夜不归宿，还对我家暴。我最终选择离婚，放弃儿子的抚养权，回来在蛇城大医院就职。

八年前的一天下午，我刚从手术台上下来，接到青山的电话，说要马上见我。我说我还有手术，需要两个小时。他说那我在迎泽公园的景亭等你。做完手术天已经黑了，我来到迎泽公园的景亭，看见青山靠在亭柱上，黑乎乎像是睡着了。我轻手轻脚走过去，到他身后大喊一声，想吓他一跳。青山却纹丝不动，伸手递给我一张纸。

九九扭头看着张倩问写了什么。

张倩说医院检查报告单。

但天黑看不清，张倩驾着POLO继续讲，当时我问他怎么了，他说是检查结果，已是癌症晚期。我有个同学在北京301医院当主治大夫，我便请假陪他去北京看病。我问我同学他能治好吗，同学耸耸肩说，大概不可能了。我又问，如果动了手术呢，还能维持多久？同学想想说，最多半年吧。

半年也行，我便动员他做手术，他却死活不同意。他属于社会人员，没有医疗保险。他说他干了这么多年就攒了那么点钱，要留给妻子和儿子。

我质问他，生命重要还是钱重要?

他回答是你重要。

但他没告诉你，只是要求和你离婚，说了几次你不同意，他怕他撑不到离婚那天，便求我来帮忙，充当小三角色。我给你打电话时，用的是免提，青山就在旁边听着。

在和你闹离婚那些日子里，每天晚上他都在你们家楼下转悠。他说不看到你熄灯，他回去就睡不着。他和你的事，除了我他没处去说，连他爸妈都没法说。我上班时，他没处唠叨，就跑到浛浛河边，跑到迎泽公园，见山跟山说，见水跟水说，再没有可说的对象，就对路边的树诉说。出于对他的关心，晚上做完手术，回家时我会拐个弯，去你们家小区对面陪陪他。有次已凌晨一点多，我看到你还站在小区大门口的路灯下，青山躲在小区对面的一棵古槐后面，我当下眼泪就忍不住流出来了。后来他跟我说，你七点钟就在那里站着了，样子就像只猫。那天直到夜色变淡，你才扭转身回家去。他说你回去是给儿子刘欣做早饭。他说自从他不回家后，儿子的饭只好让你做了。还有一天晚上，我做完手术比上次更迟，已经凌晨三点多，我又忍不住挂记起他，又绕道到了你们小区，我看见他又躲在古槐那里，但这次小区门口没有你，你可能已经回家了。这天他身边多了一只流浪猫，后来他走到那猫跟前，那猫舍不下他，他也舍不下那猫。

他把猫当成了你。我想让他尽快解脱，于是就有了我给你打电话这件事。

你知道不知道，和你闹离婚时，他找陈少志的事?

九九一脸茫然，使劲摇摇头。

我想你也不会知道的。他找陈少志，就是安排你和刘欣的去处。你们去珠海后，他在晋祠边租了一间房，每天带着那只流浪猫，骑着当年你们组装的自行车，到晋祠，到天龙山石窟，到蒙山大佛，到崛围山，到柳林河，沿着你俩过去游玩过的路线重游。他还叮嘱我，他死后不要告诉你，他不愿打扰你和儿子，只要你俩过得好，他就快乐满足了。三个月后，他去世了。你婆婆经受不住打击，不到一个月也去世了。接连失去儿子和老伴，你公公悲痛欲绝，喝了一瓶安眠药也走了。我爸是在他爸走了的第二天，收到他爸托人送来的遗书的。哦，对了，还有那只流浪猫，他去世后也抑郁而死了。

红色POLO绕下北中环，驶入卧虎路，过了动物园，一片坐落在绿荫丛中的仿古建筑群出现在半山腰。红色POLO开进永安公墓停车场停下后，张倩搀着九九下了车，穿过亭台、楼阁、拱桥、长廊来到一丛松柏前，青山的照片镶嵌在一块黑色大理石墓碑上。九九努力回想着，记得这张照片是她在大学篮球场为青山拍的。

照片下面一片空白。张倩对九九说，碑上刻什么，就等你来定呢。

清明吟

一

爸妈跑到梦里来要钱，张宝贵才又想起自己的乡巴佬身份。

来珠海二十年，他已经习惯了当城里人，虽然混得一般般，却很享受这里的生活。特别是有了孙子张章以后，早上七点起床，就着广合腐乳，喝碗大米稀粥，骑车送张章上幼儿园。园费很贵，占他月收入的二分之一。他说，不能让孙子输在起跑线上。幼儿园有早餐，孙子爱吃，多花钱他也心甘情愿。和孙子道声拜拜，调转车头去上班。一路上，空气清新，偶尔还会刮风落雨。他迎着咸腥的海风，缓缓骑行，抬头看树，低头看花，远眺海上日头红当当，偶尔和早起的鸟们打招呼，和穿梭的巴士赛跑。到了公司，哼着跟公司的帅哥靓女们学的流行歌曲，把办公室打扫干净，再给花儿浇水，给银龙鱼喂食。这些虽不是他分内的事，但他爱做，愿做。况且老板就喜欢他的老实勤快劲，经常表扬他，还时不时地把宝马钥匙扔给他，让他把打包回来的饭菜拿回家和老婆孙子一起分享。张宝贵能闻到老板身上红得浓烈的亲切香甜味。他在公司里感觉良好，有安全感。他以为，就算老板把公司打工仔炒得只剩下一个人，那个人定是他。九点钟，同事们来了，他一一笑着点头，亲切地道一声早晨！帅哥靓女们也回应一声早晨。打扰别人时，他会说对唔住，骚扰晒！接电话时，他也会大声地问，你边位呀（你是哪位）？有冇搞错啦！

张宝贵到珠海的第二天，便在老乡的介绍下，拜见了满嘴鸟语的潮汕佬，一干就是二十年。那时，公司刚开张，在香洲长途汽车站对面的一间写字楼里。楼很气派，头顶飘着云，外表全是玻璃，金碧辉煌。过了三天，他才搞清楚，他供职的公司实际上是和另五家公司凑在一个三百平米的办公室里，共用一个秘书，同使一间会议室。老板手下只有两个马仔，一个是他，另一个叫王朝晖。王朝晖一双大眼，充满精气神，滴溜溜转，一肚子主意，把老板伺候得像阿爸似的。虽是四川人，王朝晖却能用流利的白话夹杂着浓烈的四川腔和老板聊得热火朝天。老板和张宝贵说话时就不得不用半生不熟的普通话。老板说，宝贵呀，和你说话比勾女还费劲的啦。老板还说，宝贵呀，你要是有王朝晖一半的靓，我立马提你当副总。宝贵也知道自己不是当副总的料，继续安守本分。下面干活的包工头给他一条烟，他也会主动交给老板。半年下来，王朝晖当了副总替老板独当一面，宝贵不眼红，继续乐呵呵地替老板拎包包。两年干到头，王朝晖学会了老板的一招一式，照猫画虎开起自己的公司。张宝贵还是个马仔，屁颠屁颠地跟在老板后面。

五年后，王朝晖把公司经营得风生水起，点钱点到手发软，买了车，购了房，把全家从四川汶川的山里头迁到珠海，把上了六年高中还毕不了业的儿子送到美国镀金。张宝贵也发生了变化，跟着老板从香洲搬到了前山新租的办公室，办公面积增大了五倍。张宝贵也有了自己一间独立的办公室，虽然只是在工程部大办公室的一角辟出五平米，打个隔断，安个玻璃门，摆张沙发，但毕竟张宝贵有了属于自己的空间。月工资也由一千多元涨到了两千元。

十年后，王朝晖撒手不再管公司，交给了海归儿子。张宝贵又跟着老板从前山来到了吉大，进驻属于老板自己的办公楼。不过办公楼不是老板主动买的，是公司承揽了王朝晖这座写字楼的部分建筑工程，王朝晖那个龟儿子留着部分工程款不给,用办公楼高价顶债，老板心里不满，却也无可奈何，满珠海的开发商都是这个套路。王朝晖叼着高级香烟，在张宝贵面前骂他那龟儿子瓜眉瓜眼的，成天就是摆龙门阵，冲壳子，涮坛子，把公司做得活色生香，天生就是当大老板的料。宝贵羡慕王朝晖，往上四十五度地看。

六年前，王朝晖的龟儿子在将军山山麓，也就是张宝贵住的出租屋沟口的边上，又开发了富胜楼盘。如今，富胜小区靠山那栋最高的豪宅顶层的六百平米，只住着王朝晖一家三代五口人和三条狗。听说最近又增加了一匹不到半米高的小马，特地从国外引进，供孙子骑着玩。张宝贵至今还住在出租屋里。一墙之隔，却是贫富两重天。张宝贵租的出租屋当年是备战备荒的军事要地，改革开放后，这里就废弃了。一个有眼光的本地仔便租下来，改建成八十多间出租屋。宝贵在这里面住了二十年，年年都唠叨着攒钱买楼房，赶紧搬走。当年富胜楼盘开工那天，张宝贵找见王朝晖，商量能不能是不是可以不可以照顾照顾打个比较大的折，让他也能买一套属于自己的楼房。王朝晖笑得上气不接下气，说，我这小区最小最小的房子，也有两百多平，就是给你打个八折，你也连首付都付不起。张宝贵脖子红得像涂了猪血。张宝贵一直折腾着搬离这条沟，无奈满珠海也找不到比这里更便宜的出租屋。

张宝贵不得不接二连三地面对王朝晖，想躲都躲不开。他装作没看见王朝晖，王朝晖却把手挥得像红旗，大声喊他。

他没法再装，故意用生硬的四川话应答，你个龟儿子，气色不错啊！

王朝晖开心地大笑，哈哈，心情靓爆。

宝贵对满脸大汗的王朝晖说，大热的天，你个龟儿子不躲在豪宅里吹空调，跑到这里晒日头，有病哇。

王朝晖说，哈哈，有病，有病，吃得太好，重度脂肪肝，要减肥。

宝贵笑了，见过跑步减肥的，游泳减肥的，没听说晒太阳减肥的。

王朝晖笑话宝贵孤陋寡闻，说，上个月，我那龟儿子回了趟美国，回来告诉我说，想要瘦身其实很简单，只要早起多晒阳光就行。

王朝晖眉飞色舞地说，我那龟儿子有个美国同学，叫雷德，专门研究人和太阳的。他说人应该多吸收早上八时到中午十二时之间的阳光。每天暴晒三十分钟，不但能减肥，还能增强人的体质。我那龟儿子就逼着我每天出来晒太阳。这不，一个月减了三公斤。

王朝晖还说，我选了好几个地方晒太阳。先是在我家楼顶，摆个藤椅，看天，看山，啥都好，就是太无聊。最后才选择这里。你看，这里多靓，面朝九州大道，背靠将军山，在老子的家门口，又是老子开发的楼盘，看风景像看电影。

每次和王朝晖分手，张宝贵的心情都极度沮丧。他不得不清醒地认识到眼前这美丽的城市，宽阔的街道，林立的楼群，与他无缘。他不属于这里，他不是城里人，他属于远在几千公里之外的黄土高原。

他就是个乡巴佬。

二

张宝贵的老家在遥远的黄土高原上的中条山下。二十年前，眼看着儿子张海福快到娶妻生子的年龄，身为人父的张宝贵面对家里仅有的破败的一院房，愁眉苦脸。在农村，衡量一户人家的势力和地位，就是看家里的房子。晚辈能不能娶一房好媳妇，也要看家里的房子。房子就是庄户人家的脸面。老婆凤仙说，为了给娃说一门好媳妇，打死也得为娃盖一座新院子。宝贵发狠，为了张家的列祖列宗，这条老命我豁出去了。要盖房，得有钱。听说临近的张坊村有人在广东珠海发了大财，三年就回来盖了一座新院子。宝贵跑到张坊转了一圈，第二天，一咬牙，就追着老乡南下打工。

也指望苦干三年，衣锦还乡，给娃盖座好院子，娶房好媳妇，光耀门庭。

那些年，想挣钱的人往南方跑，就像想当演员的人往好莱坞跑一样。宝贵到了珠海，海福也让钱给搅得心神不宁中断学业，风风火火地来到珠海。一人在家的凤仙，心也飘飘忽忽地跟到了珠海。凤仙有两怕：一怕宝贵经不住大城市灯红酒绿，簇锦团花，被珠海的仙女们掳走了魂，让她这个糟糠之妻下堂；二怕自己一人在家，哮喘病发作时，没人照看，一口气上不来，呜呼哀哉。凤仙娘家有哮喘病史，几代人都死于哮喘。随着年龄增大，凤仙的哮喘愈加厉害，有了明显的规律，每天凌晨准时发作，一到冬天就加重。原先家里种地的收入，有一多半都给凤仙看了病，宝贵在珠海打工挣的钱，也有三分之一对付凤仙的病。其实宝贵到珠海打工，放心不下的也正是老婆的哮喘病。前思后想半个月，凤仙一狠心，一把铁锁锁上门也去了珠海。有趣的是有意栽花花不开，无心插柳柳成荫。被哮喘折磨得半死不活的凤仙，来到珠海半年后，凌晨时竟能安静地打起呼噜，又过了半年哮喘病就成了历史。宝贵和凤仙一分析，真正的原因是珠海的空气靓，气候好。后来宝贵妈去世三周年，按老礼，他们要回老家给妈过三周年。宝贵可是个孝子。尽管凤仙打盆子摔碗，宝贵泰山压顶不弯腰。最后凤仙只好祭出撒手锏，哇哇哭得泪如倾盆。这是凤仙的核武器，一般情况下，宝贵会慌神的。用宝贵的话说，你流泪湿我面，你伤心我心痛。但那次情况不一般，在宝贵眼里，妈的三周年大过凤仙的核武器。他拉着凤仙就到香洲坐长途汽车到广州，又坐上广州东站到太原的火车，咣当了两天半，回到中条山下。回村的第二天鸡娃刚叫头遍，凤仙的哮喘病就复发了，咳嗽得惊天动地。这回，宝贵真的慌了神。两口子马马虎虎地给妈过了三周年，就火烧火燎地赶回珠海。不出一个星期，凤仙就气定神闲，健康人一个。凤仙发誓，打死再也不回老家。宝贵虽然对老家很是留恋，觉得自己终究是个乡巴佬，珠海不是他生活的地方。但为了老婆，他只能打消回老家盖漂亮房子光宗耀祖的念头，做好在珠海安家立业的打算。

安家，就要买房子。那时宝贵手头的钱，在老家盖一座漂亮的院子，给海福娶一个媳妇绰绰有余，但在珠海只够买个洗手间和厨房。为了房子，全家拧成一股绳，埋头向钱冲。海福除了不参加舞会不参加宴会不参加黑社会，凡能赚钱的活他全干过。工地搬砖，卖菜，搬家，修理电器，疏通下水道，搞传销，卖A片，发广告，骑摩托车送货，天天跟自己较劲。被人指着鼻子骂成傻×还一脸阳光灿烂。海福说这叫作置之死地而后生。凤仙也不甘落后，从中山倒卖过来一些靓女们喜欢的发饰和手机挂件，在街头摆摊当走鬼。那些年，凤仙真的像个鬼，被城管追得满街跑，却一脸幸福，无怨无悔。成为珠海人的梦鼓舞着全家人。四年时间，一家人硬是从地缝里抠出了十五万元钱。当时珠海的房价是两千元一平米。宝贵和海福看中了吉大园林花园的一套七十平米的楼房。就在签合同的前一天，凤仙突发脑血管梗死，开颅手术花了十六万，准备买房的钱一股脑儿送给了医院，海福还借了一万元外债。买房梦就成了一个屁。好在人给保下来了，有人就有办法，有人就有希望。全家人又奋斗了三年，以为攒的钱能够买一套商品房。谁知跑了几个楼盘一问，房子涨价了，别说买一套商品房，就连商品房的首付都不够。海福给爸打气，说，今年买不成，咱们明年再买。到了第二年，房子毫不客气地涨了几乎一倍，海福气得直骂娘。为了尽早买房，海福和三个同样做着买房梦的好友一同辞职，投资办了一家组装音响的工厂。那是海福在珠海最辉煌的时光。三个一身狼性的三十岁年轻人野心勃勃，在将军山沟的出租屋里喝着酒，大谈古往今来的英雄、领袖、大师、老板，个个都是偏执狂、傻子、疯子，不邪性，难成事。他们你一言我一语，描绘着做大做强的宏伟蓝图。第一步冲出广东，占领华北，继而东北，继而西北；第二步，吸引VC，也就是风险投资，进而打得全国山河一片红；第三步，百步变成一步走，直奔美国纳斯达克上市。宝贵像打了鸡血，下了班就跟着海福他们跑前跑后。令他们没想到的是，刚赚了一年好钱，珠三角就一窝蜂办了千家组装音响厂，市场蓝海瞬间变成红海。

三个年轻人被打得一夜回到了解放前。那些日子，海福疯子一样满世界跳楼价推销积压的音响。凤仙和宝贵只能心疼地望天祈祷。一天，海福在拱北口岸推销音响，被公安、工商、税务联合执法队抓住了。警察看了他的身份证说，你不是珠海人？接着问他来珠海几年，他回答九年。警察说你一个农民，哪来这么多音响？就怀疑他是流窜犯，音响是偷来的。海福亮出了他的营业执照，工商人员看了半天，说，真的营业执照不代表你的货来路就正。税务人员数了数音响，估估价，就地开票收税。海福说货还积压着没卖出去哪来的钱交税！最后，公安、工商、税务一商量，所有的音响全被扣压。警察让海福回老家公安局开没有前科的证明。海福说我出了娘胎就没偷过人，哪来的前科！警察说，我们这是在执法，法是不容商量的。无可奈何的海福只好回老家，求爷爷告奶奶，花了三个月的时间，最后在堂弟玉贵的帮助下，从县公安局开出没有前科的证明。这才拿回音响，继续推销。一个中午，忙得没吃早饭的海福在迎宾路拐进石花西路口的一个大排档要了一碗云吞面，刚吃到一半，就看见三个城管老鹰捉小鸡一样抓走了凤仙。海福冲过去保护妈，和城管发生了激烈的冲突。派出所毫不客气地把海福扔进拘留所，关了十五天，还罚了近万元的款。离开拘留所时，海福死活不愿意出来，说是在拘留所住房不花钱吃饭不花钱。宝贵感到海福从拘留所出来后，一条狼变成了一只兔子。海福没回父母的出租屋，也没给父母打招呼，就在离珠海市区五十公里远的高栏港找了个工作。白天吃饭在公司食堂，晚上玩网游在网吧。宝贵用鸡屁眼既生蛋也拉屎的道理开导海福，但已经产生心理障碍的海福不是宝贵这等水平的人所能治疗的。海福对妈的地摊已懒得过问了，连赚钱的话题都不和爸妈说了。

宝贵托同事给海福介绍了一个江西靓女，那个靓女直接把海福约到吉大百货商场，要给她妈买包，给她爸买皮鞋。海福说，用不用给你家祖宗买个别墅住住？

宝贵知道没有房子，海福结婚的希望就渺茫。宝贵急得上火，鼻子都成了红辣椒。有次爷俩聊天，海福反过来安抚老爸，说，你别着急上火。在珠海买房安家，是你的梦想。你知道什么叫梦想吗？实现不了的东西就叫梦想。

那年过春节，宝贵和凤仙把出租屋营造出老家的氛围。门外点燃松柏旺火，门脑上挂着绿绿的柏枝，门扇上贴的是两大门神，窗户玻璃上贴着红红的剪纸，桌子上摆的是家乡花馍和四碟八碗的家乡菜，收音机里放的是家乡方言的蒲剧。

海福要看春节晚会，宝贵就关了收音机，打开电视。爷俩看着春节晚会，喝着小酒其乐融融。中间，宝贵听见一阵锅碗瓢盆的碎裂声，知道小刘俩公婆又大打出手了。沟里八十多间出租屋，稍有点经济条件的，都回老家过年了，剩下的不足三成。宝贵和凤仙忙去劝架。小刘俩公婆的生活目标南辕北辙，小刘老婆一心要扔掉乡巴佬的帽子，体体面面做个城里人。而小刘嫌珠海生活压力大，闹着要回老家过田园日子。年年岁末，小刘老婆都要备足三牲供品香烛鞭炮，领着一双儿女，去白莲洞虔诚膜拜，敬谢观音，保佑阖家安居珠海。年年拜谢，一直未能遂愿。这年，小刘又要回老家过年，老婆不干。小刘心情不畅，灌二两猫尿，一句话不对，就找到了火炮捻子，拿老婆发泄。老婆打不过小刘，就拿锅碗瓢盆出气。劝了半个多小时，小刘俩公婆才鸣金收兵。回到家，宝贵和海福继续喝酒。后来海福喝高了，宝贵也喝高了。宝贵喝高了是迷糊想睡觉，海福喝高了是又哭又闹。海福唱起了《月光族的泪》：月月月月光/神马都在涨/只有我的薪水/薄薄三五张/月月月月光/神马都变样/只有我的梦想/停在老地方……

宝贵不知春节晚会啥时候结束，也不知咋地就给睡着了。被四周狂放的鞭炮声惊醒时，他觉得后脑勺像有一根铁棍在不停敲打，砰砰砰砰。他努力睁开眼，看见肚子上半盖着被子，凤仙就躺在身边。他起身撒了泡尿，上床正要脱衣入睡，发现好不容易回家过年的海福不见了。他赶紧摇醒凤仙，凤仙说她也不知道。宝贵出沟寻找。周围的南航培训中心、富胜小区、格力广场没看到海福，石花西路、九州大道、吉莲市场也没海福的影子。

宝贵拖着疲惫的身子转回到沟口时，才看见海福坐在沟口的一块三人多高的巨石上，也不知他是怎么爬上去的。

海福拎着个酒瓶子，直愣愣地看节日盛装的珠海。七彩灯光中，海福一脸的泪水也七彩斑斓的。宝贵叫了七八声，海福才掉过脸来，居高临下地看着爸，咩事（什么事）！

他仰脸说，天冷，小心感冒，咱回家吧。

海福挥舞着酒瓶子，朝着天空吼叫，家在哪？家在哪？

宝贵指指沟里说，这里就是你的家。

海福另一只手狠狠地拍着石头，声嘶力竭地喊着：这么多房子，哪个是咱的家！

第二天中午，坐在饭桌前的宝贵语重心长地给赖在床上的儿子鼓劲，咱一家三口，再苦干几年，绝对能在珠海安个家。

海福望着出租屋顶上一圈圈一层层文物级的水渍，说，爸，你啥也别说啦。现在，家，在你娃的眼里，就是一碗老火靓汤里飘出的屎屁屁。

海福又说，爸，我想开啦。这辈子我不会再去想什么买房做珠海人。我现在就是想吃就吃，想喝就喝，以后的事情以后再说。你的福仔已经没有前些年的雄心壮志了。现在就是个穷屌丝，每天躺在被窝里幻想着天上掉馅饼的美事，幻想着自己哪天买彩票中个一千万大奖。

宝贵说人不能自甘堕落。海福懒得听爸的唠叨，撅屁股离开了珠海，去上海打工，现在又去了浙江。凤仙埋怨宝贵，宝贵也不想说留在珠海都是因为你之类的伤人话。凤仙和宝贵电话里老是催着海福早点结婚。第二年，海福就抱回一个男孩。不用问，只看男孩脸上的大嘴和厚嘴唇，就知道正儿八经是老张家的品种。至于娶媳妇结婚的事，海福说，你们不就是想要个孙子给老张家传宗接代吗？海福说，孩子名字叫张章，他妈姓章。张宝贵对凤仙笑着说，从现在开始，咱俩公婆给咱张章当孙子吧，送他上学，给他买房子，帮他娶媳妇，谁让他身上流的是咱老张家的血。

张宝贵除了去公司上班，心思全在张章身上。

他想让孙子成为一个地道的城里人。

三

谁知，爸妈硬生生地跑到他的梦里来，让他从城里人的梦中醒来。

那天晚上，几天不散的大雾依然弥漫着，一世界白蒙蒙，湿冷湿冷的。张宝贵十多年来在梦里第一次有了爸和妈。张宝贵记得真真的，就在中条山下的老家，刚吃了早起饭，和爸面对面地坐在自家门口的老槐树下，想闲谝谝，又漫天遍地找不到话头。中间，妈驾着一束日光从墙头上下来。妈默默地看着他和爸。宝贵当时感到惊讶的是爸的眼神，他一伸手就摸到，柔柔的，像妈纺的棉线。爸以前的眼神可不是这样，针尖麦芒一样，扎得人鲜血淋淋。宝贵和爸被一束金色的日光隔开。爸翘着二郎腿，直着脖子看巷子西头。他胳膊拄着膝盖，双手托着下巴看地上的蚂蚁搬家。爷俩谁也没看谁，但知道眼里都有谁。爸吭吭很有水平地咳了两声，像开场的锣鼓。宝贵扭头看爸，爸的眼里漾出来的神，像是烧了柴火加了温的。这个时候，妈好像已经到了爸的后面，席地坐着。张宝贵记得很清楚，日光穿过老槐树，罩在妈的身上，妈像一尊弥勒佛，嘴角微微上翘，笑了一脸，也不说话，只是看着宝贵，好像一辈子没看够。

他记得爸两片非洲人一样的厚嘴唇动了几下。他浑身绷紧，等待着下文。

爸又羞怯地合上厚嘴唇。爸是个严父，信奉不打不成器、棍棒出孝子、三天不打上房揭瓦、慈母多败儿、有错要罚的传统教子观念。挨打，是宝贵家庭教育中最精彩的一个部分。宝贵从小就怕爸，怕得尿裤子拉稀屎。父子二人在一起，总是没话。

梦里的宝贵壮着胆问，爸，咩事（什么事）？

爸放下翘着的二郎腿，把全身的力气都集中到嘴上，努力张开，说，娃，敢情你眼下是城里人，忘了你乡下的祖宗啦？

宝贵急忙辩解，冇啦。你系我的阿爸，我系你的仔。

爸也用广东白话说，阿爸知你在珠海挨得好辛苦……

妈在爸的后面捅了爸一把，不让爸说。

爸右手在背后扫了一圈，把妈的手打开。他不看宝贵，只看着裤裆上的几片饭痂，问，手头宽松不？

宝贵说：凑合。

大裤裆把爸的话反射过来，就像电视里讲的天坛的回音壁。爸说，有的话，就行行好，给爸妈一点吧。你有十多年没给阿爸阿妈一分钱了。

宝贵脸一下子红得像老板办公桌上摆的钧瓷上的鸡血红，还带有冰片纹。

妈又要捅爸。

爸一闪，躲开了。

爸又补充道，娃，你多给爸点大票子，大票子好看，花起来也有面子。西头万管去年就给他爸送了好几百万哩。我听说，现在银行有更大的票子。

宝贵老实地说，有，我见过，有十亿一张的大票子呢，天地银行发行的，全球通用。

爸一拍大腿，说，娃，十几亿的咱不能要。人不能太贪心。你给爸拿个三五亿就行啦。对了，你把咱家的房子也翻盖一下。咱家的房子在屋里都能看见天，现在村里哪有咱家那样的烂房？咱老张家的面子就全靠你啦，这是爸最后一个心愿。帮帮爸，噢？

宝贵被爸的气魄吓了一跳，他想上茅房拉尿。就在这时，没脸色的来自老家方向的冷空气硬硬地把他从梦中推醒。日头不见了，爸妈不见了，老槐树也不见了，他做了个梦。

他伸手在空中捞了一把，手里潮湿的空气不像白天那样能攥出水来。

他在黑暗中翻起身，朝睡在凤仙里面的张章看看。张章是他的心肝。他睡得很踏实，黑暗中，他能看见老张家典型的大嘴和厚嘴唇，轻轻地张着。男子汉，嘴大吃四方，张宝贵很满意孙子，正儿八经老张家的血统，根本不用去做DNA亲子鉴定。他怕孙子受凉，隔着凤仙，把孙子的被子压了压，还不放心，又把手伸进被窝试了试，里面很暖和。睡觉前，电视里说要降温，凤仙就赶紧给张章加了一床夏被，还用电熨斗把潮湿的被子熨干。光着身子坐起来的他，感到有股风从窗户方向吹来。他疑心窗户没关严实，便下床去看。窗户关得好好的。他又把窗帘重新拉拉，又用手心放在窗缝处测试，没感到风进来。外面的山，雾蒙蒙的。

凤仙被搅醒，嘟囔道，半夜三更，折腾啥！

他说，降温啦。

凤仙翻了个身，把被窝往紧裹了裹，又睡去了。

宝贵钻进被窝，合上眼，想再睡一会儿，却怎么也睡不着。他想起刚才做的梦，想起爸跟他要钱花。他看了一下手机上的日历，清明节快到了，他想回一趟老家。

一想到老家，宝贵就像喝了一杯苦丁茶，久久被苦味道包围。他又意识到自己原来是个乡巴佬，一个地地道道的农民。

那个远在黄土高原中条山下的家啊，是个咩（啥）？是个古老的院落，老爷爷手里盖起的四合院；是老爸槐树皮样的老脸，是妈做的一碗热腾腾的连锅面；是一家人围坐在一起，吃着的粗茶淡饭；是左邻右舍茶余饭后，东家长西家短，海阔天空，跅弛不羁；是红白喜事，大块吃肉，大口喝酒。家，是自己唯一的归宿。中国人自古就讲究要有个家。有了家，远隔千山万水，都会想家，都要回家，都抵挡不住家的召唤。……我想有个家／一个不需要华丽的地方／在我疲倦的时候／我会想到它／我想有个家／一个不需要多大的地方／在我受惊吓的时候／我才不会害怕／谁不会想要家／可是就有人没有它／脸上流着眼泪／只能自己轻轻擦……

宝贵面对记忆中的老家，厚嘴唇抖了几下，眼眶开始发热。

想家，是因为惦记着家。家在的地方，有先人的坟，那是永远散不去的魂。

他把凤仙摇醒。

睡梦中的凤仙很不高兴：又咋啦？

他给凤仙说：刚才做了个梦。梦里头，爸要钱，说是没钱花。他没说爸要他翻盖房子的事，房子这个词，是家里的雷区。

宝贵说：清明节快到了，我想回去一趟，给爸妈烧点钱。

凤仙说：回一趟家要花很多钱，你口袋里有几个钱？说完，又翻了个身，顾自睡去，把张宝贵扔在黑暗中。

张宝贵长叹一口气，又倒下身子。

窗下声声虫叫。不一会儿，虫叫声中便混合着凤仙有板有眼的呼噜声，间或还有一两声很长很长很亢奋的呼哨，穿透夜空。

四

张宝贵心里一直挂牵着清明回家的事。

凤仙的圆脸拉成了长脸，说回一趟家，哪个亲戚不得给个一百两百的。说到钱，就像要割凤仙的心头肉。

宝贵故作轻松地说，我就偷偷地回去，打枪的不要，给爸妈烧点钱就回来了，谁也不见。

凤仙见老公态度很坚定，慢慢地抬头看黑黑的屋顶，一声长叹，泪水就像板障山上的泉水一样滑落。

宝贵一下子就慌了神。

凤仙哽咽着说，我又不是不孝顺。咱每年清明，都要在沟口给爸妈烧钱。

宝贵说，也可能那头的物价也涨啦。

宝贵又说，我明天去吉莲菜市场买点钱，再给爸妈烧些，不行再说回家的事。

第二天晚上，宝贵和凤仙两口子相跟着，在沟口大石头下，找块平地，看准北斗星的位置，款款跪下。恭恭敬敬地烧了两叠一亿元的钱，一边烧一边说一些想爸想妈希望爸妈快快乐乐保佑张家发大财的贴心话。

烧了钱，一连五个晚上，宝贵依然做着同一个梦，爸跟他要钱。爸很可怜，像要饭的叫花子。尤其是从第三个晚上起，妈也张口了，还说再不把钱拿来，就要断绝母子关系。妈从未和宝贵说过这样的狠话。公司的小靓女见他情绪不对，关心地问他。他对小靓女讲了他的梦。小靓女说老帅哥你还有这才能，你快去美国好莱坞当编剧吧。

宝贵心事重重，竟把盐当菜挖了一勺，倒进张章的皮蛋瘦肉粥里。

凤仙呀呀惊叫，急摸宝贵的头，温度正常。凤仙的嘴就哆嗦了，问咋地啦。

宝贵无声。

凤仙就叮咚叮咚落泪了。

宝贵又反过来安慰凤仙。

在凤仙的连连逼问下，宝贵只好讲了一连五个晚上做着同一个梦的事。

凤仙想了两天三夜，对宝贵说，你回老家一趟吧。

要花不少钱，咱还要攒钱买房，不能让张章过得像海福一样。

总比你疯了强。

凤仙又说，咱们的好日子还在后头呢。

宝贵说，这是我的话。那些年，我老是想，咱们要拼命攒钱，给儿子买了房娶上媳妇，就能享福啦。

凤仙安慰说，咱不是还有孙子吗？等孙子长大了，咱俩就享福啦。

宝贵苦笑。

吃完饭，凤仙刷锅洗碗。宝贵接了几桶山泉水，给花盆和泡沫箱里种的瓜果蔬菜浇水。别小看这三十多盆瓜果蔬菜，一年省不少菜钱。浇完水，宝贵去买火车票。

宝贵给堂弟玉贵打了个电话，玉贵是三叔的大娃。爸弟兄三个，二叔英年早逝，宝贵都不记得二叔的眉眼了。二叔有四个娃，和宝贵前后外出打工，多年没联系，只知道二叔大娃在北京开了个食品厂，专做北京蜜饯，混得不错，早早就把二娘接到北京住。二叔一家在村里没人了，也就和村里断了联系，堂兄堂弟之间也渐渐没有来往。宝贵这个家族在村里就剩下他和三叔两家了。所以他和三叔家理所当然地走得近些，和三叔的两个娃联系多些。玉贵在永济县城开了一家有两间门面的小饭馆，经营永济饺子和扯面。既当厨子又跑堂，忙得屁股挨不了地。然而玉贵还是乐呵呵地说，再差也比在村里种地强。玉贵的大儿子鹏程结婚生孩子后，就不去外地打工了，硬是回到饭馆，美其名曰帮爸的忙，实际是啃老子。玉贵也准备再干两三年，就把饭馆交给鹏程，自己回村养老。听说宝贵要回来，玉贵说，多年不见，你可要在永济多待几天。玉贵还说，他不久前刚花钱买了一辆小轿车，正好可以用车把哥送回村，让咱老张家也在村里风光风光。宝贵觉得主意不错。转眼又想起玉贵有三个孙子，去玉贵家，孙子张口叫爷爷，第一次见面，不拿出个三五百，面子上过不去。一个三五百，三个孙子就是一千多。宝贵心疼得直滴血，便打定主意，不在永济下车，也不坐玉贵的小轿车风光回村。他对玉贵说，不巧，我在运城还有点事，我在运城下车，就不去永济了。玉贵说，你回来有空，一定要来永济坐坐。好像永济是他家的。宝贵说，我都十多年几冇回过咯，都唔识地咯。玉贵问，你说啥，我没听清。宝贵马上改口说，我都十多年没回家了，从运城回村里咋个走？玉贵说，运城有一趟开往胥村的长途汽车，花九块钱，一个筋斗就到村北头。

出了沟口，宝贵余光往右边一瞄，就见王朝晖仍在晒太阳，面前多了一套茶具。他低下头匆匆往前走。

王朝晖大声喊他，宝贵你个龟儿子，看不见老子坐在这！

宝贵不得不停住脚步。

王朝晖眉飞色舞地告诉宝贵，他前些天回了一趟四川老家，在亲家家里结识了一位百岁老人，叫马识途。马识途和他摆龙门阵，还给他写了一幅《长寿三字诀》：不言老，要服老；多达观，去烦恼；勤用脑，多思考；能知足，品自高；勿孤僻，有知交；常吃素，七分饱；戒烟癖，饮酒少；多运动，散步好；知天命，乐逍遥；此可谓，寿之道。

宝贵由衷地羡慕王朝晖，赞叹道：你个龟儿子活出来啦。

王朝晖说，关键是心态，心态靓，人就靓。

宝贵说，你站着说话不腰疼，饱汉不知饿汉饥。

王朝晖给宝贵倒了一杯工夫茶，叫宝贵坐下慢慢品。多日不见，他要给宝贵好好摆摆龙门阵。

宝贵说你回你家摆去吧。

王朝晖说家里没人。

宝贵说不是有好多阿狗阿猫还有阿马吗？我要回老家，去买火车票。

王朝晖说，搭飞机啦，唔贵，好快，好方便的。

宝贵说，我没那命。

王朝晖说，我给你报销。

宝贵说，唔该晒（谢谢你啦），拜拜。

宝贵一边走，一边给儿子海福打电话，让海福清明节从浙江直接回老家。

海福说长三角这边用工紧张，不好招聘，老板把一个人当三个人用，恐怕不好请假。

宝贵说不好请也要请。清明节到了，论情论分论理，你都该回。

海福让了步，说，那我就做做老板的工作，争取能回老家。

宝贵斩钉截铁地说，不是争取，是必须！

宝贵直奔菜市场东面简易棚里的花店，那里摆了好多花里胡哨的冥币。

有美元版的，有人民币版的，有港币版的，还有民国版的。面额小的有两元一张的，大的有一万元一张的，十万元一张的，一百万元一张的，一千万元一张的，还有九千九百亿一张的。两元一张的一叠三元钱，一万元一张的一叠一百张，五块钱，九千九百亿一张的一叠也是一百张，要八块钱。冥币之外，还有金条，金砖，金元宝。金砖一盒九块，要价十元，金元宝太大，携带不方便。还有小汽车，平板电视机，靓女小姐。宝贵问过价，肝疼心疼，他惊叫，哗，太贵嘞！有冇折啦。老板说，冇你计，好啦，开门大吉，求个好兆头，蚀本都卖你。最后，宝贵还是没买。他托公司办公室的文员阿丁从淘宝只花了不到花市价格三分之一的钱，就买了满满一编织袋冥币。宝贵乐了，爸这回肯定是满意了。宝贵似乎看见爸在天上翘着二郎腿，厚厚的大嘴，笑得合不拢，喘不上气。吭吭吭吭很有水平地咳着，抹着泪花。这是爸一辈子见过的最多的钱，恐怕银行行长都没见过这么多钱。

宝贵对凤仙说，老张家在村里就剩下咱和三叔家。十多年没见了，回去好赖也得看看三叔。

凤仙打开从旧货市场上花五十元钱买回来的二手衣柜。那里面塞满了衣服，都是儿子海福和那个从没见过面的儿媳妇淘汰下来的。凤仙一边翻着一边说，这些衣服我保存着，等哪天实在活不下去了，咱们拿着这些衣服还能开个二手服装店呢。

凤仙挑了一件西服，看了看，说，我都舍不得给你穿，哪能给他们。又挑出一件夹克衫，看看，说，这件是纯棉的，环保，挺新的，便放下。又挑出一件，说，给三叔拿件聚酯纤维的就行啦。人老了，没那么多讲究。

宝贵接过来，看看，说，太大了。

凤仙说，现在的娃们吃得好，一个比一个长得高，哪有小号的衣服，将就着吧。凤仙又给三娘挑了一件儿媳淘汰的衣服。

宝贵说，我还想再去你娘家一趟。

凤仙叹口气说心里怪想他们的。又说，算啦，买礼物看他们，咱舍不得。空手去，脸上挂不住。

凤仙抹抹眼泪，说，再过几年，等咱们真的有钱了，风风光光地开着奔驰宝马，拉着咱们的小张章回去一趟。

宝贵附和着，再请个蒲剧团，唱三天大戏，或是请个电影队，放三天电影。

再办个流水席，请全村人山吃海喝三天。

完事后，咱们再回到珠海，白开水泡饭。

太麻烦，买米还得花钱，咱就天天站在家门口喝西北风。

喝西北风还得张嘴，太累，钻进被窝里做梦吧。

宝贵看看表，到了去南山幼儿园接张章的时间，便骑上自行车，出了沟。

接上张章，拐进石花西路，宝贵问孙子今天阿姨给讲的是什么课。

张章说，阿姨给我们讲理想，还让每个人都说自己的理想。

宝贵问，你的理想是什么?

张章说，我的理想是当大老板。

宝贵问，为啥要当大老板?

张章说，大老板有好多好多钱。

宝贵问，要钱干啥?

张章说，买房。有了房子，爷爷奶奶就不用辛苦啦。

宝贵的眼热得模糊起来，他的厚嘴唇颤抖着说，真是我的好孙子，爷爷没白疼你。

张章还说：我们班的邝勇的理想最大，他说，他长大了要住英国的房子，开德国的车子，戴瑞士的手表，娶日本的女人，坐美国的飞机，喝法国的红酒，吃澳洲的海鲜，抽古巴的雪茄……

石花西路绿树成荫，车流如潮，阳光似火，知了声碎。

五

带着给爸妈准备的一编织袋冥币，头戴海福淘汰下来的高尔夫球帽，脚穿海福淘汰下来的三色阿迪达斯运动鞋，上身是海福淘汰下来的灰色聚酯纤维面料夹克衫，下身是海福淘汰下来的蓝色潮男哈伦裤。时尚魅影的宝贵从珠海坐长途汽车到广州东站，换乘火车直奔中条山下。

一路上，宝贵很激动。车窗外的风景不在宝贵的眼里，眼里全是印象中的老家。老家的老槐树，老家的院子。听爸讲，这座院子本来是标准的北方农家四合院，是从老爷爷手里开始盖，老爷辈才完成的。特别是北房，老家叫上房，建在从中条山拉回来的磨盘大的青石台基上。在村里是数一数二的好房子，椽能当柱用，柱能当檩用。分家时，在老舅的主持下，北房分给了三叔，三叔最小，天下老爱小，没办法。东厢房分给了二叔，爸分得了西厢房，南屋带大门三间，爷爷奶奶住。后来，生产队给二叔三叔重新规划了院基，二叔的三间东厢房拆下来翻盖到新院子，三叔的北房拆下来的全是好木料，翻盖太浪费，便卖了个好价钱。用卖下的钱，又买些便宜的木料，三间上房，变成了六间厢房。北房的旧址上，宝贵爸在西北角挨着茅房的地方垒了个猪圈。每年春天从董村集或是清华市上买回来一头小猪，养一年，过年时杀掉，全家就能过个有滋有味有声有色的好年。

到运城的时间是第二天的后半夜。火车刚进站，车厢里就响起了悠扬又忧伤的萨克斯曲子《回家》。这是美国人肯尼·基创作并演奏的曲子，美丽，清秀，几分柔情，几多迷离，不掺杂一点浊音，把人想家那种缥缈缠绵的意境渲染铺陈得荡气回肠。《回家》毫不费劲地就把宝贵俘虏了。

下了火车，他小跑着挤出车站。站在车站广场的关公铜像前，才想起夜里没有发往老家的长途汽车。有出租车司机过来揽活，一问，要一百块钱。他拖着行李，坐在关公铜像前的台阶上，抬头看西天的星星。他的家就在其中一颗星星的下面，很近很近。后半夜，天气凉下来，有了露水。宝贵便来到候车室，没有坐的地方，就找张烂报纸，靠墙坐在花岗岩地面上，眯眼打盹，熬到天明。醒来之后按玉贵说的路线，跑到菜市场前，赶坐最早的一班长途汽车。

长途车厢里，说的唱的，全是老家话。到了发车时间，汽车启动了，却不急着上路，在市里逛起了马路，走走停停，不断有人招手上车。等车里装满了人，才欢快地跑出城，沿着运风公路，一路向西。中条山在路左面千年万年地站着，那石头垒起的高高低低，在宝贵眼里就像村里的老汉老婆婆，像家门口的老槐树。路边的杨树柳树头上已雾了一层绿。出城不久，春天就从路边轰轰烈烈地升起，扑面而来的，除了宝贵熟悉的绿油油的麦田，还有一大片一大片盛开的莹洁如雪的梨花，粉娇似霞的桃花。如此大面积的梨花桃花，让宝贵意想不到。在他的印象中，老家是粮棉产地，除了粮食就是棉花，哪会有这么多的经济作物。他惊喜得眼珠子剧烈膨胀，心跳得浑身血腥。他把车窗拉开，梨花桃花散发出的清香，扑到脸上，钻入鼻孔，馋得他大口大口地吸气，神迷意醉。

五十分钟后，长途汽车停住了，售票员告诉宝贵，西村到了。

宝贵看看车窗外，说声好像不对。

售票员说，我天天跑这趟线路，能错?

宝贵急忙提着行李下车。

长途汽车放了两个响屁，继续前行。

宝贵站稳，转眼四望，他像在看电视，跟着中央四台的《远方的家》节目，来到了一座丢在绿油油麦田里的小镇。眼前一片寂静，寂静得让宝贵汗毛倒竖。

印象中，他站立的地方，过去是一片麦地。他四处寻找能确定这是家的痕迹，终于看见不远处的另一个路口高高地矗立着一座有三层楼高的古香古色雕梁画栋的大牌楼，上面写着“西村”两个大字。他知道真的到家了，眼一下子热胀得模糊，村子化成了一团雾。他脑中的村子，和眼前的村子，实在是融合不到一起，就像自己和珠海融合不到一起一样。脚下，连接柏油马路的是新铺的通往村里的水泥路。一座挨一座新盖起来的院子昂首挺胸，几乎全是一砖到顶的小二楼，间或还冒出三层楼。这些院子的门楼，一个比一个阔气，一个比一个高，比赛着往天上长，都想高出邻居一头。水泥路边栽着松树，还有珍贵的银杏树。以前满世界的槐树，榆树，洋槐花树，杨树，都不见了，只剩下偶尔从院墙里探出头的桐树，炫耀着紫色的花，在风中一惊一乍地翻飞着。

宝贵站在那里，两只脚犹豫着来回倒腾。

他的手捏捏口袋里的烟，在运城刚坐上长途车时他就把香烟从行李里掏出来装进裤口袋，准备进村后，碰到熟人就敬，村里人很注重礼节。可现在，他看不见一个人影。陌生的村子让宝贵不知道回家的路。他只好估摸着自家的方位，试探着走。过了两个巷口，还没看见一个人影。又到一个巷口，宝贵站住两头瞧瞧，还是没人，有两条狗在追逐，还有一条狗在看热闹。一只花猫站在墙头歪着脑袋打量他这个不速之客。走到巷中间，宝贵看见有两个老汉坐在一座新门楼的圪台上晒日头聊天。

宝贵认出来了，一个是小学同学黄千管的爸，叫黄小狗，一个是小学同学，叫马万里。他赶忙上前打招呼。

马万里也认出宝贵，嗨嗨，宝贵！狗日的，你还知道回家？

清明了，回来上坟。

宝贵放下行李，掏出烟递给马万里一支，递给黄小狗一支，并打着打火机。宝贵问：你俩闲着哩。

马万里说，托共产党的福，每天晒日头。

黄小狗指着马万里对宝贵说，我刚刚正说他哩。前两天，他儿子从东莞给家寄回来一千块钱，他老婆给了他一百，让他买点想吃的。他就烧包得成了地主老财，拿着一百块钱，去摸麻将。打头圈时，两眼瞪得像二饼，打二圈，两眼成了白板，不到四圈完，两眼就成了二条。

马万里不服气地说，妈的，我上次拿了十块钱，三下五除二就赢了十五块。心想这回拿一百，咋还不赢它个一百两百?

马万里狠狠抽一口烟，又看看烟卷上的字，赞了句好烟。便看宝贵，问，在广东发了大财，住上了高楼大厦，把老家给忘啦?

宝贵的脸成了猪肝。他忙引开话头，盯着眼前新盖的门楼问，这是谁家的，盖得这么阔气。

马万里说，这是祥富的。

宝贵吃了一惊，祥富发财了呀?

万里说，发啥财呀，用两条腿换来的。

宝贵急问是咋回事。

黄小狗说，嗨，去年的事。祥富不是在灵石洗煤厂打工嘛。有天，厂里的电线杆倒了，他那号人，心肠好，爱管闲事，怕伤人，去拉线，结果铲车司机没看见，一铲子过去，两条腿没啦。厂里还算不错，赔了五十万，还给买了个电动轮椅。一回来，就吵吵着盖房子，房子盖好啦，这几天正忙乎着准备给娃娶媳妇呢。

黄小狗说着说着，住了嘴。打量打量宝贵，又街两头瞧瞧，问，你咋没开车回来?

宝贵赔着笑，有啦两个字刚到嘴边，急忙咽回去。从脑海里搜索出老家话，说，咱是给人家打工，挣汗水钱。又说，你俩身体看着挺好。

马万里摇摇手说，别提啦，老啦，按天活，今个睡下，明个还不知能不能穿上鞋。

黄小狗说，万里半年前得了脑梗，在医院住了两个月，总算还有口气。

马万里说，说来也日怪，以前吧，要啥没啥，人也没病。现在生活好了，要啥有啥，人也病了。得病的人还越来越多。那天，我数了一下，全村光得脑梗的人就有二十一个，还有八九个瘫在炕上，四五个半身不遂，六七个有言语障碍。得糖尿病的更多，五十多个。都是富贵病。

宝贵说，我就说嘛，进了村连个人影影都见不着。

黄小狗说，你这话说对喽。现在村里呀，啥都有，就是没人。胳膊腿能动弹的，都出去打工了，村里留下来的不是老得走不动，就是小得不能走。

马万里的老婆也是宝贵小学同学，宝贵也顺嘴问了一句。黄小狗说，他老婆这会儿恐怕在家阿弥陀佛哩。黄小狗说，万里脑梗后，他老婆就信了佛，他家现在成了尼姑庵。

马万里不服气地说，我老婆好赖信的还是咱中国的，谁像你老婆信了个外国的，每天就是个阿门，以马内利，赎罪的羔羊。

黄小狗说，有事总比没事强，女人嘛，无事生非。

马万里说，宝贵，快回家吧。要不先到我家吃个饭?

宝贵脸红到了鼻子尖，说，我寻不着家。

马万里骂声你这尿娃！站起来，拍拍屁股上的土，给宝贵指路，你端端往前走，一、二、三、第四根电线杆往南走，顶到头，再往东走，就能看见你家门前那棵老槐树了。

宝贵很激动。他没想到，他家门口的老槐树还在。他对马万里感叹了一番，没想到咱村变化这么大。

马万里神气地说，大的变化还在后头呢。我住院时就听县里的人说，现在全国都在叫唤着新型城镇化。按照国家的思路，咱村以后就是新城镇。宝贵，赶快回来吧，咱村成了新城镇，你在家门口就能找到一份好工作，过上好日子。

宝贵心里说，自己家乡是天堂，谁愿意背井离乡。

按照马万里的指引，宝贵往前走。拐进往南的巷子，一辆电动轮椅开过来，他侧身让路，电动轮椅在他面前停下。他这才认出是小学同学王祥富。

祥富也认出了他，拍着轮椅扶手，说，你这尿娃！打扮得这么洋气，我还以为是外头回来的大小伙子！

宝贵目光在祥富腿部扫了一下赶紧移开。他故作轻松地说：清明节到了，回来给爸妈上个坟。

祥富已经注意到了宝贵的眼神，笑着说：没想到吧？我也没想到。那年你去珠海，还是我骑自行车送你去的董村火车站。一晃，有二十年了吧？人老了，也废了。

宝贵又转移了话题，问，你家的楼房盖得真不赖，花了多少钱？

祥富说，我妹夫是搞建筑的，省钱。二层楼，四十万。祥富自豪地说：我这辈子算是了了心愿喽。

宝贵心里一紧，老家盖房也得花这么多钱。

祥富对恍惚中的宝贵说晚上没地方住就来我家住。

他笑笑说，我回家住。

祥富说，你那家还叫个家？早成了鬼屋。我给你说，你还是住我家。咱俩多年没见，好好谝谝。

他说，我还要去我三叔家。

祥富说，你三娘能要你？还不一脚把你狗日的踢出来？

他说，再怎么说我们都姓张，打断骨头连着筋。

祥富说，随你。要是实在没地方，就到我家。新院子，房子多，你一人住三间都行，想打滚都没问题。

宝贵注意到祥富手里拿的红秆绿叶月月花，想起了妈一到清明就念叨着要吃月月花煮鸡蛋。老辈人说，月月花鸡蛋吃了，热天身上不起痱子，全年身上不长疙瘩。还说“吃鸡蛋，免雹灾”“不吃鸡蛋下雹子”。妈是爸的遥控器，妈一念叨月月花鸡蛋，爸就屁颠屁颠地上中条山，弄一把月月花回来。妈说，月月花带根煮鸡蛋好吃，爸就扭头二上中条山把月月花的根儿刨回来。清明前一天下午，妈会把月月花冲洗干净，放进锅里，添上水，放上鸡蛋，大火烧开，然后小火慢慢煮，直到鸡蛋壳变黄，鸡蛋清变成绿色。

宝贵问，你到哪弄的月月花？

祥富说，专门有人来村里卖。前两天忘了买，今天要煮月月花鸡蛋了，才想起。这不，给人家要了些。

宝贵挠着头，讪讪地说，我想吃我妈煮的月月花鸡蛋了。

祥富说，你到我家吃。

祥富往前走了一截路，又扭回头，问，宝贵，你能找到你家吗？

宝贵还没回答，电动轮椅就调了头。祥富说，我给你领路，又说，好几个多年没回来的，回到村里都找不到家了。

祥富让宝贵把行李放到电动轮椅上。

祥富问，在珠海还行？

宝贵说，混口饭。

祥富说，咱们背井离乡，就是为了能过得好一些。不过，在外头闯世界，举目无亲，个中滋味，自己清楚。我在外头就天天想家。

宝贵说，我也是。

祥富说，城里头繁华，高楼大厦，要啥有啥，可那里都是有钱人的天下。咱没钱，像鸡毛，到处飘，没个归宿。

祥富说，宝贵，钱挣多少是个够？差不多就回来吧，把你家翻盖一下，安安稳稳过日子吧。人这一生，就是这么回事，这次事故我算是想明白啦。

又拐一个弯。

宝贵一眼就看见家门口那棵老槐树，还是那样的高大粗壮，像一位久经风霜的老人。老槐树的头让春给染绿了，嫩嫩的树叶哗啦啦在微风中摆动着，热情地迎着宝贵。快到家门前，宝贵发现门口那两个形态生动手捧鲜桃的石猴拴马桩没了踪影。那可是很有年头的古玩意，是他爷爷的爷爷安放在门前的，有马上封侯、福寿绵长的意思，承载着祖先的美好愿望。小时候，宝贵经常在石猴上爬上爬下，海福小时候也爱爬上去玩。“文革”中，爸怕石猴被当作“四旧”砸烂，半夜里叫起宝贵，偷埋进家里的猪圈，风头过去后，又把它们从猪圈里起了出来。

祥富说，你家那对石猴村里修水泥路那阵子给弄掉了，先是放在村委会，后来就不知道跑哪了。

祥富又说，肯定是文物贩子从村委会偷走了，也可能是村干部给卖了，那东西现在值钱。

宝贵的目光急着看门石鼓。两面雕有花卉、山石、祥云和飞禽走兽精美图案的门石鼓幸好还在。亲切的门石鼓让宝贵一眼泪花。

宝贵从祥富的电动轮椅上拿下行李，正要上台阶，冷不防一只狗冲出来，“汪汪汪”地叫着，拦住了他的去路。这是一只土狗，周身肮脏得让人分不清毛色。狗的两只小眼睛满怀敌意地瞪着宝贵，龇牙咧嘴，做出一副凶狠的架势。宝贵吓得连连后退到祥富的电动轮椅旁。

祥富厉声呵斥，小白!

狗看祥富，给祥富摇摇尾巴。

宝贵也一愣。看狗，又看祥富，疑惑地重复，小白?

祥富笑着说，这是你家的狗。

宝贵挠着脑门，我家的小白能活到今天?

祥富说，这是你家小白的孙子。

祥富接着说，你家小白的后代天生就是给你家看门的。这么多年了，小白的后代好几茬了，轮流守候着你家。

祥富对小白吼道，还咬什么咬!祥富指着宝贵又对小白说，这是你祖宗!

宝贵再看小白，小白敌意的目光柔和了。

他试探地叫小白。

狗友好地摇摇尾巴。

他又轻轻叫了一声，小白。

狗的小眼睛里闪着泪光，喔喔地叫唤起来，像是哭。

宝贵上前一步，弯下腰，试探地伸手接触狗。问道：你真是小白的后代？

狗匍匐在地上，喔喔着，两只前爪慢慢地接近宝贵，伸出舌头舔着宝贵的手，小眼睛深情地看着宝贵，泪水夺眶而出。

宝贵的眼眶也热了，他摸着狗的脑门。

祥富说，狗通人性。

祥富说，你家养的小白，好几代了，都很忠诚。我听说，要不是这些小白，你门口的门石鼓，早就叫文物贩子偷走啦。西头武家门口的那对门石鼓你记得吧？和你家的门石鼓一样古老，都让文物贩子给偷走啦。那些人很专业，像日本人进村，打枪的不要。半夜里悄悄地来，开着工具车，扛个千斤顶，先把门顶起来，再把门石鼓掏出，最后用烂砖把门支好，一大把人民币就到手了。我听说这些老石雕卖得相当地贵，能盖一座二层楼。

祥富说，多亏了你家小白。我听说，偷你家门石鼓那天半夜，小白咬得很凶，五个文物贩子打死了两条小白，自己也伤了两个，最后也没偷走你家的门石鼓。

宝贵感激地抚摸着小白。

宝贵从包里找出大门钥匙。木门上的黑漆，风吹日晒，起皮了，像鱼鳞。大铁锁锈成了一疙瘩，一摸，手就染黄了，从门缝里钻出一股陈年腐朽味。宝贵试着开锁，锁孔锈死了，钥匙插不进去。

他喊住已走出老远的祥富问：你家里有没有斧头。

祥富又拐回来，咋啦？

他说，锁子锈了，拧不开。

祥富笑着说，能拧开才叫见鬼哩。

祥富又说，你不是在家只待一两天就走吗。你把锁子砸了，还得换锁子，干脆到我家住。

宝贵说，大老远的回到家，不进家看看，心里难受。

祥富说，这还不好说。扭头吼小白，领着你祖宗回家去。

在小白的带领下，宝贵来到院墙后面。他看到靠近猪圈的院墙有半堵墙塌了，形成个大豁口。豁口被磨得光溜溜的。小白一跃跳上豁口，回头等宝贵。宝贵犹豫了一下，跟着小白跳进家。

六

进了院内，宝贵被眼前破败不堪的景象震惊了，嘴半张着，像没水的自来水管里进了空气，只是空洞地响。

院子俨然成了野草的天下，野草有半人高。去年的盐蓬、野牵牛、节节草、野苜蓿、马蔺草、芦苇，已经枯黄，东倒西歪。野草下，今年新长出来的嫩芽顽强地向上伸展。除了返老还童的野草，还有眼熟的苦苣、灰条、马齿苋、蒲公英，也扑棱起来。院子里以前没栽过树，现在却冒出来好几棵，坍塌的猪圈里长着一棵椿树和一棵拐枣树，树已经高出院墙。茅房顶上斜出一棵苦楝树，苦楝树下还藏着一棵紫穗槐和一棵桑树。南房台阶下水道口，冒出一棵开着小黄花的树。宝贵没见过这种树，大概是风从国外引进的新品种。有蝴蝶三三两两在野草间嬉戏。一只藏在草丛里的癞蛤蟆从草丛里跳出，瞪大眼睛看宝贵，像在看火星来客。癞蛤蟆眼睛周围突起一圈黑色，就像戴着一副黑框眼镜，脚趾末端也是黑色，像是涂抹了黑色指甲油。一只灰喜鹊从草丛中扑棱棱飞起，落在苦楝树上。燕子北归了，在房檐下呢喃着。

宝贵早就想象过家的破败，但没想到会破成这个样子。他不敢相信这就是他的家。然而，这确实是他生活了四十多年的家。他一屁股坐在圪台上，圪台上厚厚一层岁月积淀的浮土，淹没了半个屁股。他感到浑身无力。

小白歪着头看主人。

院子里寂静异常。

日头照到院心，渐渐起了温度，野草的气息也有了浓度。宝贵看着爷爷奶奶死后爸妈住的南屋，爸妈仿佛就在他眼前。爸那两片非洲人一样的厚嘴唇不停地动着，像是有话说。他不敢和爸对视，怕爸又说起翻盖房子的事。他看自己以前住的西屋，那里窜出海福哇哇的啼哭和调皮的嬉笑。也不知过了多长时间，宝贵扶着膝盖缓缓站起，他想把院子里的野草清除一下。他走进放农具的厦房，发现挂在墙上的农具锈成了一堆，面目全非，一动就散架，根本没法使用。他返回院心，愣了一会儿，想一把火将野草烧掉，又怕控制不住火势，再把几间破房化为灰烬。他微微张着嘴，傻傻地看着，不知如何是好。他脑子里一片空白，站了一会儿，站累了，又坐在院圪台上，用手狠狠地搓搓麻木的脸皮，来回地搓，把脸搓热，试图让脸皮恢复感觉。

他给凤仙打了个电话，电话通了，又不知该说些什么，只给凤仙报个平安。

宝贵打开他和凤仙住的西房门。一股刺激性的陈年味道不可阻挡地窜入鼻孔，敏感的神经细胞受到刺激，胸部肌肉猛烈收缩，他连头都没来得及仰起，大量的气体就从鼻孔和嘴向外喷出，惊天动地打了三个喷嚏。宝贵突然想到这应该是爸妈想自己了。他嘴里念一声阿弥陀佛，又对爸妈说，我明天一大早就去看望二老。

宝贵把几间房都转着看看，又回到院子里。仰头看天，鼻子阵阵发酸，他突然想哭。

房檐下的燕子，用翅膀抹着胀酸的眼睛，停止了呢喃。

不知过了多长时间，宝贵感到肚子饿了。他琢磨着午饭是不是去三叔家吃，还有晚上是不是也住到三叔家？

宝贵突然发现小白不见了。说起小白，还是二十五年前的事。那是金灿灿的麦收季节，爸去世了四年，妈还瘫在炕上，他和海福去地里收麦子。刚过河底地，就听见后来被他叫作小白的一条白毛狗躺在路边的壕沟里痛苦地叫唤。这是一条无家可归的野狗，被同类咬伤或是被人打伤了。野狗的眼神，极度恐慌还带着深深的哀求。宝贵觉得可怜，好赖是一条命，便把自己带的一个馍馍拿出来，一块一块地掰开喂它。收工时，它拎着一条腿，一瘸一拐，跌跌撞撞地跟着宝贵来到家门前。宝贵心起怜悯，不忍心赶走，说了句，留下给我看门吧。狗听到这句话，扑倒在宝贵脚前，喔喔喔地叫着，眼泪汪汪地舔宝贵从鞋里钻出来的脚指头。从此，每天出家门时，小白都要把宝贵送到巷口。宝贵回头对小白说，回去吧。小白就乖乖地停住脚步，目送主人拐进另一条巷子，转身回家。回到家的小白也没闲着，它卧在宝贵妈的炕下，帮凤仙给老人拿水，倒尿盆。小白给家里带来了很大的快乐，也让宝贵感受到狗的灵性和忠诚。

看看日头，就快到了头顶。张宝贵从行李里拿出凤仙给三叔三娘准备的礼物。

小白领着四条狗来到宝贵面前。小白们围绕着宝贵，大献殷勤，摇头晃尾地撒娇。宝贵明白这四条狗都是小白的后代。小白们的身上不同程度都有缺陷，应该是生活的艰辛打下的烙印。一条小白缺一只耳朵，一条小白瘸了腿，一条小白尾巴剩下一半，一条小白半个下巴没了。宝贵蹲下身子，挨个摸过小白们的头。小白们热泪盈眶地享受着难得的主人的关怀和温暖。

他和小白们从院子后墙的豁豁口跳出家。

再次路过家门口，宝贵忍不住站住，看着自家紧锁的大门，觉得那么陌生，那么遥远，恍若在看远古照片。

张宝贵走惯城市繁华整洁大马路的阿迪达斯运动鞋，在村里静谧脏乱的水泥路上，嚓、嚓、嚓、嚓，发出清脆而嘹亮的回响。

五条小白列队跟在后面，沙、沙、沙、沙，昂首挺胸，整齐划一，楚楚有致。中间从别处传来几声狗叫，接着是一阵狗的厮杀声，两条小白偷偷溜走追着厮杀声看热闹去了，跟随主人的小白剩下三条。在巷子拐弯处，宝贵像以前对待小白那样，回头也对小白的后代和蔼地轻声说，回去吧。

沙沙沙沙的狗步声乖乖止息。三条小白摇着尾巴向主人告别，目送主人的脚步嚓、嚓、嚓、嚓，清脆而嘹亮地响到另一条巷子里，直至消失，才扭身沙、沙、沙、沙，回家。

七

三叔家和老院子隔着两条巷子。玉贵分家规划院基时，三叔和邻居调换了一下，把他的院基和玉贵的院基挨住，以便年纪大了，玉贵照顾起来方便。三叔的家还是二十多年前的样子，萎萎缩缩地夹在两座高大的院落中间。宝贵看见三叔家门前的圪台上坐着一个人，千年万年的样子。那人盯着巷口在看什么。宝贵认出是三叔，急步上前。他没想到，比自己大十五岁的三叔老成了一块石雕。

宝贵凑近轻轻叫声三叔。

三叔睁大枯萎得像一粒失水黄豆一样的小眼睛，盯着宝贵，哆嗦着和爸一样的厚嘴唇说，玉贵啊，你总算还记得要回来。小轿车开回来了吗？

宝贵忙说，三叔，我不是玉贵，我是宝贵。

三叔黄豆大的眼睛眨也不眨。说，我就知道清明到了，我玉贵会回来的，会开着小轿车回来的。

宝贵明白三叔搞错了人，又向三叔说了一遍，我是宝贵，你侄儿宝贵，从珠海回来的。

三叔没反应，似乎空气介质失效。宝贵只好把声音提高八度，三叔，我是宝贵。

你不是玉贵？

我是宝贵。

宝贵？宝贵是谁？

是你侄儿，你的侄儿宝贵。

我侄儿？

你忘啦？我比玉贵大九岁，属龙的，就是海福他爸。就是那个去了珠海打工的宝贵。想起来了吧？我是你侄儿，你连我都忘啦？

噢，噢，噢，想起来了，宝贵，你是宝贵呀！你看看，你看看，三叔这几年老了，老糊涂了，人都认不出来了，啥都不记得了。有时候，都不知道自己是不是还活着。上回鹏程回来，和我说了半天话，我还以为是和玉贵说话呢。你真的是宝贵？我不是在做梦吧？

我是宝贵，真的是宝贵。

我还以为是玉贵回来啦，是你回来啦？

回来啦。

回来好，回来好，该回来啦。

宝贵说，清明了，回来给我爸妈上坟。

三叔眼里涌出了浑浊的泪，我大哥养了你个白眼狼。

三叔说着，从上衣口袋里掏出一块手绢，想擦眼泪，举了半天，没够着眼睛，在脸蛋上擦了几下。

宝贵赶紧从口袋里掏出好烟，递给三叔一支。

三叔擎着烟，痴痴地看巷口，嘴上说，玉贵该回来啦，应该开着车回来。这两年，咱村在外打工的，家家都开着小车回来。玉贵也买车了，我给玉贵说，要回来就开车回来，不开车就别回来给咱老张家丢人现眼。

宝贵在三叔对面的圪台上坐下，叔侄俩有一句没一句地聊着。过了好一会儿，三叔才想起应该让宝贵进家坐坐。

三叔右手拿起靠在墙上的拐棍，宝贵上前一步搀扶三叔。三叔站起来，却没着急领宝贵进家，仍旧恋恋不舍地朝巷口看看，又把脸朝东看。

宝贵随三叔也往东看。他明白了，三叔在看玉贵的家。玉贵家以前的三间平房变成了一座气派的二层楼房，高高大大，外墙从顶到底，贴着雪白的瓷砖，门楼则用的是红瓷砖，门脑上是家和万事兴五个烧制的颜体字。

宝贵看着沉浸在幸福日头中的三叔，凑近三叔的耳朵，夸赞玉贵能干。说玉贵比他能干，永济的饭馆做得不错，比他在珠海混得好。

三叔脸上露出的笑容像毛毛虫在眉毛上蠕动。三叔很自豪地说，玉贵还行吧，好赖能挣几个活钱，比在家种地强。

三叔指着玉贵的二层楼说，这房子都盖快七年了，你没见过吧。

三叔不等宝贵回答，继续说，鹏程，你认得鹏程吧？我那个大孙子，你的侄儿，八年前，处了个对象。我给玉贵说，赶紧把娃的事办了，我着急见重孙子哩。玉贵也想早点把娃的婚结了，就急急慌慌盖了这么个楼房。花了不少钱，我还接济了他一千块钱哩，那都是从土疙瘩里抠出来的。那时玉贵刚开饭店没几年，手头还不宽畅。那年啥都搞好了，门窗也做好了，是木头的。鹏程媳妇嫌土气，要城里人装的铝合金。等攒够钱买铝合金，铝合金的又不时兴了，又要改塑钢的。塑钢的还没安上，媳妇那头又提出要在县城买房。现在一家人都在县城生活去啦，当上了城里人。玉贵的孙子都上学了，户口也在城里头，今年六岁七个月零六天。

宝贵问，三娘还好？

三叔说，好好，前年我和你三娘都吃了农村低保，每月能领二百多块钱呢。虽说不多，但在农村，还是挺顶用的。吃的粮食是自己种的，吃的菜也是自己种的，手头有了这二百多块钱，很踏实，给玉贵也省了不少心。

宝贵扶着三叔进家。院南面过去栽树的地方，开垦成了一片菜地，绿汪汪地长着菠菜，韭菜，生菜。茅房还在老地方。门房墙体裂开一指宽的缝，房檐下，放着一个用钢筋焊成的鸡笼子，里面圈养着五只母鸡。宝贵跟着三叔进屋，眼前一片昏暗，让开门口，屋里又亮堂了。空荡荡的屋，让宝贵想起了他在珠海的出租屋。屈指可数的几件破旧家具也很眼熟。三娘坐在脚地的灶火前，择一堆长得粗壮的菠菜。右膝盖上爬着一个小女娃，流着口水，像是睡着了。宝贵进来时三娘的头抬了一下，又低下去。宝贵上前亲切地唤了一声三娘。

三娘装聋装瞎，任宝贵亲切的呼唤贴着耳朵飞过去，继续择菠菜。

宝贵又大声叫道，三娘。

三娘慵懒地抬手把风吹起的白发缕到脑后，抬头看看日头照着的院子。

宝贵知道，以前分家时，为了一口锅，妈和三娘吵翻了。妈活着时，和三娘在巷子里迎面碰上，三娘的脸一下就看了天。妈死时，三娘也没去看最后一眼。

宝贵有些紧张，他小心翼翼地把给三叔和三娘准备的礼物拿出来，递给三娘。

三娘的眼在菠菜上，双手不停。

宝贵尴尬地将礼物放到三娘身边的饭桌上。

三叔很开心，说，我家宝贵，心里头还装着三叔。

宝贵说，打断骨头连着筋，哪能忘。

三娘的眼神离开手中的菜，斜睨饭桌上的夹克衫和花衬衣，最终还是没抵挡住诱惑。她腾出手，提起宝贵给三叔的夹克衫，一抖，脸唰地拉长了，夹克衫被不客气地扔到地上。三娘的话就疙里疙瘩起来，哟哟哟，你看看，宝贵，多年不见，啧啧啧啧，也不说给你三叔买件新的拿回来，这是你家海福穿剩下的吧，还没我孙子拿回来的好……

宝贵的眼光像受惊的兔子一样茫然失措又无地自容，心里直骂凤仙。他脸红脖子粗地弯腰把夹克衫捡起来，拍拍上面的土，放回饭桌。

三叔干咳两声，把三娘的挖苦拦腰打断。

爬在三娘右膝盖上睡觉的小女娃醒了。三叔给宝贵介绍说，这是万里的二女娃，生下来就送回来，让你三娘带，一岁半了。

宝贵问三叔，这是重孙女吧?

三叔自豪地说，三叔眼下是重孙子重孙女齐全，四世同堂哇。咱们老张家多年没有这么人丁兴旺了。三叔说着，脸上又流露出一些遗憾，说，只是娃们都在外头忙，家里不热闹，空空的。

宝贵连忙从口袋里掏出一百元钱，给小女娃。小女娃认生，不要，躲到三娘背后。宝贵便把钱递到三娘手上，说，给娃买点娃爱吃的。

三娘毫不客气地接过钱，揣进口袋。

小女娃又转到三娘前面，先是伸手摸三娘口袋里的钱，摸着摸着，便撩起三娘的衣襟，要吃奶。

三娘说，有人，羞！

小女娃说，不羞不羞不羞。

小女娃瞪了宝贵一眼。

宝贵赶紧低头。

三娘的衣襟让小女娃给扯开了。两个七十多年古老的面布袋一样的老乳房在三娘胸前晃荡着。小女娃钻在三娘怀里，嘴含着左边的奶，手护着右边的奶，生怕有人抢走似的。

宝贵想起他的张章也常这样叼凤仙的奶。

三叔说，宝贵，中午就在三叔家吃饭。

三娘说，家里没菜。

宝贵急忙撒谎说，我还要去凤仙娘家看看。

三叔用拐棍咚咚地戳着脚地，黄豆一样的小眼睛放出只有三娘才能理解的威严。三叔又用拐棍点点宝贵，说，你多年不回来，不在三叔家吃顿饭，是看不起三叔，是打三叔的脸。

三叔又用拐棍戳着脚地，斩钉截铁地决定，大白馍，菠菜炖粉条！

三娘嘟着嘴，剜了三叔一眼，把奶头从小女娃嘴里拔出来。站起身，拍拍围裙上的菠菜叶和土。

小女娃嘟着嘴，一屁股坐在三娘刚才坐的木头墩上，斜眼瞪宝贵，骂了句宝贵是坏蛋，叫宝贵滚蛋。

宝贵很窘迫。

宝贵看见门后头有笤帚，忙拿起，把脚地的烂菠菜叶扫进簸箕，又讨好地跑出屋抱回来足够烧两顿饭的柴火。

三娘勺水洗菜。

宝贵听出勺水时瓢刮到了水缸底的声响，就顺手拿起门后的桶，问三叔去哪打水。

三叔自豪地说，咱院里有自来水。

宝贵很惊讶。

三叔说，前年上面有个大领导来咱村扶贫，干了三件大事。头一件是铺了水泥路，二一件是家家安上有线电视，三一件是家家通上自来水。三叔还说，当官有了政绩，老百姓得了实惠，真盼着天天有大领导来扶贫。

一人一碗菠菜炖粉条，一个大白馍，饭桌中间是一碟凉拌韭菜，一碟油辣椒。宝贵埋头呼呼吃饭。三叔把馍掰碎，泡在烩菜里，再搅一筷子辣椒，红是红，绿是绿，吃得津津有味。

三叔抬头问宝贵，馍好吃吧?

宝贵忙说，美得很。

三叔说，这馍不是家里蒸的。村里现在没人蒸馍了，董村有馍店，拿钱买行，拿小麦换也行，方便得很。这馍就是拿小麦换的。菜也是自家种的，今年长得旺，我和你三娘吃不完，一多半送了人。

三叔说着说着转了话题，说，宝贵呀，有个事，三叔不懂。你是城里人，见多识广，帮三叔拿个主意。万里，就是玉贵二娃，你侄儿，现在不是在太原打工嘛，娃都快两岁了，还不结婚，我急着给娃把事办了。我给万里说，这老话说，名不正则言不顺，言不顺则事不成，事不成则礼乐不兴。万里说，女方说结婚的条件就是要在太原买房。你告诉三叔，这房是该买不该买?

宝贵想看三娘的眼色，但目光不敢伸直。他不知道咋回答。

三叔又问，你在珠海买的是多大的房?

宝贵老实回答，没买房。

三娘嘴撇了三撇，哄鬼哩！我孙子在太原干了才三年，就要结婚买房。你在珠海都二十年喽，能没买房？你每天住猪圈？

宝贵苦笑着说，我真的没买房，珠海的房价高得快到了天上，一套房好几百万，哪是我这种人能买得起的？

三叔说，还是村里好。金窝银窝，不如自家这个狗窝。

三叔说，宝贵你多年不回来，好不容易回来了，就多住几天。

宝贵说，珠海那边假不好请，明天给我爸妈上了坟就得赶回去。

三叔说，该给你爸妈上坟了，你一走就是二十年。我记得你给我大嫂过完三周年，就再没回来给你爷爷奶奶上坟了。

宝贵说，我明天跟着三叔先给爷爷奶奶上坟，然后再给我爸妈上坟。

陪三叔闲扯着，日头影从脚底爬上了门框。三娘在炕上打着长长的哈欠，音调响亮。

宝贵知趣地起身。

三叔大声说，多年不见，急啥，多坐会儿。

宝贵又坐下。

三娘喊三叔生火煮月月花鸡蛋。

宝贵只好又起身，说，叔，我还有点事。

噢，你有事，叔就不留你啦。

我走啦。

宝贵，记着，晚上就来家里睡吧。

三娘抢在宝贵前头说，人家是城里人，住惯了金銮宝殿，咱这屋穷得连个虱子都养不住。三娘看着门外面，问宝贵，晚上回永济住高级宾馆？

宝贵咧咧嘴，惶恐不安的眼睛在三叔脸上转了一圈，又转到房顶上，他说，回到村了，我我我就回家里住吧。

三叔说，你那家多年没人住了。

宝贵说我一会儿收拾收拾就行了。

三叔说就来三叔家住。

三娘的脸眼看着要下雨。

宝贵赶紧说，我我我还是回家住住。说着，像被人驱赶的野狗一样，夹着尾巴，逃出了三叔家。

五条小白在后墙豁口处玩耍，等待着主人的归来。看见宝贵，一窝蜂地扑上来，摇着尾巴叫着，围绕着宝贵一番撒娇。宝贵问它们吃过午饭没有，它们个个张大嘴，伸长舌头，让宝贵看它们嘴里还粘着的残羹剩饭。他在它们的簇拥下，跳进家。

下午，小白们前前后后陪着宝贵收拾家。宝贵最仔细的就是炕，起码要有一块能睡觉的地方。打扫完，他顺着电灯线找到开关，顺着开关找到开关绳，一拉，拉不动，再拉一下，开关啪地清脆一响，电灯没亮。站在炕上，擦擦灯泡上的灰尘，对着窗外的亮光，看灯泡里的钨丝，钨丝稳如泰山。他又拉了几下开关绳，灯泡还是不亮。小白汪汪叼着，把他领到祥富家，祥富帮他叫来村里的电工。电工说，你家不交电费，早就断电啦。宝贵给电工一盒烟，央求电工帮帮忙。他说，我只在家待一黑夜，明天上完坟就走。电工想了想，大摇大摆地爬上电线杆，帮宝贵接上电。小白们代表宝贵把电工和祥富送到巷口转弯处。有了住的地方，宝贵心里松了一大半。他站在圪台上，张望自家院子。家虽破烂不堪，但看着看着就渐渐亲切起来，就有了一种温馨。南房圪台下水道口长的那一棵不知名的树，摇着一头小小的黄花，金灿灿的，这让宝贵联想到小米。由小米，又想到了用小米熬成的米汤，宝贵的嘴里馋得冒出了涎水。他想晚上应该喝上一碗米汤。他不由得大声叫道，凤仙，晚上喝米汤！喊完，他愣了一下，摇摇头嘲笑自己。二十年没喝老家的米汤喽。嘴里的涎水像珠海情侣路外的海水一样荡漾着。宝贵笑自己成了小孩，嘴变馋了。他进厨房看看，没找见熬饭的锅。他又想去三叔家再混一顿饭，能喝一碗小米稀饭就行。但是眼前又立马浮现出三娘难看的脸，只好打消念头。他翻墙来到巷子里，希望能碰到熟人，能厚着脸皮去他家，聊天，聊到他家吃饭的时间，他就不信他喝不上一碗米汤。他站在门前，不停地两头看，巷子里始终不见一个人，只有他和五条小白。微风在老槐树上玩弄着刚长出来的嫩黄树叶，一群麻雀在天空来回穿梭捕食。

天色愈来愈深，巷子里弥漫起米汤的浓香和月月花鸡蛋的清香，还有油辣子的辛香。凤仙来电话，问老公吃晚饭没有。宝贵迟疑一下，回答说刚吃完。

他在小白们的簇拥下，来到祥富家。

小白们自觉地止步在门外。

院里没人，宝贵便朝屋子里喊祥富。

祥富的声音从打开的窗户传出来，谁?

我。

你是谁?

宝贵。

祥富的轮椅从屋里出来，问，想吃月月花鸡蛋了?刚煮好。

我想喝米汤。

管够。

喝饱了米汤，接过六颗月月花鸡蛋，宝贵打着饱嗝从祥富家出来，看见五条小白整齐地卧在祥富家门口等他，心里热乎乎的。他向祥富问清村里小卖部的位置，便领着小白们去小卖部，给小白们买了五包方便面十根火腿肠，看小白们吃得热火朝天，山呼海啸。末了，又掏出五颗月月花鸡蛋，自己一颗，每条狗一颗。他摸着狗头说，吃吧吃吧，吃了热天身上就不起痱子啦。

宝贵打电话问海福在哪。

海福说，杭州。

宝贵火了，咋还在杭州？

海福说，爸，你别火，我已经给我爷爷奶奶上过坟啦。

青天白日的说什么鬼话。

没骗你，骗你我是狗日的！

你人还在杭州，咋就给你爷爷奶奶上过坟啦？你现在是说假话连草稿都不打。

海福在电话里笑了，说，爸，我是在网上给我爷爷奶奶上坟的。

宝贵说，又是鬼话，你爷爷奶奶就埋在老家村北，咋就上了网？

海福说，爸，是这样，今年的网上，为了方便大家好好祭祖，建了好多祭祀网，其中有个"中国清明网"。我在网上给我爷爷奶奶建了个墓地，我想爷爷奶奶了，随时随地就可以打开网站，祭拜祭拜。爸，你想给我爷爷奶奶献个什么，比如鲜花啦，花圈啦，悼文啦，网上什么都有，方便得很。

宝贵说，你是不是还要说，等我死后，清明节你也不回老家给我扫墓，也在网上糊弄糊弄我？

海福说，这么多年你不回老家，不也是在珠海给我爷爷奶奶烧纸吗？

宝贵哑口无言。

八

天黑了，村子也进入了梦乡。小白们破例没回它们的窝，就睡在门外。这里能听到主人的呼吸声。

习惯了城市繁华喧嚣的张宝贵，躺在老家的土炕上，久久无法入睡。村里太静了，静得能听见血液在身体里哗哗流淌，静得能听见房顶上木头腐朽的脚步声，还能听到珠海出租屋里回荡的海的低沉有力的吟唱，还有将军山轻松洒脱的呼噜。舌头能舔到海的腥味，鼻子能闻到山的花香，宝贵知道脑子飞了。他看着屋顶，努力地想着爸妈，半天想不起来爸妈的真切模样，出现在眼前的都是模模糊糊的影子，像出土文物。他后悔爸妈活着的时候没照几张相片。他想回到珠海后，和凤仙去照相馆多照几张相，用镜框装好，留给海福。海福会要吗？海福拿着照片往哪儿挂，挂出租屋？宝贵的心又是一阵不寒而栗。房子，房子，噩梦一样的房子。当爸的，临死之前，不能给后代留下一座房子，真是要死不瞑目呐。他死之前，能给海福解决房子问题，让儿子成为正儿八经的城里人吗？他心虚得像天空的一朵云。他翻个身想，回到珠海，拼死拼活也要多挣点钱，在珠海给儿孙买套房子。况且，眼下自己和凤仙的岁数大了，何以为家，何处安身？

宝贵没有关灯，屋子里亮亮的，似乎是怕爸妈回家看不见，撞到墙上，摔在地上。

宝贵疲惫不堪，像被抽去骨头，软面条似的，大字摆在炕上，他又看见了张章，他心爱的孙子，可爱的孙子。老张家典型的大嘴和厚嘴唇百看不厌，实在是可爱的小孙子，比海福小时候可爱多了，也比海福聪明多了。现在这娃娃，一辈比一辈聪明，三四岁的小孩子能讲出大人的话。张章又在说话了，宝贵搞不清自己是在珠海的出租屋还是在老家的炕上，是在现实里，还是在梦里。似乎是在珠海的出租屋里，在出租屋从上冲旧货市场上淘回来的木头床上。宝贵看得一清二楚。张章在凤仙的辅导下，正在做幼儿园阿姨布置的语文、数学、英语，还有美术和音乐作业。现在的小孩就是聪明，幼儿园就学小学的课程。做完作业，孙子要骑马，爷爷就趴下当马，爷爷这匹老马在孙子的吆喝中，满床撒欢地跑，床也在爷俩的欢乐呼叫中吱吱叫。凤仙也在叫，叫什么？折腾吧，折腾吧，再折腾，床就塌啦。宝贵擦了一把汗，高兴地叫，塌吧，塌吧，塌了好，旧的不去，新的不来。孙子又扬手当鞭，重重地打爷爷这匹老马的屁股。老马屁股一颠，跑得更欢，爷俩玩得满头大汗。张章渴了，要喝可乐。喝完可乐，又要吃冰激凌。家里没有冰激凌，爷爷这匹老马就驮着孙子来到村北，村北一片绿油油的麦子。麦地里也长出了高楼大厦，也有了石花西路，也有九洲大道，也有奔跑的汽车。他们穿过马路，看见一家7-11便利店，店门口摆着一个卧式冰柜，冰柜里头有各色各样的冰激凌。张章点好一款冰激凌，宝贵刚要付钱，爸跟着日头影子从半空下来，笑着掏出两毛钱。宝贵嘲笑爸说，你那点钱，连个冰激凌的影子都够不着。宝贵还说，你就省着吧，等它给你生儿子。张章拿着冰激凌，突然哭了，说是又不要冰激凌了，要上珠海一小，哭着说班里的小朋友都上珠海一小，就他一个人上不了。宝贵知道，那些上珠海一小的人，户口都是珠海的，在珠海有房子。他没房子，他的孙子就没资格上珠海一小。要想上珠海一小，就得在珠海买房子。前几年，在珠海买了房子就能办户口，这两年政策又变了，说是为了照顾农民工，实行积分制，只要达到了积分，就能在珠海落户。宝贵算了一下，要想达到积分，首先必须开公司当老板，原来这政策是为老板们制定的。张章哀求爷爷赶紧在珠海买房子。张章威胁说，我要是上不了珠海一小，我就去跳海，让你断子绝孙。宝贵赶紧给海福打电话，海福坐着高铁回到了老家。在门前的老槐树下，爷俩商量着在珠海买房子的事。爸突然从老槐树上溜下来，拿出宝贵给他的一张十亿的人民币，在空中骄傲地一抖说，给重孙子买房，钱我掏。宝贵不收爸的钱，说，这是给你的。爸不干，非要给重孙子买房子。两个人就这么争执不下。张章不知从哪里拿出一杆AK47。张章挥舞着枪，说，我长大啦，我要用我这杆枪给你们抢一栋高楼大厦。宝贵吓得拼命抓住孙子手中的AK47不放。张章一个英雄式亮相，宝贵像一个纸人一样就被拨拉到一边，摔倒在地。

宝贵被惊醒，原来是一场梦。

窗外，夜往深处走去，满天星星眨眼。

门外的小白们都没入睡，主人的突然归来，让它们兴奋异常。它们按资历排成两排，趴在屋门口，下巴放在前腿上，眼巴巴地盯着屋门，期待着门吱地叫一声，主人从里面出来。它们做流浪狗的时间太长了。它们不想再做流浪狗了，它们想有个主人。有主人的狗是不会轻易地丢了耳朵，瘸了腿，没了下巴，断了尾巴的。

墙头有猫在叫春，院里的草丛传出蟋蟀复翅的振动，空气中有麦苗的青涩味儿和泥土的芬芳。

九

宝贵站在豁口处，准备往下跳时，鼻孔发痒，仰天，弯腰，响亮地打了个喷嚏，身子一松，脚没站稳，一滑，就摇晃着从墙上往下掉。就在快接近地面的一瞬间，离他最近的小白一跃跳过来，把自己垫到他的身下。宝贵没摔着，小白疼得龇牙咧嘴。宝贵看见了小白眼里的泪花，他急忙俯下身子，查看它的伤势，关切地问，没事吧？小白露出一副笑脸，一骨碌爬起来，抖抖身子，摇着尾巴，弯身蹭主人的腿，伸长舌头，舔主人的手。宝贵松了口气，疼爱地挨个摸摸小白的头。幸福的小白们享受着从未享受过的温馨，忍不住泪流满面。宝贵的眼也热了，他不敢看小白们，他看天。

站在明晃晃的日头里，展现在宝贵眼前的已经不是昨天那个死气沉沉坟墓一样的村庄了。巷子里人声鼎沸，热气腾腾，就像珠海拱北口岸广场。到处都是人，一堆一堆的，清一色的男人。他们是准备去上坟的。按当地的风俗，清明上坟祭祀是男人的事，女人不沾边。这一天，也是每个大家族团聚的日子。平日里各奔东西为生存而忙碌的人们，麻雀归巢一样从四面八方赶回来，带着一腔对祖宗的敬仰和怀念，携带着纸钱、金锞子、元宝、金条、金砖、各种冥币、各类供品，虔诚地祭在亲人坟前，再将各类冥币连同怀念一起焚化。铲几锨新土和孝心一起培到坟墓上，然后三叩头行礼祭拜。巷子里的人，穿着打扮五花八门，似乎中国各阶层的人都聚集到这里。西装革履的，时髦摩登的，朴素大方的，袒臂露肩的，衣不蔽体的。宝贵看见陈家门口的一堆人中，有个穿着高级西装打着领带，手插口袋，举止庄重的人。宝贵实在想不起来是谁，大概是位千万也可能是亿万级的富翁，很有派头地站在停放在巷里的一辆奔驰车前，目不斜视地仰望蓝天。再往前，霍家门前，有人蹲在地上，有人坐在石头上，有人大口大口地抽着烟，有人手舞足蹈天南海北地聊天。间或有一两个笑话，在人群中掀起滚滚笑浪。小男娃们也兴奋异常，打闹着，在大人的腿间穿梭。他们中，有的是第一次跟着大人给祖先上坟，有点急不可耐；有的拿出新买的玩具，得意地显摆；有的趁机拿着大人的手机，大幅动作玩着手机里的游戏。巷里不时荡起呼喊着去上坟的声音。人没到齐的，一边聊天一边等待。他们的身边，停着小轿车，或电动摩托车，或是自行车。人到齐的，便结队坐着小轿车，开着电动摩托，骑着自行车，浩浩荡荡地上路了。他们行色匆匆，很多人都是放下手中的工作，挤时间回来上坟的。上完坟，他们还要赶着去工作，去挣钱，去追求城里人的幸福生活。

突然，村庄上空响起震耳欲聋的凤凰传奇的音乐，唱起了什么套马的汉子你威武雄壮，飞驰的骏马像疾风一样。路过的人告诉顺着音乐寻找答案的人，说是马家几个回来的媳妇穿着光屁股衣服，在村委会门前跳广场舞，引得一群人围观。

宝贵提着编织袋去三叔家。小白们跟在后面。拐进另一个巷子时，宝贵又回头对小白们说，回去吧。小白们乖乖地停住脚步，目送主人拐进另一条巷子，转身回家。

拐过路口，往前走了不到五十步，前面来了一辆黑色别克车。村里路窄，宝贵侧身让路。别克在宝贵面前屁股向上一撅，吱地尖叫一声，停住了。车窗摇下，露出黄千管夸张的笑脸和很有型的大背头。他屈着右胳膊搭在车窗上，大背头探出来，日头在他脸上画了一个钝角三角形。他很大声很热情地跟宝贵打招呼。

瓦亮瓦亮的轿车把宝贵照成了一只麻雀。宝贵自惭形秽，羡慕地说，你小子都开上高级车啦。

黄千管笑得眉毛胡子一起抖动，他用力地拍拍车门说：四五十万呢。告诉你，宝贵，我在太原开了家大公司，搞房地产。这年头，撑死胆大的，饿死胆小的。再告诉你，我在太原也有了自己的商品房，我全家的户口都迁到了太原，我现在是地道的太原人，生活美炸啦。这辆车就是专门为清明节回来上坟买的，不错吧，高级吧。

宝贵脖子里像是钻进了一条毛毛虫。

黄千管又说，你们那个珠海我去过，环境好是好，就是太热，是个三线城市。这么高级的车，珠海有没有？

宝贵差点笑岔气。他怪腔怪调地说，珠海搞房地产的老板，哪有钱开别克？他们凑合着开开宾利啦，布加迪威龙啦，兰博基尼啦，差一点的就只能开开宝马啦奔驰啦，要么就买个路虎瞎开啦。

黄千管漫不经心地问，你开啥车回来？

宝贵喉咙打了结。他故作很不在意地说，珠海离咱这里两千多公里，你当是太原，就在家门口？再说我这把年纪，哪受得了。我是坐飞机回来的。他把坐飞机回来几个字，说得飞快，拖拉模糊，音调也降了八度，像蚊子飞过。

黄千管掏出一张名片递给宝贵。

后面开过来一辆工具车，车厢里下饺子一样挤了八九个人，他着急上坟，拼命鸣笛。黄千管只好向宝贵挥挥手，说，到太原打电话，我请你到六味斋吃大餐。然后，缩回大背头，猛踩油门，冒着黑烟走了。

三叔在家门口的圪台上坐着，孤单一人。三叔准备的比较简单，柳条筐里是自制的打印着铜钱的几沓白纸，一把香，几个白花馍。三叔没等宝贵开口，就说，玉贵来电话，本来要回来的，昨晚就给车加满了油，还给你爷爷奶奶买了能装一车的供品。说是正要上路，饭店一下子来了三四拨订饭的，十多桌，太忙，离不开人，只好打电话说不回来了。我说，你不能回来，叫我孙子重孙子回来跟着我上坟也行。玉贵说，他们还要上学。

宝贵清楚，现在的清明节成了国家法定假日，小学早放了假。

宝贵走上前扶了三叔一把，三叔顺手把两颗月月花鸡蛋塞进宝贵手里。然后才扭身拿锨和筐。宝贵急忙把月月花鸡蛋装进裤口袋，把编织袋背好，从三叔手上接过锨和筐。叔侄俩相跟着，慢慢向前挪。宝贵没见过面的老祖宗，还有爷爷、奶奶，都埋在村北面盐车壕边上的地里，那里是张家的祖坟。宝贵的爸妈埋在村南的河堰上。宝贵爸死的那年，公社为了节约土地，要求每个村都要规划陵园。爸妈就只好远离祖茔，和村里其他人埋在一起。不过虽不和先人在一起，但毕竟没有出村，旁边都是乡里乡亲的，也不寂寞。

身后响起悦耳的汽笛声，宝贵急忙往路边躲避，汽笛跟着宝贵的屁股也到了路边。宝贵扭头一看，是王祥富开着电动轮椅过来。

祥富树桩一样坐在轮椅上，怪笑着说，咋样？大城市的人不会走我们农村的路吧。

宝贵笑笑，看看祥富背后没人，咋一个人上坟？你娃呢？

王祥富愤愤地骂道，狗日的，管不了啦，天乍乍明就叫他起来上坟，叫了九九八十一遍，日头都晒着屁股啦，就是他妈的不起，没法。现在这儿子，倒过来啦，都是爷。

祥富扭头朝轮椅后面动了动，让宝贵看他给先人准备的供品，得意地说，我专门到董村定做的，有房子，汽车，电视机，按摩沙发，还有两个女娃娃。

宝贵开玩笑说，你不怕你爸把女娃娃搞成了二奶，你妈收拾你？

祥富说，如今时髦这个。

一路上，不断有人和三叔打招呼。间或也有宝贵认识的，便站住聊几句。还有一些人宝贵看着面熟，却想不起名字，大多数人都不认识。三叔说，有些他也不认识，光知道是村里的人，叫不上名字。现在的年轻人，都在外面打工，一年也难见个面。

半路上，不时从村南陵园方向传过来鞭炮声。宝贵问，三叔清明节咋还有人放鞭炮？过去清明上坟从没听说过。三叔介绍说，这几年大家口袋里头有钱了，就有人给祖先立碑，以彰显家族的富有。还有一层意思，现在村里没几个人种地了，能动弹的人都外出打工了，三年五年难回来一趟，立个碑，做个纪念，免得以后回来把坟头搞错。三叔还说，这些年你不在家，你是不知道，年年上坟都闹笑话。不是你磕错了头，就是他烧错了纸。更叫人失笑的是前年石头妈死，和他爸合葬，都埋完啦，才有人发现和别家的人埋到了一起。

出村口不到一百米，王祥富的电动轮椅迎面回来。

宝贵惊讶，这么快就上完坟啦？

祥富右手理理有点凌乱的头发，说，往年上坟的人两个手指头都能数过来，今年上坟的人像群羊。

宝贵说，现在清明节成了法定假日，大家都有时间了。

祥富说，亏得我这电动轮椅小，有个缝缝就能挤过去。你到村南看看，开着小轿车回来上坟的，一个个全堵到路上了，哈哈哈哈，急得都在骂大街。他妈的，烧包，假洋鬼子。我回来时看着不对劲，就从村东绕过来了。开轿车上坟的，没一个小时回不来，还不如走着快呢。

宝贵能想象到去河堰陵园的路上和珠海上下班高峰期一样熙熙攘攘。从村北往村南望，隔着楼房林立的村子，能看见陵园上空，缕缕青烟，姿态万千，直冲天庭。

三叔腿脚不利索，二里地的路程，走了近两个小时，才到了祖坟。在宝贵小时候的记忆里，这里的祖坟至少有二十座。“文革”那年，上头号召死人不能与活人争地，宝贵爸在生产队的要求下，带着二叔、三叔，亲手把祖坟挨个铲平。改革开放后，宝贵爸又带着三叔和宝贵，按照记忆，恢复了部分祖坟。本想全部恢复，无奈有些祖坟位置实在想不起来了，甚至坟里埋的是谁都让“文革”给吓得忘了，最后只恢复了五六座坟。宝贵学着三叔的样子，围绕坟转一圈，认真查看每一座坟的状况，有塌陷的地方，用铁锨从麦苗行里取土，添上，有水冲毁的地方，细细补好。修着坟，三叔一边努力地想着，一边向宝贵介绍哪个坟里埋的是哪位祖宗，还给宝贵讲了一些先人发家致富勤俭持家的故事，叮嘱宝贵，后辈不忘先人。

把坟挨个修好，照例在每一个坟头上压张白纸条，表示后继有人。接着，宝贵跟着三叔，虔诚地跪下，给先人们列供，烧香，化纸，磕三个头，站起身，行作揖礼。然后站起身，拍拍膝盖上的土。

三叔像是完成了一项重大任务，长吁一口气，很满足的样子。他对宝贵说，我和你爷爷奶奶说会儿话，你给你爸妈上坟去吧。

三叔又叮嘱了一句，你二叔家这么多年都没人回来上坟，你顺便给你二叔烧个纸。

宝贵老实说，我不认得二叔的坟。

三叔说，好找。别人家的坟每年都有人修，你二叔的坟没人管，年年都在变小，你看哪个坟小，就是你二叔的坟。对了，前两年我让玉贵给你二叔坟前栽了一棵柿子树，现在也应该长大了，明年就挂果了，你二叔在地下也能吃上水果了。

十

上坟的高峰期已过，通往陵园的土路上留下一片零乱的车辙。有好多车辙从麦田拐过，刚返青开始拔节的麦子被碾得七倒八歪。

绕过村东，走过河底地，上了半坡路，眼看就要到陵园了，爸妈的坟就在眼前。宝贵突然感到上气不接下气，嗓子眼冒火，脑门的血管里就像有头牛在奔跑。他两腿发软，随时都有可能瘫倒在地。他只好站住，弯着腰，双手拄着膝盖，缓和自己。他抬头扫视一下陵园，发现陵园早已不是二十年前看到的十多座坟墓的小陵园。眼前的坟墓至少有几百座，一眼望不到边。宝贵缓过劲来，直奔陵园东南角方向。他爸妈的坟在那里，坟头还有两棵柳树。来到陵园东南角，宝贵愣了，继而犹豫，再接着茫然。宝贵眼帘里有几十座坟都长着葱绿的柳树，像复制品，看起来一模一样。他搞不清哪座是爸妈的坟。他有点后悔刚才没有叫上三叔一块儿过来，三叔一直在村里，肯定知道爸妈的坟。无奈之中，宝贵挨个查看眼前的坟，寻找坟上的每一个能和他脑子里对上号的特征。刚才陪三叔去祖坟时，宝贵还有点不舒服，觉得耽误了给爸妈上坟。现在，他却有点庆幸，正因为先和三叔去给爷爷奶奶上坟，耽误了三个多小时，反而成了好事。周围该上的坟都有人上过了，该修的坟也有后人修过了，那些坟前都有烧过纸的痕迹，有的还冒着丝丝残烟。转了一圈，宝贵发现只有一座坟，没人来祭奠过。坟前也没有烧纸点香的迹象。宝贵绕着坟转了三圈，最后做出了肯定的答案。因为他的脑海忽然掀开一条缝，想起来当年和凤仙回来给妈过三周年时，专门给坟上栽了一丛迎春花。此时迎春花正黄灿灿地迎风招展，他很为自己当年的孝心自豪。多亏当时栽的迎春花，不然今天真的就抓瞎。认准了爸妈的坟，宝贵的心情就像台风过后的天空一片晴朗。他给手心吐口唾沫，用劲搓搓，操起铁锨，把坟上被水冲的沟坑填平。他发现柳树根旁边有个洞，仔细一看，是禾鼠洞，洞口光溜溜的，没有废弃。狗日的禾鼠！宝贵牙气得直痒痒。他从旁边的坟头上拿过几块砖头，塞进洞，用锨把狠狠往里捣，砸实，又铲了十多锨土，用脚踩平。

面对二老的坟，宝贵看着看着，膝盖就软了，扑通一声跪下。他把三叔给的两颗月月花鸡蛋掏出来，献给爸妈。看着爸妈的坟，回想起爸妈对自己的疼爱，而今却无法报答，不由自主地哽咽，继而涕泪交加，扑在坟头，脸贴着坟号啕大哭，撕心裂肺。也不知哭了多长时间，宝贵感到口干舌燥，昏天黑地。他睁开眼，直起身，抹抹眼睛。他重新跪好，从编织袋里拿出冥币，打起精神。对着坟刚要叫阿爸阿妈，话没出口，就意识到这是到了老家，爸妈听不懂广东话，立即改口老家话，爸，妈，你娃宝贵给二老送钱来啦。说着，撕开冥币的包扎带，先拿两张，用打火机点燃，放在地上，再一张一张地往火里添。火呼呼地叫着，上下翻飞，像小鸟拍打着红色的翅膀，把一张张巨额冥币，带给天堂的爸妈。内心里的不安和无限思念就在这大把钞票的烟火中，一并带给了另一个世界的二老。宝贵看到了爸妈收到钱后甜蜜的笑脸，在火光里，眼泪闪着金色。

他一边烧着钱，一边给爸妈汇报着家里的事。

爸、妈，你娃多年没回来给二老上坟了，对不起。不是娃不想回来，娃年年清明都想回来，可回来一趟要花好多钱。你娃手头紧张，想在珠海买房安家，之所以想在珠海安家，主要是考虑到凤仙的哮喘病，在咱老家，她的病年年犯，年年看，钱不少花，根本看不好。珠海那地方好，她的病在珠海就不犯，好人一个。没法子，想在珠海安家，就得买房子。辛苦这么多年啦，房子还没买到。房价天天涨，咱挣钱的速度赶不上房价上涨的速度。没办法，不光为你们的孙子，也得为你们的重孙子着想，珠海的教育质量比咱老家好，这你们二老能够想象到。所以，我就得拼命地攒钱攒钱攒钱，等攒够了买房钱，你娃的使命就算是完成啦。你娃就回老家来，就能多陪陪二老啦，二老也就不会缺钱花啦。其实，这么些年，每到清明，我和凤仙都在将军山的沟口给二老烧钱。我原想够二老花销了，没想到你们那边钱也不值钱，不够花。娃粗心啦，对不起二老。这回娃给你们拿回来很多钱，最大的面额你们猜猜是多少？九千九百亿一张。老天爷，我这辈子还没见过这么大的钱哩。这钱上面印着天地通用，要是真的天地通用就好啦，一张票子，咱能买它半个珠海。可惜，这玩意儿，世上人印的，世上人不用。二老收到钱后，就敞开了花吧，花完了，再托梦给我，我再给二老送。你们的孙子海福现在在浙江打工，听说还比较顺心。你们的重孙子，叫张章，我和凤仙给养着呢，很懂事，又听话，过了暑假，就要上一年级啦。等他放了假，我就带他回来给二老上坟，让他认祖归宗。

说到这里，宝贵已是泪流满面，哽咽得语不成句。他用袖口慢慢擦着眼泪，努力让心情平复。他又说，爸，妈，娃很想二老。人都说，爸妈在，家就在。小时候，我整天在外面玩，肚子不饿不回家，回到家第一件事情就是喊妈，要吃的。听到妈的声音，娃的心就踏实地放回肚子里，妈不在家，就慌神啦，哭着喊着满村寻妈。结了婚，成了家，骨子里还是离不开妈，一天不见，就六神无主。我清楚地记得有一次磨面回来，肩膀扛着一袋面，手上提着半袋麦麸。一进家，就喊妈，妈不在家，就满巷子找。村里人都笑话我，妈见了也骂我是个憨娃，扛着一袋面满巷寻妈。说实在的，当时只顾着寻妈，早忘了肩上还扛着一袋面。回家见爸妈，成了我的习惯，爸妈就是家，家就是爸妈，有爸妈在，就觉得踏实，幸福。人最没法动摇的情感，就是母爱父爱。人心底最牵挂的就是生你养你的那个家。家就是娃的魂，不管天涯海角，也要抽出时间回家看看，哪怕只看上一眼，也就心满意足啦。爸妈在时，总觉得有的是时间孝顺。爸妈一不在，就后悔。爸妈永远都不会远离，家永远都不会远离，爸妈的影子总在娃心里，家的牵挂，总在娃的梦里。特别是在外头无助时，苦闷时，四处无靠时，最想的就是爸妈，最想的就是家。娃也六十多的人啦，脸上也皱纹纵横了，腿脚也不灵便了，关节也发困发麻了，就是对爸妈的想念，没有变。

爸，你是位严父，你对我严，为我好，我清楚。以前，我不理解，心里恨你，背后骂你，和你没话说。每次回到家，我只想见我妈。爸，以你老的聪明，肯定早就看出来了。爸，你记不记得那次我从家里偷了两把麦子，换了一根让我流口水的山楂糖葫芦，躲在生产队打麦场的麦秸堆后面吃。谁知你蹲在那里拉屎，我准备好了挨揍，结果，你没揍我，反而笑嘻嘻的，笑得我起了一身鸡皮疙瘩。我只好老老实实地交代了罪行。那天夜里，我做了一夜的噩梦。第二天早上吃完饭，你抹抹嘴，装一锅旱烟，弯身从灶膛里抽出一根烧剩下半截还没熄灭的木棍，点燃烟锅，美美地抽。突然你斜了我一眼，坏坏一笑，把点烟的木棍伸进身后的洗脸盆里，嗞一声响，几丝白烟，木棍上的火彻底灭了。你把快烧成木炭的木棍递给我，说，娃，你去泊池把这木棍洗白了，我给你吃十串山楂糖葫芦。我快乐得像只小麻雀，跑到泊池边，洗了一天都没把木棍洗白……

突然有人揪宝贵的灰色聚酯纤维面料的夹克衫。回头，两条腿，抬头，一个人。细一看，认出是村西头的安长。

安长的眉头挽得像个绳疙瘩，他歪着头，不解地问宝贵，哎哎，你跑我爸妈坟前烧纸，咋回事？

宝贵一愣，边说边站起来，我是给我爸我妈烧纸。

安长说，这是我家的坟！你净胡屎闹！

宝贵说，明明是我爸妈的坟！你看看坟上这两棵柳树。我记得清清楚楚，那年埋我爸时，我打的幡就插到我爸的坟顶上，来年，柳树活了。后来，我妈死后，那个幡也插在坟顶上，活了。两棵柳树，并排着，我不会记错的。

安长说，两棵柳树说明不了问题。咱这里，谁家死了人，幡和哭丧棒不是柳树的？你看，有几家坟头上没有活着的柳树，你能说这几百号坟里都是你爸你妈？

宝贵脸拉长了，你咋能这么说话。

安长说，我就没离开过咱村，年年都来给我爸妈上坟，我能搞错了？

宝贵指着坟上的迎春花说，我给我妈过三周年时，专门给坟上栽了一丛迎春花。

安长说，我也给我爸坟上栽了迎春花。

安长把宝贵后面的话全堵在嘴里，说，你爸的坟是后边那个。我爸比你爸死得晚，不可能埋在你爸的坟后面。

安长踢踢宝贵还剩下半袋冥币的编织袋，去去去，给你爸烧去。不要见坟就认爸。

宝贵看看后边那个坟，坟上也长着两棵柳树，也有一丛迎春花。宝贵不好意思地挠挠头，对安长笑笑，便一手提着半袋冥币，一手提铁锨，来到安长说的爸妈的坟前。一看，愣了。坟前，一堆纸灰和几片没烧干净的冥币残片。宝贵弯下身，伸手摸一下纸灰，还有点温度，是今天烧的。他再直起身，看见坟头上压着一张白纸在风中哗啦啦地响着，仿佛在向世人宣告着这家后继有人。

宝贵把脖子都扭歪了，也没看见安长。

安长被坟遮挡住了。

宝贵只好大声对着安长爸的坟头喊，安长，这个坟也不是我爸妈的坟，有人来上过坟。

安长在坟头的另一面说，也可能是旁边那个，你好好看看，你爸妈的坟肯定在那边。

宝贵挨个坟转。

每座坟前都有一堆纸灰，坟头上也都压着一张白纸向世人宣告着这家后继有人。

安长说，你爸妈的坟就在这一带，离我爸的坟不远。你看哪个坟没人上，就是你爸妈的。

宝贵以安长爸的坟为一边，把后面所有的坟都转了个遍。每个坟前都有一堆纸灰，每个坟头上都压着一张白纸，在风中哗啦啦地唱着后继有人的安魂曲。

宝贵给玉贵打电话求助。

玉贵说，我也好多年没回去上坟了，不知道大伯的坟是哪个。

一手提着冥币，一手提着铁锨，望着一眼看不到头的坟地，宝贵一脸茫然，束手无策。

四月，春色正浓。